002

한국의 꼴찌소녀 케임브리지입성기

손 에 스 더   지 음

징검다리

"Come to the edge," he said.
They answered, "We're afraid."
"Come to the edge," he said.
They came.
He pushed them……
and they flew.

Guillaume Apollinaire

"가장자리로 오라." 그가 말했다.
그들은 대답했다. "무서운데요."
"가장자리로 오라." 그가 말했다.
그들이 왔다.
그는 그들을 떠밀었고……
그들은 날았다.

-기욤 아폴리네르

"영국 대입 시험인 A 레벨에서 6개의 A를 받은 경이적인 기록의 여학생!"

신문에 떠들썩하도록 유명세를 탄 한 소녀의 유학 성공 기사를 얼핏 스쳐 읽은 기억이 난다.

본 재단에 지원하여 최종 면접을 보기 전, 난 핏기 없는 얼굴에 매서운 눈초리를 안경 뒤에 숨긴 공부벌레 정도란 선입관을 가졌었다. 또한 그녀가 재단에 제출한 자기소개서의 첫머리에 "턱없이 높은 목표를 갖자"라고 쓴 "성공관"을 보고 가당치 않다는 생각을 했다. 또 한편으론 큰 포부를 가지긴 했지만 알에서 갓 깨어나 작은 날개로 공중에서 몇 번 날갯짓을 하다 뱉어낸 공허한 메아리가 돼 버리면 어떻게 하나 은근히 걱정이 되기도 했다.

하지만 면접심사 때의 손에스더 그리고 이 책의 글을 통해 알게 된 손에스더는 허황된 꿈만을 꾸는 환타지 소녀가 아니었다. 그녀는 실패를 두려워하지 않고 끊임없이 도전하는 앳되지만 굳센 소녀였다. 때론 도전의 벽 앞에 주저앉기도 했지만 자신의 무한한 가능성을 스스로 믿고 일깨우며 다시 도전하여 반드시 뛰어 넘고야 마는 도전과 실패, 재도전과 승리의 값진 기록의 보유자이기 때문이다.

이제 더 깊은 학문의 길로 나아가는 그녀는 더 이상 온실에서 갓 내다 심은 화초가 아니다. 작아 보이기만 하던 것이 끊임없이 타고 올라 어느새 온 지붕을 덮어버리고 마는 담쟁이 넝쿨을 떠올리게 된다. 아이비리그(Ivy League)라는 미 명문대학들의 상징이 담쟁이 넝쿨이라고 해서가 아니다. "턱없이 높은 목표!" 그 푯대를 향해 오르고 또 오를 때 꿈은 이루어질 수 있다.

좋은 머리 하나로 좋은 대학에 들어간 예는 우리의 일상에서 흔히 본다. 자랑이 담긴 단어들의 배열이었다면 손에스더는 그저 공부 잘해 뽑힌 관정 장학생에 지나지 않는다.

"쟨 공부밖에 모르며 살았을 거야."

"아마 이 책은 자신의 성공 이야기만을 담은 무미건조한 자기자랑만 있을 거야."

"그동안 출판된 유학 성공기와 뭐 다르겠어?"

하지만 그렇지 않다는 것을 곧 알게 된다.

이 책 속에는 꿈 많은 청소년이라면 누구나 가질 수 있는 희망과 고민, 도전과 실패가 다 어우러져 있다. 다만 그 꿈을 이루는 방법과 도전과 실패극복의 방법이 남다른 것 뿐이다. 관정교육재단은 그런 꿈을 이루려는 학생들을 언제든 기꺼이 돕는 좋은 친구가 되고자 한다.

여러분도 에스더와 함께 이 책을 통해 여러분의 꿈을 이룩할 수 있는 용기를 얻게 될 것이다. 턱없이 높은 목표나 꿈이라 할지라도 결코 턱없어 보이지 않을 것이다.

관정이종환교육재단
이사 이경희

차 례

9

109

6

부록2.

199

271

327

IV. 케임브리지 드림

13. 가까이 더 가까이

Keep your feet on the ground and keep reaching for the stars.
−Cawey Kasem
땅에 발을 굳게 디딘 채 별을 향해 손을 쭉 뻗으라.
−케이위 카셈

A 레벨 오리엔테이션

영국에서는 GCSE 과정을 마치는 11학년이 끝남과 동시에 의무 교육도 끝난다. 그 후 학교를 떠나 사회생활을 시작하는 아이들도 꽤 있지만, 학교에 남아 공부를 계속하고 싶어하는 아이들이 해가 갈수록 늘어나고 있다.

대학에 가고자 한다면 GCSE 자격증만으로는 부족하다. 그래서 A 레벨(A-level: Advanced Level)을 2년간 공부하는 것이 일반적이다. A 레벨 과정은 매우 중요하기 때문에, 학교에서는 GCSE 시험이 있기 전부터 일찌감치 오리엔테이션을 시작했다. 당시 시험과 코스워크의 스트레스로 힘겨워하고 있던 차라 A 레벨이라는 말에 더 한층 호기심이 생겼다.

"대학에서는 보통 세 과목의 A 레벨 성적을 요구합니다. 따라서 여러분이 선택한 서너 개의 과목만을 2년 동안 공부하게 되는 것이지요."

A 레벨을 총 담당하는 영 선생님의 말이었다. 이미 다 아는 사실이었

지만, 그 말에 강당에 모여 있던 11학년생들은 수군대기 시작했다. 나도 스텔라와 함께 귓속말을 나누었다.

"그래픽이랑 드디어 굿바이다."

"난 영어랑 과학은 절대 안 할 거야."

"자, 여러분, 조용히 하고 주목해 주세요. 작년부터 A 레벨 과정이 많이 바뀌었습니다. 옛날에는 12, 13학년 과정을 다 합쳐서 A 레벨이라고 불렀던 것 아시죠?"

아이들이 고개를 끄덕였다.

"이제는 A 레벨 과정이 둘로 나뉘었습니다. 처음 절반은 AS 레벨, 나중 절반은 A2 레벨이라고 부르지요. AS 레벨은 12학년 과정, A2 레벨은 13학년 과정이라고 생각해도 좋습니다."

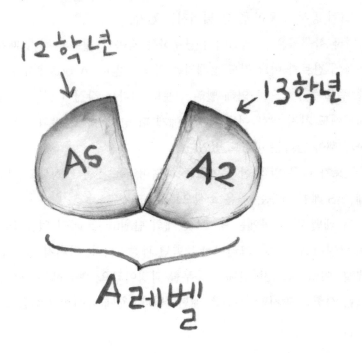

"그래서 도대체 달라진 게 뭐지?"

하나가 영문을 모르겠다는 표정으로 혼잣말을 했다. 영 선생님은 마치 우리 마음을 읽기라도 한 듯 말을 이어갔다.

"옛날에는 2년을 다 공부해야만 'A 레벨 증서'를 받을 수 있었지요. 하지만 이제는 12학년 한 해만 공부해도 'AS 레벨 증서'를 딸 수 있습니다."

그러니까, 12학년 때 마음에 들지 않던 과목을 13학년 때 그만두더라도 12학년 때의 노력은 공증을 받는다는 것이었다. 좋은 제도 같았다.

"그래서 나는 12학년 때 우선 세 과목이 아닌, 네 과목을 공부해 보라고 여러분에게 권장하고 싶군요. 13학년이 되면 그 중 한 과목을 그만두고 대학 지원에 필요한 나머지 세 과목에 집중하는 것이죠. 물론 12학년에서만 공부했던 과목의 AS 레벨 증서는 얻게 되고요."

'그럼 공부의 폭이 좀 더 넓어지는 건가?'

영국 학생들은 A 레벨에서 공부하는 과목의 개수가 적기 때문에 이즈음에 진로가 어느 정도 정해지는 경우가 많다. A 레벨에서 관심 분야를 주로 공부함으로 인해 빨리 전문화 된다는 장점이 있는 반면, 아직 대학에도 가지 않은 어린 학생들에게 더 광범위한 분야의 과목을 공부하게 해야 한다는 비판도 있었다.

진로가 너무 일찍 한 분야로 정해져버리는 것을 걱정하고 있던 나에게 'AS 레벨' 제도는 좋은 소식으로 들렸다.

"A 레벨 각 과목에는 총 여섯 개의 단원(module)이 있습니다. 처음세 단원이 AS 레벨, 그러니까 12학년 과정입니다. 나머지 세 단원은 A2 레벨, 여러분이 13학년에서 공부할 과정이고요. 옛날에는 13학년 말에 모든 시험을 봤지만, 지금은 매년 1월과 6월에 나눠서 시험을 볼 수 있습니다."

"그러니까, 2년간 총 시험 기간이 네 번이라는 뜻입니까?"

프란세스가 손을 들고 질문했다.

"그렇지요. 단원 시험들을 한꺼번에 보지 않아도 되는 것입니다. 과목에 따라서 매년 1월과 6월에 나누어서 단원 시험을 볼 수도 있고, 아니면 6월에만 시험을 볼 수도 있습니다."

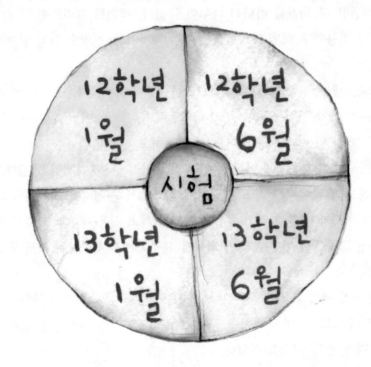

강당 안이 또 술렁이기 시작했다.

"아무래도 나누어서 시험 보는 게 훨씬 부담도 적고, 성적을 위해서도 더 낫겠지?"

"그래도 거의 6개월에 한 번씩 시험 보는 건 좀 지겹지 않을까?"

"자, 여러분, 그건 나중에 담당선생님들과 상의할 일입니다."

영 선생님은 우리를 조용히 시키고 설명을 계속했다.

"시험을 한 번 봐서 성적이 좋지 않은 단원이 있다면, 원하는 시기에 한 번 더 시험을 볼 수도 있습니다."

'옛날에는 시험 기간이 딱 한 번이었으니까 재시험 볼 기회도 변변치 않았겠네……. 우리는 정말 다행이다.'

선생님은 곧 책자를 하나씩 나누어 주었다. 세인트 크리스핀 학교에서 공부 가능한 A 레벨 과목들을 소개한 책자였다. 책장을 빨리 넘겨보았다.

'미술, 생물, 비즈니스, 화학, 드라마, 경제학, 영문학, 지리, 역사, IT, 수학, 음악, 체육, 물리, 종교, 테크놀로지, 프랑스어, 독일어…….'

스무 개가 넘는 과목 중 적어도 열 개는 하고 싶었다.

'어떤 것을 고르느냐가 아니라, 어떤 것을 버리느냐의 문제인 것 같다.'

"부모님과 많이 상의하고 신중하게 선택해서 신청서를 작성하세요. 여러분의 장래가 걸린 일이니까요. 자기가 가고 싶은 대학과 학과를 조사해서, 그곳에서 어떤 A 레벨 과목을 요구하는지 찾아보는 것도 권장합니다."

2년 동안 서너 과목만 공부한다는 것은 굉장히 심도 있게 공부한다는 뜻이었다. 그래서 어떤 과목을 공부할지는 나의 장래 희망 등을 심각하게 고려해 본 후 결정해야 했다.

"A 레벨 과목 신청서는 GCSE 시험보기 전까지 받겠지만, 그 후에도 과목 변경이 어느 정도 가능하니까 너무 스트레스 받지는 마세요."

내 머리 속은 벌써부터 어떤 과목을 선택할지 생각하느라 분주했다.

"한 가지 유의할 점이 있습니다. GCSE에서 적어도 C를 다섯 개 이상 받아야 우리 학교에서 A 레벨을 공부할 자격이 됩니다. 그 이하의 성적을 받게 되면 세인트 크리스핀 식스폼에서는 받아주기 힘들 것 같습니다."

'모의고사 때 성적으로 보아 난 아마도 C 다섯 개는 받을 수 있을 것 같은데……. 그런데 '식스폼' 이 뭘까?'

몇 번 들어본 것 같기도 한 말이었다.

"스텔라, 식스폼이 뭐야?"

식스폼은 중고등학교 6학년!

식스폼(Sixth Form)이란, A 레벨을 공부하는 12, 13학년의 '학급' 을 말했다.

"7학년을 첫 번째 '학급(form)', 8학년을 두 번째 '학급', 이렇게 따져 가면, 12, 13학년은 여섯 번째 '학급', 'Sixth Form' 이 되거든."

'아, 그러니까 중고등학교 6학년 정도로 볼 수 있는 거구나.'

"물론 세인트 크리스핀 학교에만 식스폼이 있는 건 아니야. A 레벨을 가르치는 다른 학교들도 다 식스폼이라고 불러."

식스폼이라는 것은 그 아래 학년들과는 확연히 구분되는 특별한 것이었다. 식스폼에 다니는 12, 13학년들(Sixth Formers)은 그 전까지와는 전혀 다른 대우를 받았다.

"우리 학교에서 까만 교복 입고 다니는 학생들 있지? 식스폼에 다니는 학생들이야."

"그럼 이 지긋지긋한 초록색 마이를 안 입어도 된다는 거야?"

"그럼! 나도 그게 제일 맘에 들어."

우리는 킥킥거리며 웃었다.

"식스폼 학생이 되면 마음대로 학교 밖에 나갈 수도 있대."

"우와, 정말 좋겠다."

"그리고 식스폼 구역은 학교 내에 따로 지정되어 있는데 음악도 들을 수 있고, 음식도 해 먹을 수 있고, 시설이 잘 되어 있대."

"지금의 우리랑은 완전 딴판이네."

"쉬는 시간마다 저쪽 식스폼 구역에서 시끄러운 음악 소리 들리잖아? 음향 시스템이 있어서 그런 거래."

아직 어린이로 여겨지는 11학년 까지와는 달리, 이제는 'young adults(젊은 어른)' 대우를 받는다고 했다. 식스폼이 그렇게 멋진 것일 줄은 몰랐다.

"그런데, 우리 학교에서 A 레벨을 공부하고 싶지 않으면 다른 학교로 가기도 해?"

"응. 듣기로는 프란세스랑 케리가 다른 학교 식스폼으로 옮겨갈 생각이라던데?"

"왜? 우리 학교가 마음에 안 들어서?"

"글쎄, 프란세스가 의대에 가고 싶어하는 거 알지? 그런데 우리 학교 식스폼에서는 수학, 화학, 생물, 물리, 그렇게 자연계열 과목 네 개를 모두 선택할 수 없을 것 같대. 시간표가 안 맞는다나 봐. 그래서 사립 식스폼으로 옮긴대."

"케리는?"

"음악 부서가 유명한 다른 사립 식스폼으로 갈 거래."

문득 2년 전, 그러니까 GCSE 과정을 시작하기 전, 영국 중고등학교

순위를 보고는 잠시 명문 사립학교 바람이 들었던 때가 생각났다.

'여러 가지 사정 때문에 가지 못한 것이 좀 안타깝게 느껴졌었지……'

사실 지금도 사립학교는 아주 매력적인 곳이었다. 케임브리지라는 꿈이 이제 더 가까이 다가왔기 때문에, 학생의 몇 십 퍼센트를 케임브리지나 옥스퍼드로 보내는 명문 사립학교에 대한 유혹은 오히려 전보다 크다고 할 수 있었다.

하지만 GCSE 과정을 돌아보았을 때, 어쩌면 비교적 덜 엄격한 공립학교에서 공부한 것이 더 좋은 쪽으로 작용했을지 모른다는 생각도 들었다. 더 많은 시행착오를 거듭하면서 혼자 공부하는 법을 힘들게 터득하게 된 것 같았다.

'그것이 나에겐 꼭 필요한 과정이었을지 몰라.'

일년에 수천만 원의 돈이 들어가는 사립학교는 나에게 현실적으로 불가능한 환경이었다. 그것을 바라며 안타까워하다간 내가 처해 있는 환경에서도 최선을 다하지 못할 것이다.

'정든 세인트 크리스핀 학교에서 계속 공부하는 것이 지금으로서는 최선이야.'

그렇게 마음먹은 나는 A 레벨을 앞두고 사립학교를 찾아봐야겠다는 비현실적인 생각은 아예 접어두기로 했다.

그런데 내가 A 레벨 과목을 선택할 당시 선생님들의 태도는 GCSE 과목을 정할 때와는 확연히 달랐다. 2년 전처럼 내가 교과 내용을 잘 따라갈 수 있을지 염려하는 선생님은 없었다.

"에스따, 꼭 이 과목 선택할 거죠?"

프랑스어 선생님과 음악 선생님은 내가 꼭 그 과목을 선택해야 한다며 강권했다. 과학 선생님들과 수학 선생님도 내가 당연히 그 과목들을 선택하리라고 믿는 것 같았다. 심지어는 내게 가장 큰 난관으로 보였던 영문학과 역사도 이젠 적극 추천되었다. 대충 어떤 과목을 할지 추려 보았지만 확신이 서지 않아 고민이 되었다.

'안 되겠어. AS 레벨 네 과목을 정하기 전에 우선 나의 목표를 좀 더 확실하게 정해야 해.'

지금까지 내가 열망해온 직업은 딱히 없었다.

'중학교 때 한국에서 해본 적성검사에서는 문과 계열이 이과보다 좀 더 높게 나왔었는데…… 하지만 아무래도 사회에 더 도움이 되는 방향은 이과 쪽일 것 같아.'

한참 고민을 하며 부모님과 많은 이야기를 나눈 결과, 의사라는 직업이 좋을 듯했다.

"자격증이 있으니까 평생 유용하고, 또 가장 직접적으로 남을 도울 수 있는 직업이야. 힘들지만 보람도 많이 느낄 수 있고."

'그래, 그럼 의사를 나의 목표로 정하고 정말 열심히 해보는 거야.'

의대에 들어가려면 생물, 화학, 물리, 수학 중에서 적어도 세 과목을 공부해야 한다는데, 우리 학교에선 넷 다 공부할 수는 없다고 했다.

'어떤 걸 포기해야 하지?'

나는 쉽게 결정을 내리지 못했다. 우선 신청서에는 자연계열 과목 중 세 개를 공부하겠다고 쓰고, 나머지 한 과목으로는 역사나 불어를 선택하겠다고 했다.

'GCSE 성적이 나오는 걸 봐서 그 때 최종적으로 결정하자.'

이렇게 일단 식스폼 지원을 마친 후에, 나는 한 달간의 GCSE 시험을 준비하기 시작했다.

A 레벨, 만만치 않네

"앤드류, 케빈, 집중해 주세요."

이번 시간만 해도 벌써 몇 번째였다. 앤드류와 케빈은 수학 시간에 뒷줄에 앉아 딴 짓하는 것을 좋아했다. GCSE 수학에서 각각 A와 B를 받은 것을 보면 머리는 좋은 아이들이었다. 하지만 수업 시간에 선생님 설명을 듣지 않아 야단을 맞는 일이 빈번했고, 그렇다고 해서 모르는 것이 있다고 질문하는 적도 없었다.

A 레벨은 전보다 훨씬 많은 양의 독자적인 공부를 필요로 했다. 11학년까지는 쉬웠던 수학도, 이제는 그리 쉽다고 할 수 없었다. 웬만한 기초 없이, 특히 숙제와 개인 공부를 하지 않은 상태에서 수업을 따라가기는 힘들었다.

한 번은 테스트를 앞두고 도서관에서 둘이 공부하는 것을 본 적이 있다.

"노트 필기 한 건 글씨를 알아볼 수가 없으니 그걸로 공부하는 건 무리야."

"그래도 교과서에 다 나오니까 뭐."

앤드류와 케빈은 여유만만한 표정으로 교과서를 뒤적대기 시작했다. 하지만 기초가 전혀 잡혀있지 않은 상태에서 단시간에 미적분과 표준편차를 복습하는 것은 불가능했다.

"뭐 이런 게 다 있어?"

"교과서가 이상한 것 같지 않냐?"

물론 교과서가 잘못되었을 리는 없었다. 둘은 미분 과정 풀이를 따라가다가 헷갈려 하더니 곧 곤혹스러운 표정으로 도서관을 빠져나갔다.

며칠 후 테스트가 치러졌고, 결과가 나왔다. 앤드류와 케빈의 경악에 찬 목소리가 들렸다.

"악! 말도 안 돼! 40점이라고? 내가 반도 못 맞췄다는 거야?"

"세상에, 난 너보다 더 못 봤다. 설마 채점이 잘못된 건 아니겠지?"

작년에 수학 최고반에서 으스대던 친구들이 이런 소리를 하자, 반 전체가 고개를 돌려 앤드류와 케빈을 바라보았다.

"앤드류하고 케빈, 끝나고 나 좀 봐요."

수업이 끝나자 수학 선생님이 무시무시한 표정으로 말했다. 잠시 후 선생님의 호통 소리가 교실 밖에까지 쩌렁쩌렁 울렸다.

"AS 레벨은 GCSE처럼 수업 시간에 놀고도 시험 때만 분발하면 중간은 갈 수 있는 그런 수준이 절대 아니에요! 착각하지 마세요!"

그런데 수업 시간에 열심히 공부하고 과제도 꼬박꼬박 착실하게 하는 것 같은데도 좋은 결과를 얻지 못하는 친구들이 간혹 있었다. 루시와 세바스찬이 그런 경우였다. 미분을 처음 배울 때는 아무리 설명을 듣고 이해하려고 노력해도 개념 자체를 받아들이지 못했다. 결국 루시가 체념하듯 말했다.

"내 이해력은 한계에 다다른 것 같아!"

A 레벨이 힘에 겨워서 스트레스를 받는 아이들이 점점 늘어만 갔다. A 레벨이 어려울 거라는 말을 귀에 못이 박히도록 들어왔지만, 막상 부딪혀보고 경험해보니 그 양과 깊이에 있어서 우리가 지금까지 알고 있었던 것을 훨씬 초월했다.

"공부하는 과목 수가 적다고 해서 할 일도 적은 게 절대 아니야."

간만에 마주친 스텔라가 고개를 절레절레하며 힘든 심정을 털어놓았다.

"정말이지, A 레벨 서너 과목이 GCSE 열 과목 이상과 맞먹는 것 같아."

AS 레벨 교과 내용은 거의 대학 초급 수준이었다. 예전에 단순하게 배웠던 내용들을 훨씬 더 자세하게 다루었고, 새로운 개념들도 계속 소개되었다. 그때그때 이해하지 못하면 누적이 되어 공부가 더 힘들어졌다. AS 레벨을 얕보던 많은 학생들이 GCSE와 AS 레벨 사이의 엄청난 간격 때문에 고생하는 것을 볼 수 있었다.

그런데 솔직하게 말하자면 나는 그런 과정이 싫지 않았다. 다른 친구들이 어려워하는 A 레벨이 나에게만 쉬운 것은 결코 아니었다. 하지만 어려운 상황일수록 더 큰 발전이 가능하다는 것을 나는 알았다. 그래서 이제야 임자를 만난 기분이었다.

'A 레벨이야말로 정말 공부다운 공부 같아.'

영국에 처음 와서 수학 시간에 가감승제 놀이를 하고 화학 시간에 색칠 공부를 했을 때, 한편으론 재미있었지만 다른 한편으론 실망도 했던 게 사실이었다. GCSE 과정이 시시했던 것은 아니지만, 점차 공부라는 것도 하면 된다는 사실을 깨닫게 되자 좀 더 높은 차원의 공부가 하고 싶어졌다. 식스폼에 들어와서 나의 그런 바람은 이루어지고 있었다.

어린이가 아니야

식스폼 생활은 이전과는 매우 달랐다. 가장 중요한 차이는 공부하는 과목의 수가 크게 줄어든 점이었다. 그래서 GCSE 성적이 발표된 후 나는 A 레벨에서 어떤 과목을 공부할지에 관해 엄마와 한참을 의논했었다. 거의 모든 과목에서 좋은 성적을 받았기 때문에 선택의 폭이 넓어졌다.

"나는 이과 쪽으로 나가고 싶은데, 화학, 생물, 물리, 수학을 모두 선택할 수는 없대요."

"그럼 넷 중 어떤 걸 포기하고 싶니?"

"모르겠어요. 화학, 생물, 수학에선 'A 스타'를 받았는데, 물리에서만 못 받았단 말이에요. 물리는 제일 소질이 없는 것 같으니까 물리를 포기할까……."

"글쎄, 신중하게 생각하고 결정해라."

나는 결국 화학, 생물, 수학, 그리고 역사를 공부하기로 결정을 내렸다. 알고 보니 전부터 가깝게 지내고 싶었던 일본 친구 마키도 나처럼 생물과 수학을 선택했다고 했다. 하지만 지금까지 친하게 지냈던 친구들 중에는 나와 같은 과목을 선택한 친구가 거의 없었고, 아예 반마저 다르게 배정되어서 좀 걱정이 되었다.

'이렇게 되서 서먹서먹해지는 건 아니겠지.'

식스폼 생활이 생소하게 느껴진 또 다른 이유는 교복이었다. 우리는 11학년 때까지 입었던 초록색 마이, 회색 치마와 바지, 줄무늬 넥타이를 벗어버렸다. 이젠 남녀 모두 흰색 셔츠에 까만 아랫도리, 까만 구두, 그리고 까만 스웨터였다. 교복 하나만 바뀌었는데도 어른스러움이 물씬 풍겼다.

식스폼 구역은 학교 내에 따로 지정되어 있었다. 공부하는 공간(study area), 컴퓨터실, 휴게실(common room) 등 식스폼 학생들의 편의를 위한 시설이 마련되어 있었다.

"여러분들을 위한 시설이니까 최대한 이용하세요."

첫 날 조회 시간에 식스폼을 총 담당하는 영 선생님이 말했다. 특히 휴게실에는 음향 시스템, 탁자, 소파, 전자레인지, 싱크대, 커피포트 등의 시설들이 제공되었다. 그래서 휴게실은 식스폼에서 가장 인기 있는 장소였다.

이제 쉬는 시간이 되면 아이들은 서로 돌아가면서 자기가 좋아하는 음악을 틀어놓았다. 헤비메탈에 푹 빠져버린 하나가 좋아하는 음악을 틀어 놓을 때면 귀청이 떨어져나갈 것 같았지만, 수업 시간이 아니라면 선생님들은 상관하지 않았다.

"이웃 학교에서는 휴게실에 위성 TV를 들여놨대!"

"곧 DVD 플레이어까지 마련할 거라는데?"
"휴게실에다가 위성TV에 DVD를? 이야, 진짜 부럽다."

우리의 이야기를 듣던 영 선생님이 덧붙였다.

"여러분이 선출하는 식스폼 임원들을 통해 휴게실 개선 문제나 교복 문제 등, 식스폼 운영에 직접적으로 참여할 수 있습니다."

식스폼 학생들은 이제 어린아이가 아니었다. 더 많은 권리를 부여받음과 동시에 전보다 책임감이 큰 역할도 맡게 되었다. 그리고 날이 갈수록 선생님들과 더 친근한 관계를 갖게 되었다.

무섭게만 보였던 존스 선생님까지 식스폼 학생들과 농담을 주고받을 때는 너무 생소하게 느껴졌다. 한 번은 린지라는 여학생이 청자켓과 운동화 차림으로 돌아다니다가 존스 선생님과 마주쳤다. 교칙에 어긋난 복장이었다.

"Lady, 지금 그렇게 하고 어딜 가는 거지?"

린지는 당황하여 멈칫했다. 주변에 있는 모든 학생들이 린지와 존스 선생님을 주목했다.

'곧 불호령이 떨어지겠지.'

하지만 우리의 예상은 빗나갔다. 전혀 뜻밖에도 존스 선생님은 혀를 끌끌 차며 농담조로 말했다.

"그럼 나쁜 어린이지."

그러고는 씩 웃고 지나가 버리는 것이었다. 지켜보던 다른 12학년생들은 믿기지 않는다는 눈초리로 선생님의 뒷모습을 바라보았다.

'완전 다른 사람이 되신 것 같아.'

식스폼이 특별하게 다가오는 가장 큰 이유는 아마도 선생님들이 식스폼 학생들을 더 신뢰하며 존중한다는 점 일 것이다. 어린이가 아닌, 어엿한 성인으로서 대접을 받는 것은 우리를 좀 더 진지하게 만들었다. 그러나 이렇게 덜컥 주어진 자유가 처음에는 마냥 좋았지만, 그것은 혜택보다는 더 큰 책임을 안겨주었다.

잠시 바람이 나버린 소녀

"1월에 첫 단원 시험을 보게 될 과목들도 있으니까, 지금을 AS 레벨에 적응하는 기간으로만 보면 안 됩니다. 본격적인 시험 준비 기간이에요."

12학년이 시작된 9월부터 이 점은 여러 번 강조되었다. 또한 새 학년, 새 과정을 시작하는 마음 가짐 때문에 처음에는 모두들 열심히 학교생활에 임했다. 그러나 타이트하게 조여 있던 식스폼 분위기는 시간이 흐르면서 조금씩 느슨해지는 운동화 끈처럼 해이해지기 시작했다.

담임선생님이 학년 초에 한 말이 생각났다.

"적어도 수업은 빼먹지 마세요."

그 때는 그것이 너무도 당연하게 생각되어서, 왜 굳이 그런 이야기를 들어야 하나 의아해질 정도였다. 11학년 때까지는 하루 종일 학교 울타리도 벗어나면 안 되었던 우리가 고의로 수업에 불참할 수 있다는 말은 '네모난 동그라미' 라는 말처럼 모순되게 들렸다.

그런데 몇 달이 지나고 보니 왜 그런 충고를 했는지 알 것 같았다. 수업 시간에 결석이 많아지면 선생님과 상담만 할 뿐, 수업에 강제로 오게 하는 일이 없었다. 시간이 지나면서 수업에 한두 번 빠지는 학생이 점점 늘어나더니 이젠 아예 학교 휴게실에서 죽치고 살거나, 학교에 오는 날보다 안 오는 날이 더 많은 학생들까지 생겼다. 저렇게 해서 어떻게 A 레벨 공부를 하겠다는 건지 괜히 내가 걱정이 되었다.

그러던 어느 날, 아무런 예고도 없이 마음이 답답해졌다. 비 온 뒤 파랗게 개어 있는 하늘에서 햇빛이 쨍 하고 나는 아름다운 오후였다. 내 안의 자유인이 풀어달라고 소리치는 것이 느껴졌다. 지금껏 들지 않던 생각이 나를 유혹하기 시작했다.

'마지막 수업인 역사를 듣지 말고 집에 갈까?'

'아냐, 그래도 수업은 빠지지 말아야지.'

'한 번 빠진다고 뭐 달라지겠어? 나중에 친구한테 물어봐서 진도 따라잡으면 되지.'

'그래도…… 시간낭비일 텐데.'

'피곤해서 그러는 건데 뭐, 지금 안 쉬어두면 몸살이 날지 누가 알아?'

'정말 그냥 한 시간만 버티면 되는데…….'

머리 속에서 천사와 악마의 싸움이 벌어지고 있었다. 휴게실에 앉아서 한참을 끙끙대며 고민하다가 나는 벌떡 일어섰다.

'딱 이번 한 번만이야.'

뾰족한 죄책감이 양심을 콕콕 찌르는 것을 애써 무시한 채 학교를 나섰다. 쏟아지는 햇빛을 얼굴에 그대로 받으며 여기저기 물이 흥건히 고인 길을 걸었다. 상쾌한 바람이 얼굴을 스쳤다. 순간 모든 짐을 훌훌 벗어버린 듯한 기분에 마음은 날아갈 듯했다. 내 안의 자유인이 만세를 부르는 것 같았다.

'그래! 이런 게 사는 거지!'

이런 날씨를 두고 교실 안에서 공부하고 있을 친구들을 생각하니 미안하기도 했지만, 수업에 안 가길 백 번 잘했다는 확신이 들었다.

'한두 번은 이렇게 쉬어주는 것도 정신 건강에 좋을 거야.'

그렇게 합리화하고 나니 별로 거리낄 게 없었다. 다음 날 친구들에게 물어보니 진도도 그리 많이 나가지 않았다고 했다. 프린트 물 받은 것을 복사해서 읽어보고, 노트 정리를 베끼고 했더니 다음 역사 수업 듣는데 별 지장이 없었다. 나는 만족스럽게 나의 A 레벨 첫 땡땡이를 회고했다.

'역시 이럴 줄 알았어. 땡땡이치는 것도 잘 하면 괜찮은 거야.'

그로부터 며칠 후였다. 하루 일과가 시작하기 전, 그 날의 시간표를 한 번 훑어보고 있었다.

'오전에 수업 두 개, 그 다음 두 시간이 없고, 그 다음…….'

바로 그때였다. 전에는 별 생각 없이 보았던 시간표의 공백이 갑자기 눈에 확 들어왔다.

'이, 이럴 수가……!'

한국의 꼴찌 소녀 케임브리지입성기

그 새하얀 공간이 어찌나 크게 확대되어 내 눈에 들어오는지, 순간 주춤했다.

'이렇게 오랜 시간을 학교에 앉아서, 수업 시간만을 기다리며 흘려보내야 하다니!'

내 청춘이 아까웠다. 한 번 '자유'를 맛본 내 안의 자유인은 전보다 더 크게 요동치며 나를 뒤흔들었다.

'점심시간까지 합치면, 맨 마지막 수업인 생물까지는 거의 세 시간이 비는 거잖아!'

불공평하다는 생각 밖에는 들지 않았다. 어떻게 해서든 이 불합리를 시정하고 말리라.

'생물은 한 번 빠져도 충분히 따라갈 수 있어. 요새 좀 피곤했으니까 오늘은 쉬어도 되겠지?'

지난 번에는 날씨가 좋은 것이 핑계가 되었는데, 이번에는 날씨가 흐려서 기분이 가라앉아버린 게 내 핑계였다. 나는 예의상 조금 고민하다가 또 그렇게 집으로 발걸음을 옮겼다. 양심이 콕콕 찔리는 것이 전보다는 조금 덜 거슬렸다.

다음 날 마키가 말해주었다.

"별로 배운 거 없어. 선생님이 잡담도 조금 하셨고."

따지고 보니 선생님의 설명이 반드시 필요한 부분을 배우는 게 아니라면 수업에 굳이 참석하지 않아도 될 것 같았다.

'혼자 해도 따라갈 수 있는데, 꼭 지루하게 교실에 앉아서 공부해야 할 필요가 있을까?'

이 '깨달음'을 얻은 후로 나는 자주 꾀를 부렸다. 선생님이 미리 다음 시간 수업 내용을 말해 주면 내 머리 속에선 벌써부터 계획이 세워지고

있었다.

'혼자 따라갈 수 있는 부분인 것 같으니까, 다음 수업은 빠져야지!'

물론 결석을 한 다음에는 친구들로부터 꼭 진도를 확인해서 별 탈이 없도록 했다. 바늘 끝처럼 뾰족하던 나의 죄책감은 점점 뭉뚝해져서, 콕콕거렸던 것이 이제는 간지럽게 느껴졌다.

'땡땡이치는 데 중독이 되어버린 건가?'

몇 번 수업을 빠지고 나니 조금만 지겨운 생각이 들어도 학교에서 벗어나고 싶어서 견딜 수가 없었다. 휴게실에서만 사는 친구들의 심정이 이제 충분히 이해가 되었다. 수업만은 빼먹지 말라던 선생님의 말이 멀리서 들리는 희미한 메아리처럼 가끔씩 나를 찾아왔지만, 나는 잘 안 들리는 척 아무렇지도 않게 어깨를 으쓱할 뿐이었다.

'좀 그럴 수도 있지 뭐. 공부에 손해 보는 건 아니니까.'

그런데 얼마 후 아침 조회 시간에 담임선생님이 엄하게 말했다.

"요즘 수업에 잘 참석하지 않는 학생들이 늘고 있어요. 출결석 통계가 나왔는데, 출석률이 95% 이하인 사람은 나하고 얘기를 좀 해야겠어요."

속으로 뜨끔했다.

'몇 주 동안 툭하면 수업을 빼먹었는데, 설마…….'

선생님은 교실을 돌아다니며 몇몇 아이들과 조용조용 이야기를 나누기 시작했다.

'혹시…… 나도 그 중 한 명?'

아니나 다를까, 펜 선생님의 발걸음은 곧 내 쪽을 향했다.

"에스따, 얘기 좀 할까요?"

나쁜 짓을 하다 들킨 아이처럼 심장 박동이 빨라지기 시작했다.

"출석 통계가 75%로 나왔어요. 한 주일에 하루 이상을 빼먹는 거나 다름없군요. 에스따, 이게 어떻게 된 일이죠?"

75%라니! 낮을 거라는 예상은 했지만 이렇게 낮을 줄은 몰랐다. 충격이었다.

"좀 더 분발해 주세요. A 레벨에서 이렇게 하면 안 됩니다."

부끄러웠다. 나의 결석은 정말 특별한 이유가 없었기에 아무런 변명도 할 수 없었다. 그렇지 않아도 수업에 빠짐으로 인해 시간 낭비가 굉장하다는 것을 느껴가던 차였다.

이과 과목은 괜찮았지만 역사에서는 땡땡이의 결과가 조금씩 나타나는 것 같았다. 파일이 점점 엉망이 되어갔고, 숙제가 밀렸고, 수업 시간에 선생님이 하는 말이 종종 잘 이해되지 않았다. 그래서인지, 수업에 가지 않고 집으로 향할 때면 언제부터인가 내 안의 '자유인'의 환호성 뒤로 왠지 모를 허탈감과 불안감이 엄습했다. 이제는 수업에 빠진 것을 보충해야 하는 것이 부담스러웠다.

담임선생님과의 상담 이후 나는 한동안 바꿔 보려고 노력했다. 그러나 일단 게을러진 상태에서 헤어 나오는 것은 쉽지 않았다.

'이번 한 번, 정말 딱 한 번만 빠지면 별 지장 없지 않을까?'

수업에 들어갈 생각에 골치가 지끈지끈 아파올 때면 집에 가고 싶은 욕망이 어김없이 뭉게뭉게 피어올라서 나를 꼬드겼고, 그렇게 또 한 번, 두 번 수업을 야금야금 빼먹기 시작했다. 하지만 그런다고 해서 성적에 큰 무리는 없을 거라고 생각했다.

그러던 어느 역사 수업 시간이었다.

"오늘은 '깜짝' 쪽지 시험을 보겠어요."

전혀 예기치 못한 일이었어도 그다지 걱정되지는 않았다.

'어느 정도 쓸 수는 있겠지.'

하지만 시험 문제를 본 나는 당황하고 말았다. 열 개의 짧은 에세이 문제 중 제대로 대답할 수 있는 것은 다섯 손가락 안에 꼽혔다. 그나마 허둥지둥 쥐어짜서 쓴 몇 개의 답안은 너무 형편없어 보였다. 시험지를 제출한 후 도망치듯 교실을 빠져나왔다.

다음 역사 시간, 우리는 채점이 된 시험지를 돌려받았다.

'허억!'

나의 놀란 눈은 '58%'라고 큼지막하게 적힌 내 시험지에 고정되었다. 그러다가 선생님과 눈이 마주쳤다. 선생님은 아무 말도 하지 않았다. 면목이 없어서 바닥으로 눈길을 돌려버렸다. C도 받지 못할 점수였다. 누가 볼까봐 얼른 시험지를 뒤집어 놓았다.

선생님이 써 놓은 코멘트가 눈에 들어왔다. 단 한 마디였다.

'Esther, what happened(에스따, 어쩐 일이죠)?'

글쎄, 어쩐 일일까. 깊이 생각해볼 것도 없었다.

'땡땡이…….'

참담한 기분이었다. 그렇게 제멋대로 수업을 빠져놓고도 괜찮으리라 생각했던 것이 부끄러워서 얼굴이 달아올랐다.

'나의 태만이 너무 지나쳤어.'

지금 생각하니 내가 왜 그랬는지 이해가 가지 않았다. 아무리 지루하고 좀이 쑤셔도 수업에 참석하여 교실에 앉아있기만 하면 벌써 공부의 반은 끝난 것인데, 결국 내 할 일을 최대한 미루면서 바보처럼 기뻐했던 나 자신이 너무나도 어리석게 느껴졌다.

한국 중학교 시절의 내 모습이 떠올랐다. 이러면 안 된다는 걸 알면서도 빠져나오지 못하는, 꿀단지 속에 빠진 꿀벌 같던 시절은 한 번으로 족했다. 어떻게 해서든 그 모습이 되풀이되는 것을 막아야 했다.

'내 주변의 분위기에 상관없이 내 할 일만 하면 돼. 아무리 하기 싫고 귀찮아도 할 일은 제 때에 해야 해.'

나는 이 다짐을 한시라도 잊지 않기 위해 스스로에게 한 가지 특이한 치방을 내렸다.

"에스따, 너 손에 써 있는 게 뭐야? 한국말이야?"

"어? 아, 이거? 으응, 별 거 아니야."

아무 것도 모르는 친구들이 물어올 때면 그렇게 얼버무렸지만, 내 손등에 큼지막한 빨간 글씨로 써 있는 그 한 글자는 사실 엄청나게 큰 의미를 내포하고 있었다. 조금이라도 내 생활이 해이해지려고 할 때, 또 내 안의 가짜 '자유인' 이 아우성을 치기 시작할 때 나는 곧바로 손등으로 눈을 돌렸다. 그러면 그 글자는 차가운 냉수처럼 나를 번쩍 깨웠다.

'꿈.'

내 인생의 목표는 수업만 그럭저럭 따라가는 것이 아니었다. 편하게 꾀를 부리며 학교생활을 하는 것이 내 관심사가 아니었다. 나에게는 이루어야 할 꿈이 있었다. 나에게는 너무 분에 넘치게 높은 꿈이었기에, 한시라도 초점을 잃지 않아야만 조금이라도 더 가까이 다가갈 수 있었다.

내 꿈에 시선을 고정시키고 그 관점에서 모든 것을 바라보았을 때 나는 다시 정상 궤도에 올라설 수 있었다. 아니, 그렇게 해야만 했다. 내 꿈을 꼭 이루어 내야 했으니까. 나의 짧은 '바람' 은 그렇게 막을 내렸다.

영국인을 앞지른 영어

연말이 다가왔다. 영국에 온 지 거의 3년이 다 되어가는 시기였다. GCSE 영어와 영문학 성적을 보면 그새 영어가 많이 는 것 같았다. 이젠 영국 사투리도 구사할 줄 알았고, TV나 책을 보면 거의 다 어려움 없이 이해할 수 있었다.

비원어민으로서 웬만한 영국 대학에 들어가려면 영어 실력이 검증되어야 하는데, 나는 GCSE 영어에서 A를 받은 것으로 그 문제가 해결된 상태였다. 하지만 엄마는 케임브리지에서 주관하는 영어 실력 검증 시험에도 도전해 보라고 권유했다.

케임브리지 영어 실력 검증 시험은 다섯 단계로 나누어져 있는데, 내가 보고자 하는 시험은 그 중 최고 단계인 프로피션시, 즉 CPE (Certificate of Proficiency in English) 시험이었다. 이 시험은 독해, 영어 사용법, 작문, 듣기 이해력, 인터뷰 등 다섯 가지 영역으로 나뉘어 까다롭게 이루어졌다.

"통과하려면 C 이상을 받아야 하는데, 통과하기만 하면 '교육 받은 원어민(educated native speaker)' 수준의 언어 구사력이 인정되는, 매우 권위 있는 시험이래. 비싼 돈을 주고 보기는 하지만, 통과하지 못하더라도 좋은 경험이 될 거야."

나는 엄마의 충고를 받아들이기로 했다.

뉴볼드 랭귀지 스쿨 학생들과 함께 CPE 시험을 보겠다고 신청을 했을 때 솔직히 자신감에 넘치지는 않았다. 영국인들조차도 CPE 시험에서 A를 못 받곤 한다는 이야기도 들었다. 그러니 아직 영국에 온 지 채 3년도 되지 않은 내가 큰 기대를 할 필요는 없었다.

곧 AS 레벨 첫 단원 시험이 있었기 때문에, CPE 시험 준비로 내가 할 수 있는 것은 시험 전 일주일 동안 매일 연습 시험을 한 번씩 보는 것이었다. 학교 시험이 얼마 남지 않은 상황에서 CPE 시험 대비 문제집을 다 풀어본다는 것은 무리일 것 같았고, 또 머리에 잘 들어오지도 않을 것 같았다. 그저 시험 유형을 익혀놓고 그야말로 '기본 실력'으로 보는 수밖에 없었다.

시험은 하루 종일 치러졌다. 케임브리지 재단에서 온 시험관과의 인터뷰를 포함, 총 6시간에 달하는 시험이 끝나자 진이 빠졌다. 처음에는 그럭저럭 본 것 같다고 생각했는데 가만히 앉아서 생각해 보니 걱정이 하나 둘씩 삐죽삐죽 솟아올랐다.

'쓰기 영역에서 좀 황당한 내용의 글을 쓴 것 같아.'

'듣기 영역도 꽤 애매했지?'

'인터뷰는 정말 망한 것 같아.'

연습 시험 결과로 보았을 때 적어도 낙제하지는 않을 것 같았지만, 그래도 마음이 편하지 않았다. 성적은 내년이 되어서나 나온다고 하는데, 꼭 C는 받아서 통과하고 싶은 마음이 굴뚝같았다.

하루는 식스폼 전체 조회 시간에 영어 부장인 존스 선생님이 앞으로 나오더니, 12학년생들에게 말했다.

"지난 8월에 GCSE 성적이 나왔지요? 영어와 영문학 성적이 가장 좋았던 학생에게 영어 부서에서 최고상을 주기로 결정했습니다."

"에스따 쏘온."

존스 선생님이 호명한 이름은 다름 아닌 내 이름이었다.

그러자 강당에 앉아있던 모든 눈이 나에게로 향했다. 그 눈들에서 '말도 안돼.'라는 외침을 읽을 수 있었다. 나는 얼떨떨한 기분으로 자리에서 일어나 존스 선생님 쪽으로 걸어갔다.

'내가 영어 부서 최고상을……?'

참 아이러니한 일이었다. 2년 전, GCSE를 시작하기에 앞서 영문학은 내 힘에 부칠 것이라고 말했던 바로 그 선생님이 이제는 나에게 학교 전체를 통틀어 영어 최고상을 수여하고 있는 것이다. 영국 학생이 아닌, 이 한국인 소녀에게 말이다.

"이것은 노력상이 아니라 엄연한 최고상입니다. 내가 에스따를 처음 만났을 때 기대했던 것을 훨씬 뛰어넘은 큰 성과를 매우 대단하게 생각합니다."

존스 선생님은 잠시 쉬었다가 말을 이어갔다.

"하지만 그것을 얻기 위해 쏟은 노력을 나는 더 높게 평가합니다."

선생님의 얼굴에는 보기 드문 미소가 띄어져 있었다.

"축하해요. You deserve it(이 상을 받아 마땅합니다)."

나는 두 손으로 공손히 상장을 받아들었다. 박수가 터져 나왔다. 영어 부서 최고상 상장은 금테두리로 멋있게 장식되어 있었다.

'지금 이 강당에서 박수를 치고 있는 친구들이 내가 흘린 땀과 내가 꼬박 지새운 밤에 대해 알기나 할까?'

그것이 절대 그냥 이루어진 일이 아니라는 것을 나는 누구보다도 잘 알고 있었다.

얼마 후 프레젠테이션 이브닝이라고 하는 연말 시상식이 있었다. GCSE 각 과목마다 한 학생이 우등상을 받게 된다고 했다. 우등상을 받을 학생들은 특별한 초청장을 받았는데, 나에게도 그런 초청장이 왔다. 대체 어떤 과목에서 우등상을 받는 걸까 궁금한 마음으로 열어보았다.

'GCSE 영문학 우등상을 받게 되었습니다.'

황당했다. 한국 학생으로서 영국 학생들을 제치고 영어상을 두 번씩이나 받게 되는 기분은 묘했다. 그 생각을 나만 한 것이 아니라는 것을 시상식 날 알게 되었다.

"영문학 우등상, 에스따 쏘온."

키 작고 까만 머리의 동양 여자아이가 일어나자 사람들은 모두 의외라는 표정이었다. 수군거리는 소리가 들려왔다. 상을 받으러 올라가면서 얼마나 떨리던지, 온몸이 경직된 느낌이었다.

'나, 정말 이 상 받아도 되는 건가……?'

반신반의하는 마음으로 단에 올라섰지만, 청중석에 쫙 깔린 영국 친구들과 학부모들 앞에서 그들의 모국어인 영어에서 우등상을 당당히 받아 쥐는 순간, 뭐라 형언할 수 없는 감정이 복받쳐 올랐다.

열 배, 스무 배의 노력을 들여서라도 영국 친구들보다 잘하겠다는 각오를 실천에 옮긴 한국 소녀에게 그들은 아낌없는 박수를 보내주었다. 지금까지 있었던 이방인으로서의 설움이 바로 지금 이 순간 다 사라지는 기분이었다. 아니, 이방인이라 해도 그들보다 못한 이방인은 아니라는 것을 증명해 보였기에 더 이상 아프게 느껴지지 않았다.

'영국인 친구가 한국에 온 지 2년 반 만에 국어 우등상을 탄다면, 그

친구의 기분도 이럴까?'

순간 내가 겪었던 모든 마음고생과 수고가 갑자기 고맙게 생각되었다. '그렇게 힘들지 않았다면 이만큼 기뻐할 수 있었을까……'

공들여 얻지 않은 것은 그만큼 애착이 가지 않고 값어치도 떨어지게 마련이다. 그런 면에서 내가 영어에서 이루어낸 성과는 나에게 그 어떤 보석보다 값진 열매였다. 찢어지는 듯한 아픔을 승화시켜 진주를 만들어낸 조개의 기분을 조금은 이해할 수 있을 것 같았다.

어느덧 봄이 되었다. 하루는 뉴볼드 대학에서 연락이 왔다.

"에스더 양에게 온 편지가 있으니 찾아가세요."

나는 혹시나 하는 마음으로 뉴볼드에 찾아갔다. 그 때 내 손에 건네진 것은 다름이 아닌 CPE(프로피션시) 증서였다.

'낙제하지 않았구나!'

부랴부랴 집에 와서 엄마에게 증서를 보여주고 아빠에게 전화를 걸고 있는데, 더 놀라운 사실을 발견했다. 그 증서에는 다음과 같이 써 있었다.

This is to certify that Esther Y Son has been examined
and is hereby awarded
Certificate of Proficiency
Grade A

'A를 받았다고?!'

뉴볼드 대학의 랭귀지 스쿨 선생님들은 "신기한 한국 아이"라며 놀라움을 감추지 못했다. 교육 받은 원어민 수준의 영어 구사력을 인정받은 것이다.

사실 가장 신기해 한 것은 나 자신이었다. GCSE 영어 과목에서는 과제를 열심히 해가고 시험 준비를 잘 한 까닭에 좋은 성적이 나왔다고 생각했지만, 특별히 영어라는 언어를 터득하기 위해 단어를 외웠다거나 문법책을 독파했다거나 하는 '체계적인' 어학 공부를 한 적이 없어서였다.

하지만 '영어 공부'라고는 생각해 본 적이 없었어도, 내가 영국에서 알게 모르게 흘린 땀방울 하나하나에는 영어가 녹아 있었다. GCSE 영어 에세이들을 쓰며 지새웠던 밤들, 친구들의 사투리를 토씨 하나까지 이해하려고 안간힘을 쓴 것, TV와 책 등을 통해 내가 만나는 모든 새로운 표현들을 흡수하려는 노력 등등.

티끌 모아 태산이라는 말이 있듯이 나의 작은 공부가 하나하나 쌓여서 어느새 조그마한 산을 이루었고, 영국인들도 놀랄 만한 성과를 거둔 것이다.

다시 찾아온 지옥

시험의 달 6월이 또 가까워 왔다. 수학, 화학 그리고 생물에서는 각각 AS 레벨 첫 단원 시험을 1월에 보았고, 나머지 두 단원만 6월에 치러야 했다. 하지만 역사 그리고 선생님의 권유로 새로 시작한 일반 상식은 세 단원 시험을 이번에 모두 한꺼번에 봐야 했다.

'그럼 시험이 모두 12개인가?'

한숨이 푹푹 나왔다. 게다가 GCSE 때 우리를 괴롭혔던 코스워크가 다시 등장했다. 수학과 생물 두 과목에서만 코스워크가 있었지만, 각각 수십 장에 달하는 분량이었다.

12학년 말 AS 레벨 시험이 중요한 이유 중 하나는 대학 지원이었다. 13학년이 시작하자마자 대학에 원서를 넣어야 하는데, 그 때 첨부해야할 사항 중 하나가 AS 레벨 성적이었기 때문이다. 13학년 말에 가서야 A 레벨 최종 시험을 보게 되기 때문에 대학에서는 우선 A 레벨 최종 성적이 아닌 AS 레벨 성적으로 나를 판단하게 된다. 물론 AS 레벨 성적 외에도 많은 요소들이 작용하지만, 일단 좋은 성적을 받아놓아야 내가 꿈꾸어온 대학들에 지원서라도 제출할 용기가 생길 것 같았다.

그래서 AS 레벨 시험을 앞둔 내 마음은 작년 여름 GCSE 시험 때 이상으로 착잡했다. 봄방학 조금 전부터 시작된 자율 학습 기간(study leave)은 그다지 길지 않았다. 공부할 것은 많고 마음은 급하기만 했다. 수학은 어느 정도 공부하면 된다고 치더라도, 화학과 생물은 점점 더 복잡하고 어려워지는 것이 심상치 않았다. 하지만 가장 걱정되는 과목은 따로 있었다.

'역사는 나에게 최대의 걸림돌이야……'

우리를 처음 맡은 역사 선생님 두 분 중 한 분은 이탈리아 통일 역사를 가르친 스콧 선생님이었다. 불행히도 나는 워낙 배경 지식이 없어서 모든 것이 생소하기만 한데다가 수업도 많이 빠지다 보니, 생각나는 건 가리발디, 카보우르 같은 유명한 이름들 몇 개뿐이었다.

그런데 2002년 새해에 스콧 선생님이 전근을 가고 에드워즈 선생님이 우리를 맡게 되면서부터 이탈리아 역사는 완전히 미궁에 빠지고 말았다.

"이제부터는 통일 역사를 그만두고 무솔리니에 관해 배우겠어요."

'아아, 선생님, 제발……!'

나는 절망했다. 배우는 내용이 갑자기 바뀐 것도 황당한데, 에드워즈 선생님의 수업 방식은 그야말로 주입식 그 자체였다. 한 시간 내내 선생님이 적어온 필기를 우리가 토씨 하나까지 받아 적도록 했다. 이탈리아 역사를 좋아하는 학생이 우리 반에 아무도 없는 것을 보면, 선생님 때문에 과목이 좋아지고 싫어지는 것은 어쩔 수 없는 것 같았다.

반면 GCSE 때부터 우리를 가르치던 체임벌린 선생님은 설명도 머리에 쏙쏙 들어오게 하고, 영국 정치계의 지루한 부분도 지루하지 않게 함께 그림도 그리고, 토론도 하고, 연극도 하면서 재미있게 가르쳤다.

'그런데도 역사가 잘 정리되어 있지 않은 걸 보면, 가장 큰 문제는 에드워즈 선생님이 아닌 바로 나 자신이야.'

다른 과목들도 그랬지만 AS 레벨 역사는 특히 수업 시간 이외에도 많은 시간을 투자해야 제대로 공부할 수 있었다. 집에서 파일도 정리하고, 교과 내용에 관해 따로 여러 권의 책을 읽어 보충해야 하는데, 난 그렇게 하지 못했다. 역사는 작년의 게을렀던 시기에 많이 피해를 본 과목이었다. 파일이 엉성한 부분도 있고 숙제도 다 되어 있지 않는 등 뒤죽박죽이었다. 머리 속에서 정리가 되어 있지 않은 것이 당연했다.

이제 6월에 있을 AS 레벨 총 시험을 앞두고 나는 어떤 내용이 시험에 나올지도 확실히 모르고 있었다. 믿기지 않는 일이지만 한참동안 나는 무서워서 역사 파일을 들추어 볼 엄두도 내지 못했다. 파일을 쳐다보기만 해도 미칠 것만 같았다.

'아아악! 못 하겠어!'

고심하던 나는 역사를 그냥 포기할까 하는 생각을 심각하게 고려해 보았다. 하지만 그러기에는 지금까지 역사 수업을 들어 온 시간이 아까

웠다. 이럴 수도 저럴 수도 없는 상황에서 나는 무릎을 꿇고 역사 시험 준비를 도와달라는 염치 없는, 그러나 절박한 심정의 기도를 간절히 했다. 그리고 시험의 중압감이 나를 괴롭게 짓누르는 가운데 이를 악물고 채 다시 자신과의 싸움을 하겠다는 비장한 결심을 했다.

'결과가 어떻게 되든, 죽기 아니면 살기로 끝까지 해보자.'

그렇게 밤샘 공부는 또 시작되었고, 긴 여름날들을 시험과의 잊지 못할 씨름으로 보내고 말았다.

꿈에 더 가까이

AS 레벨 성적 발표는 8월 중순경에 있었다.

'수학, 화학, 생물은 아마도 A일 것 같아.'

하지만 역사는 갈피를 잡을 수가 없었다. 또한 짜투리 시간에 공부해서 시험을 본 일반 상식에는 기대도 하지 않았다.

'다 A를 받고 싶긴 하지만, 이과 과목에서만 A를 받아도 좋은 대학에 지원할 자격이 되겠지.'

자꾸만 커지는 욕심을 억누르며 교회 친구 마크와 함께 학교에 도착했다. 마크는 나보다 한 학년 위였기 때문에 AS 레벨 성적표가 아닌 A 레벨 총 성적표를 받았다. 표정을 보니 생각했던 것보다 성적이 잘 나오지 않은 듯 했다.

"공부를 안 한 게 여기서 다 드러나는구나."

마크가 체념하듯 말했다. 위 학년들이 성적표를 다 받기를 기다린 후, 떨리는 마음을 숨기고 AS 레벨 성적표를 받아 들었다.

'헉!'

수학	A
화학	A
생물	A
역사	A
일반 상식	A

괜히 숨이 턱 막히는 것 같았다. 우리 학교에서는 A를 한두 개 받는 아이들도 드물었다. 나는 숨을 고르고 조용히 성적표를 접어서 주머니에 찔러넣었다. 마크가 장난조로 물었다.

"잘 나왔어? 혹시 다 A를 받은 건 아냐?"

뜨끔했지만, 나는 당치 않은 소리라는 표정으로 '헤헤' 웃었다. 왠지 창피해서 말해주고 싶지 않았다. 마크가 또 다시 농담으로 말했다.

"그럴 줄 알았어, 올 A 학생!"

내가 아무 말이 없자 마크가 다시 물었다.

"정말 올 A야?"

나는 주위를 둘러보고 난감한 표정을 지으며 고개를 살짝 끄덕였다. 마크의 큰 눈이 더 커졌다.

"말도 안돼! 한 번 보자!"

"쉿! 조용히 해!"

"왜? 창피한 일도 아니고."

"아니, 그냥, 저기……."

"그러지 말고, 어디 나도 좀 보자!"

나는 주저하며 주머니에서 성적표를 꺼냈다. 얼굴이 빨개지는 것 같았다.

"Woooooow!"

놀랍기는 나도 마찬가지였다.

'정말 이런 일이 나한테도 일어나고 있는 건가?'

하지만 사실이 아니라 해도 좋았다. 마냥 기쁘고, 신기하고, 그저 좋았다.

'케임브리지…….'

머리 속으로 되뇌어 보았다. 2년 전에 들었을 때는 생소하고, 현실성
없고, 먼발치에서만 바라볼 수 있었던 이름이었다. 하지만 이제 AS 레벨
에서 5개의 A를 받았다는 것은 케임브리지를 비롯한 영국 최고의 대학들
에 지원할 자격이 된다는 뜻이었다. 내 꿈은 그 현실에 좀 더 가까이 다가
와 있었다. 이젠 정말 손에 잡힐 것만 같았다. 조금만 더 손을 뻗으면.

자, 이제 정말 시작이다!

AS 레벨 시험에서 거둔 성공은 좋은 반성의 기회이기도 했다. 13학년부터 공부할 A2 레벨은 12학년 과정인 AS 레벨보다도 훨씬 어렵고 공부할 양도 많다고 했다. 하지만 나는 12학년 때 공부했던 과목을 모두 계속해서 공부하기로 결정했다. 하나도 포기하고 싶지 않았다. 그리고 이제 더 이상 게으름을 피울 수 없었다.

보통 12학년 때 네 과목을 공부하던 학생들은 13학년이 되면 그 중 하나를 그만둔다. 이제 대학 진학에 필요한 세 과목을 집중적으로 공부하기 위해서이다. 하지만 AS 레벨에서 좋은 성적을 거두지 못하거나 낙제하게 되면 자신의 의사와는 상관없이 13학년에서 A2 레벨을 공부하지 말도록 권유받기도 했다.

AS 레벨 때는 네 과목을 공부하던 학생이 13학년 A2 레벨에 가서는 두 과목 이하밖에 하지 못하는 경우도 간혹 있었다. 그 중 제일 안타까웠던 학생은 내가 세인트 크리스핀 학교에 처음 등교한 날 역사 시간에 내 옆에서 노래를 흥얼거렸던 바로 그 친구, 리아나였다. 리아나는 AS 레벨에서 전과목을 낙제하고 말았고, 결국 13학년이 시작되기 전에 학교를 떠났다는 소식을 들었다.

'그래도 열심히 노력했던 친구인데……'

스포츠 물리 치료사가 꿈인 리아나가 어떻게든 학교에 남아 A 레벨을 공부하고 싶어 했다는 것을 아는 나는 이 소식에 가슴이 아파왔다.

'어딘가에서 자기가 원하는 일을 찾아서 행복하게 살 수 있겠지?'

어쨌든 여러 학생들이 떠나자 학급 크기는 전보다 훨씬 작아졌다. 역사반은 원래 학생이 많았기 때문에 13학년에서도 20명 정도였다. 하지만 과학반과 수학반은 보통 8명 정도로 크기가 반으로 줄었다. 그래서 진도가 전보다 훨씬 빨리 나갈 수 있었고 선생님과도 더 친해졌다.

13학년이면 이제 우리 학교 최고 학년이었다. 시간이 언제 그렇게 흘렀는지 알 수가 없었다. 올 한해는 정말 바쁜 한 해가 될 것이었다. A2 레벨이라는 크나큰 산, 그리고 대학 지원이 우리 앞에 버티고 서 있었다.

"그래, 끝까지 최선을 다해보는 거야!"

나의 대학 지원 절차

기간	A 레벨	대학 지원
2002년 가을	13학년 (A2 레벨) 시작	대학에 지원서 제출
~2003년 봄		(1) 각 대학에서 합격 여부 결정 및 통보 (조건부 합격) (2) 합격한 대학 중 1, 2지망 대학을 선택
2003년 6월	A 레벨 최종 시험	
2003년 8월	A 레벨 시험 결과 발표	시험 결과에 따라 1, 2지망 대학에 합격 확정 혹은 내년에 다시 지원

영국에는 모든 대학 지원 절차를 관리하는 중앙 기관인 UCAS가 있어서 지원료 및 시간이 크게 절약된다. 한 번에 지원할 수 있는 대학은 최대 6개이고, 그 중 의대에는 4군데 지원할 수 있다. 한 가지 특이한 사실은, 옥스퍼드와 케임브리지에는 동시에 지원할 수 없다는 점이다.

또한 옥스퍼드, 케임브리지 그리고 의대 지원생들은 다른 지원생들보다 좀 더 이른 시기인 10월 중순까지 모든 지원을 마쳐야 한다.

영국에서는 A 레벨 최종 성적이 나오기 전에 대학 합격 여부가 결정된다. 그런데 이렇게 최종 시험을 보지 않은 상태로 합격을 하게 되면 대부분 '조건부 합격'이 된다. 예를 들어, 2003년 봄, 아직 13학년에서 A 레벨을 공부중인 나에게 K 대학의 합격 통지서가 날아온다면, 아마도 다음과 같은 '조건' 이 제시되어 있을 것이다. (아래의 조건은 한 예일 뿐이다.)

'앞으로 있을 A 레벨 최종 시험에서 ABB를 받는 조건으로 합격을 확정하겠습니다.'

K 대학을 나의 1지망 대학으로 결정한다면, 나는 6월에 있을 최종 시험에서 K 대학이 요구한 ABB의 성적을 받도록 노력해야 한다. 그리고 8월에 성적이 발표되었을 때 ABB를 받았다면 합격이 확정되는 것이다. 만일 그보다 낮은 성적이라면, 정말 운이 좋지 않은 이상 K 대학에 입학하기는 힘들게 된다. 성적이 된다면 2지망 대학에 가거나, 'clearing' 이라는 제도를 통해 남은 자리가 있는 다른 대학에 들어가거나, 아니면 오는 가을에 다시 지원해야 한다.

그런데 그 사이에 나의 장래 희망은 의사에서 조금씩 멀어져서 이제는 과학자 쪽으로 기울어 있었다. 12학년 동안 AS 레벨 과학을 배우면서 과학의 경이로움에 매료되어 버린 것이다.

'영국에서 의대를 선택한다면 이제 순수 과학을 배울 일이 별로 없을 텐데……'

이 때 내가 결정을 내리는 데 도움을 준 것은 『뉴 사이언티스트(New Scientist)』지 라는 과학 잡지였다. 친구들이 이야기하는 것을 주워듣고 슈퍼에 갈 때 한두 번 사서 읽은 적이 있었는데, 곧 정기 구독하여 읽게 되었다.

『뉴 사이언티스트』지에는 매주 전 세계 각지에서 이루어지는 최첨단 연구에 관한 기사들이 가득 실렸다. 줄기 세포, 블랙홀, DNA, 신경 과학, 암흑 에너지, 나노 테크놀러지 등 매혹적인 분야들이 너무 많았다. 간혹 그 잡지를 읽다가 내가 배운 것이 나올 때면 너무 반가웠다.

'이거 얼마 전에 내가 공부한 건데!'

신이 나서 읽다보면 까다로워 보이는 부분들도 머리에 쏙쏙 들어왔다. 학교에서 배운 내용들이 실제로 연구 세계에서 어떻게 적용되는지 알아가는 것이 너무도 재미있었다. 그래서 결국 나는 과학 연구에 몸을 담겠다고 마음을 굳혔다.

보통 영국의 대학교에서는 교양 과목이 없이 화학, 생화학, 물리, 동물학 등과 같은, 단 한 가지 전공만을 공부하게 된다. 그래서 대학에 지원할 때 매우 신중하게 한 분야를 선택해야 한다. 오랜 고민 끝에 나는 각종 질병 연구가 활발하고 백신도 개발한다는 생화학을 공부하기로 결정하고 임페리얼, UCL, 노팅햄, 워릭 그리고 요크 대학의 생화학부를 마음에 두고 있었다.

그런데 생화학 분야 뿐만 아니라 다양한 분야의 과학을 공부할 수 있는 영국 내의 유일한 코스가 있었다. 바로 케임브리지 대학의 자연 과학부였다. 내가 꿈에 그리던 대학에 내가 꿈에 그리던 코스가 있다니 이보다 더 좋을 순 없었다. 원한다면 1학년 때는 생물, 화학, 물리와 같이 폭넓은 분야를 선택할 수도 있다고 했다.

'내가 하고 싶은 게 이거야. 이걸 공부해서 세계 최고 수준의 과학자가 되겠어!'

나는 속으로 그런 다부진 각오를 품고 13학년에 들어갔다.

14. 조금만 더 높이

Risk the fall in order to fly
—Karen Goldman
날기 위해서는 추락하는 것을 무릅써라.
—캐런 골드맨

꿈인지 생시인지

2002년 9월, 13학년이 시작되자마자 우리는 대학 입학 서류를 작성하기에 앞서 새로 온 A 레벨 총 담당인 랭킨 선생님과 면담을 했다.

"AS 레벨 성적이 굉장하네요. 우리 학교의 'star pupil(가장 뛰어난 학생)' 이로군요."

선생님의 칭찬에 당황한 나는 멋쩍은 웃음을 지었다.

"어떤 대학에 지원할 생각인가요?"

"임페리얼, 워릭, 요크 그리고……."

나는 약간 머뭇거리다가 덧붙였다.

"……케임브리지도 생각하고 있습니다."

내가 말해놓고도 좀 민망했다. 그런데 너무 뜻밖에도 랭킨 선생님은 당연하다는 듯이 맞장구를 쳤다.

"그럼 그래야죠! 에스따라면 충분히 할 수 있을 거예요."

'정말 할 수 있을까? 적어도 시도해볼 만한 가치는 있는 것일까?'

원서를 작성하는 동안에도 가끔은 잘 믿기지 않아서 가슴이 쿵쾅거리며 뛰었다. 하지만 랭킨 선생님은 영국 선생님 특유의 확신 있는 목소리로 나를 계속 격려해 주었다. 나 말고 케임브리지나 옥스퍼드에 지원하는 친구는 우리 학년을 통틀어서 단 한 명뿐이었다.

케임브리지 대학교 트리니티 칼리지

AS 레벨 성적이 발표된 후 13학년이 시작되기 직전인 2002년 여름, 엄마와 함께 케임브리지를 방문 했었다. 어느 칼리지를 선택할 것인지 결정하는 데 도움이 되기를 바라는 마음에서였다.

그 날 해가 저물어갈 즈음 나는 다우닝 칼리지(Downing College)에 지원하는 쪽으로 거의 마음이 기울어져 있었다. 아름답고 평온한 분위기만으로도 케임브리지에 대한 나의 상상에 부합하는 곳이었다.

'내 꿈 속의 케임브리지는 바로 이런 곳이었어.'

굳이 두 번째 후보를 꼽으라면 매력적인 고딕 양식의 건축물 때문에 관광객들로 북적거리는 킹스 칼리지(King' s College)였다. 모두들 장엄한 킹스 성당을 배경으로 사진을 찍느라 여념이 없었다.

반면에, 트리니티 칼리지(Trinity College)의 첫 인상은 별로 좋지 않았다.

'적어도 저 칼리지에 지원하지 않을 거라는 건 확실해!'

그러나 재미있게도, 29개의 케임브리지 학부 칼리지 가운데서 내가 결국 지원하기로 선택한 곳은 바로 트리니티였다. 대학 안내 책자를 통해 트리니티 칼리지를 전혀 새로운 시각으로 보게 된 것이다.

"이 칼리지에서 노벨상 수상자가 자그마치 스물여섯 명이 나왔대!"

"그럼 세계의 웬만한 대학에서보다도 더 많은 노벨상 수상자가 케임브리지 대학에 소속된 단일 칼리지에서 나왔다는 거잖아요?"

"게다가 아이작 뉴턴이 이 대학에서 공부했다는데?"

"사과 떨어지는 것을 보고 만유인력의 법칙을 발견한 뉴턴이?"

정말 어마어마한 곳이었다. 캠 강 옆에 크리스토퍼 워런 경이 건축한 아름다운 도서관이 자리하고 있는 캠퍼스도 매우 아름다웠다. 또한 학비 보조금이나 장학금이 많은 부자 칼리지라는 사실 등도 알게 되었다.

다우닝 칼리지의 평온함과 킹스 칼리지의 장엄함에 대한 미련을 여전히 떨쳐 버리지 못했지만, 무엇보다도 트리니티 칼리지의 명성이 강력하게 나를 유혹했다. 돌이켜 볼 때 그것이 칼리지를 선택하는 기준으로 적절한 것이었는지는 잘 모르겠지만, 그 당시 내가 트리니티 칼리지를 선택한 으뜸가는 이유 중 하나는 명성이었던 것 같다.

런던 대학교 임페리얼 칼리지

　나의 두 번째 선택은 과학과 공학과 의학을 가르치는 임페리얼 칼리지였다. 임페리얼 칼리지는 런던 대학교에 소속되어 있으며, 학생들은 졸업할 때 런던 대학교 학위를 수여받게 된다. 그러나 임페리얼을 포함해 런던 정경대, UCL, 킹스 칼리지 그리고 로얄 할로웨이 등과 같은 런던 대학의 개별 칼리지들은 사실상 개별 대학들이라고 보아도 좋았다.

　대학 종합 순위 목록에서 케임브리지 대학교는 모든 칼리지를 합쳐서 '케임브리지 대학'이라는 하나의 항목으로 표시되는 반면, 런던 대학의 각 칼리지는 개별적으로 순위가 매겨졌다. 임페리얼 칼리지는 대체로 영국 전체에서 다섯 손가락 안에 들며, 2000년도 한 신문의 종합 순위에서는 옥스포드를 제치고 2위에 랭크되기도 했다. 과학과 공학에 관해서는 임페리얼이 '옥스브리지'보다 더 낫다고 말하는 과학자들도 있었다.

　런던에서 멋진 추억을 쌓고 싶다면 런던 대학의 어떤 칼리지를 선택해도 좋다. 쇼핑 중독자들의 천국이라는 점을 빼더라도, 이 도시의 문화생활은 믿어지지 않을 정도로 화려하고 다양하다. 수많은 박물관과 미술관에는 교과서에서 그저 사진으로만 보았을 뿐인, 전 세계에서 수집한 값을 따질 수 없는 예술품들이 소장되어 있으며, 매일 저녁 로얄 알버트 홀, 로얄 페스티벌 홀, 퀸 엘리자벳 홀과 같은 곳에서 세계적 수준의 콘서트가 열린다. 웨스트 앤드(the West End)에서는 상상을 초월하는 갖가지 뮤지컬이 일년 열두 달 상연된다. 침대에서 일어나 손을 뻗기만 하면 이 모든 것이 내 손 안에 들어오는 것이다.

하지만 임페리얼 칼리지는 그 중에서도 가장 중심적인 위치를 차지한다고 할 수 있었다. 자연사 박물관이 바로 옆 건물에 자리하고 있으며, 세계에서 가장 훌륭한 음악 학교 가운데 하나이자 영화 〈샤인〉에서 데이빗 헬프갓이 라흐마니노프 3번 협주곡에 관한 잊지 못할 레슨을 받았던 왕립 음악 대학(Royal College of Music) 또한 바로 근처에 있었다.

또한 빅토리아 여왕이 남편 알버트의 서거에 즈음하여 세운 그 유명한 로얄 알버트 홀은 바로 길 건너에 있었다. 로얄 알버트 홀이 세워져 있는 땅의 소유주가 바로 임페리얼 칼리지이며, 기숙사 가운데 하나인 베이트 홀은 로얄 알버트 홀 바로 코 앞에 있다고 했다. 베이트 홀에 살았던 한 학생은 기숙사 문밖을 나서기만 했는데 음악회의 공짜 티켓을 받은 적이 있다는 이야기를 들려주었다. 더욱이 임페리얼의 졸업식은 바로 이 로얄 알버트 홀에서 열린다고 했다.

'정말 장엄한 피날레로구나……'

학문적으로도 임페리얼 칼리지는 다른 어떤 학교에도 뒤지지 않았다. 페니실린을 발견한 알렉산더 플레밍의 학교이며, 한 세기밖에 되지 않는 역사에도 불구하고 지금까지 14명의 노벨상 수상자를 배출했다. 이것은 그 대학에서 수행되고 있는 연구의 다양성뿐 아니라 그 범위와 질이 어떤지를 잘 드러내 주는 것이었다.

임페리얼 생화학과에 지원서를 낸 후 나는 2003년 11월의 대학 개방일에 임페리얼을 방문했다. 강의실에서 식당에 이르기까지 거의 모든 시설이 완전 새것인 점, 최첨단 실험실로 가득한 건물이 줄지어 있다는 점 그리고 교직원들과 학생들의 친근함과 소탈함에 나는 참으로 좋은 인상을 받았다. 우리를 안내하던 한 2학년 학생은 자기가 케임브리지에 지원했다 떨어졌다고 했다.

"하지만 아쉬움이나 후회는 없어. 임페리얼은 정말 멋진 곳이거든."

그 말에 나는 빙긋 웃었다.

'케임브리지에 못 들어가면 꼭 여기에 와야겠는 걸?'

트리니티 인터뷰 준비

11월 초, 나는 내가 지원한 대학에서 첫 번째 답장을 받았다. 런던 대학교의 임페리얼 칼리지였다.

귀하의 학업 성적과 자기 소개서, 추천서 등을 검토한 결과 귀하는 이 코스에 들어올 충분한 자격이 있는 것으로 보입니다. 그러므로 우리는 다음과 같은 A 레벨 성적을 조건으로 귀하의 입학을 허가하게 된 것을 기쁘게 생각합니다:

생물 A, 화학 A 그리고 그 외 한 과목에서 B.

나는 깜짝 놀랐다. 지금까지 차근차근 해온 것으로 보아 임페리얼 칼리지에서 요구한 A 두 개와 B 하나의 성적을 받는 것은 가능해 보였다.

'그렇지만 내가 방금 영국의 가장 좋은 대학 중 한 곳에서 입학 허가를 받았다니…… 믿어지지 않아.'

처음 영국에 왔을 때는 2년가량 공부하다 한국으로 돌아간다고 생각했지, 영국에서 대학에 진학하리라고는 상상조차 하지 않았었다. 그런 내가 임페리얼 칼리지의 학생이 될 수 있다는 것은 겁이 날 정도로 부담스러운 일이었다.

두 번째 답장은 케임브리지 대학 트리니티 칼리지에서 왔다. 나의 지원서를 접수했음을 확인하는 입학 담당교수의 편지와 함께, 내가 작성해야 할 몇 개의 서류도 들어 있었다.

서류를 작성하여 우편으로 발송한 후 케임브리지 대학 인터뷰 날짜를 받기까지는 또 한 주를 기다려야 했다. 그 사이에 UCL, 노팅햄, 워릭 그리고 요크 대학에서도 조건부 합격을 알리는 편지가 날아왔다. 하나같이 세계적 수준의 학교들이었다. 계속 꿈과 현실을 오고 가는 느낌이었다.

'만약 케임브리지의 꿈이 실현되지 않더라도, 대안은 충분할 것 같아.'

그러다가 마침내 케임브리지에서 인터뷰 날짜를 알리는 편지를 받아들었을 때 나는 흥분하고 말았다.

'2002년 12월 12일 목요일이 바로 운명의 날이다!'

화학 담당인 엘리엇 교수와 세포 생물학 담당인 뉴버거 박사가 오후 6시에 인터뷰를 진행할 거라고 했다. 인터뷰를 시작하기 전에 한 시간 가량 필기시험도 있는데, 내가 쓴 답안을 가지고 인터뷰를 한다고 했다.

초조한 마음에 나는 케임브리지 대학 안내 책자를 펴놓고 인터뷰 과정에 관한 페이지를 읽고 또 읽었다.

"여러분이 인터뷰를 '준비'할 수 있는 길은 없습니다. 그저 자신의 평소 실력을 발휘하기만 하면 됩니다. 학교에서 배운 것들을 숙지하십시오. 장래의 계획에 대한 질문이 있을 수도 있습니다."

아무리 읽어도 별 도움이 되지 않았다.

'실제로 인터뷰가 어떻게 진행될 지 전혀 감을 잡을 수가 없어.'

다행히 교장선생님과 A 레벨 총 담당선생님이 반가운 제의를 했다.

"모의 인터뷰를 한 번 해볼까요?"

나는 기꺼이 그 제의를 받아들였다. 두 선생님은 각자 나름대로 '예상 문제'를 뽑아서 진짜 인터뷰를 가장하고 나에게 질문을 던졌다.

"케임브리지에 지원한 이유가 무엇입니까? 왜 트리니티 칼리지를 선택했습니까?"

"당신이 케임브리지에 무엇을 기여할 수 있습니까?"

"자연 과학 코스에 가장 매력을 느끼게 만든 것이 무엇입니까? 앞으로의 계획은 무엇입니까?"

모의 인터뷰가 끝난 후 두 선생님은 몇 가지 주의 사항을 짚어 주었다.

"가장 중요한 것은 에스더가 가지고 있는 자질을 충분히 그리고 당당하게 밝혀야 한다는 점이에요."

"자신이 얼마나 명석한 학생인지를 최대한 보여 주고, 나를 뽑지 않으면 엄청난 실수를 저지르는 것이라고 인식시켜야 합니다."

인터뷰 연습은 무난히 마쳐졌고 나는 한층 자신감을 갖게 되었다.

'모든 일이 잘 될 거야. 최선을 다하기만 하자.'

나의 장래 포부를 말하거나 그리스도인 과학도의 관점에서 본 진화론과 같은 현실 세계의 쟁점에 대해 내 의견을 개진하는 데는 별 문제가 없다고 생각했다. 과학 잡지인 『뉴 사이언티스트』지 정기 구독이 큰 힘이 된 것 같았다. 이 잡지를 통해 세계 전역의 과학계에서 진행되고 있는 중요한 프로젝트에 관해 어느 정도 알고 있었다.

'이만하면 준비됐어.'

운명의 날이 밝아오다

시간은 흘러 이윽고 12월 12일 목요일이 되었다. 엄마와 나는 오전 10시 기차를 탔다. 우리가 살던 브라크넬에서 케임브리지까지는 약 세 시간이 걸렸다. 아직 그렇게 초조하거나 떨리지는 않았지만, 내 생애를 바꿀 수도 있는 인터뷰가 바로 오늘이라고 생각하면 입안이 바짝바짝 말라왔다.

비록 겉으로는 태연한 척 책을 읽고 엄마에게 잡담을 건넸지만, 머리 속에서는 불과 몇 시간 후에 일어날 일들에 대한 걱정이 끊이지 않았다. 불합격의 가능성을 생각하면 할수록 그 반대의 결과를 바라는 마음이 풍선처럼 커졌다.

'케임브리지에 떨어진다고 세상이 끝나는 것은 아니겠지.'

하지만 그 실망감과 좌절감은 나를 짓눌러버릴 것 같았다.

케임브리지 역에 도착하자마자 우리는 곧장 트리니티 칼리지를 찾아갔다. 도시 자체는 여전히 활기로 가득했지만, 일단 칼리지의 정문을 들어서자마자 사뭇 분위기가 달라졌다. 이미 크리스마스 방학이 시작된 터라, 피곤한 얼굴로 분주하게 발걸음을 옮기는 이들이 간간이 눈에 뜨일 뿐 사방은 무척 고즈넉했다.

우리는 4시 45분에 필기시험을 볼 장소와 6시에 인터뷰 할 곳을 확인했다. 칼리지 안은 너무나 조용해서 경외심이 생길 지경이었다. 날씨는 차갑고 하늘에는 구름이 잔뜩 끼어 있었다.

엄마와 나는 케임브리지 주변을 산책하며 오후를 보냈다. 케임브리지는 매우 멋진 동네였다. 영국의 여느 동네들과 마찬가지로 식료품 상점과 옷 가게, 여행사, 은행 그리고 음식점이 보이고, 군데군데 성당과 교회도 섞여 있었다. 그 중 가장 돋보이는 한 교회에는 기차역에서 케임브리지 도심까지 뻗어 있는 도로를 향하여 불쑥 튀어나온 거대한 시계가 있었다.

킹스 칼리지 근처의 광장에는 형형색색의 텐트 아래 잡동사니를 진열해 놓은 멋진 장터가 있었고, 케임브리지 문양이 새겨진 티셔츠와 각종 기념품을 파는 선물 가게들도 보였다. 카페에 앉아 음료수를 홀짝거리며 지나다니는 케임브리지 시민들을 지켜보기만 해도 괜히 마음이 뿌듯해졌다.

영국의 겨울은 해가 매우 일찍 진다. 날이 어둑어둑해질 무렵, 엄마와 나는 트리니티 칼리지 바로 밖에 있는 어느 카페에 들어갔다. 우리는 음료수와 덴마크식 페이스트리를 몇 개 주문한 다음 아래층으로 내려갔다. 우리 외에는 손님이 없었다.

내 마음속에는 완전히 구분되는 두 가지 감정이 서로 다투고 있었다. 한편으로는 끊임없이 '어쩌지, 큰일이야, 하나님 도와주세요.' 하는 히스테리한 걱정이 터져 나왔고, 다른 한편으로 사과 주스의 신맛과 페이스트리의 달콤함을 조용히 즐기고 있었다.

'이러다가 다중 인격 신드롬에 빠지겠다.'

나는 페이스트리에만 정신을 집중하기로 했다.

오후 4시 30분, 엄마는 나를 위해 기도를 해주었다.

"떨리지 않게, 아는 것을 잘 말하게 해주세요."

이제부터는 나 혼자 가야 했다. 필기시험 장소는 칼리지의 주(主) 건물 단지 바깥에 있는, 고색이 창연한 건물의 꼭대기 층이었다.

다른 두 학생이 나와 같은 시간에 시험을 치르기로 되어 있었는데, 내가 제일 먼저 도착했다. 수학과 박사 과정에 다닌다는 한 학생이 우리를 감독하기 위해 기다리고 있었다.

"요크 대학에서 이론 물리학을 전공하고 여기로 왔죠."

박사 학위 논문 제목이 어찌나 복잡한지 무슨 내용일지 전혀 감이 잡히지 않았다. 그때 다른 학생이 올라왔다. 그리스 출신의 남학생인데, 물리 분야에 지원했다고 했다.

"그런데, 당신은 여기서 무슨 공부를 하죠?"

그는 지중해 지방 특유의 건방지고 억센 억양으로 박사 과정 학생에게 물었다.

"수학 분야의 연구를 하고 있어요."

"흠!"

그리스 소년은 헛기침인지 콧방귀인지 모를 소리를 냈다. 그리고는 대단히 빈정대는 듯한 어투로 이렇게 말했다.

"수학이야 물리에 비하면 아무것도 아니죠."

거북스러울 정도로 잘난 척 하는 말에 괜히 나까지 머쓱해졌다.

'어딘지 천재 같은 풍모가 느껴지는 건 사실이지만, 그렇다고 어쩌면 저렇게 자신감에 넘칠 수 있는 거지?'

박사 과정 학생은 어깨를 으쓱 하더니만 어색한 미소를 지어 보였다.

모든 케임브리지 학생들이 머리를 구름 속에 처박고 산다는 말은 사실이 아니지만, 온 우주가 자기를 중심으로 돌아간다고 믿는 학생이 몇 명은 꼭 있다고 한다. 케임브리지의 명성은 세계 전역에서 가장 재능 있는 학생들을 끌어 모은다. 그 날 만난 그 그리스 남학생도 분명 그 가운데 하나였을 것이다.

'하긴 누가 알겠어? 이 친구가 또 하나의 뉴턴이 될지.'

세 번째이자 마지막 지원자는 2분 늦게 도착했다. 안경을 끼고 무표정한 얼굴을 한 가냘픈 중국 소년이었다. 서로 간단히 "하이." 하고 인사한 것을 제외하고는 더 이상 격식을 차린 대화가 이어지지 않았다. 그리스 소년은 그나마도 과분하다는 듯 고개만 한 번 까딱해 보일 뿐이었지만.

케임브리지다운 예비 시험

우리는 박사 과정 학생의 안내를 받아 책상 세 개와 의자 세 개가 놓인 작은 방으로 들어갔다. 나는 가방에서 필통과 계산기를 꺼내고, 내 시험지가 들어 있는 갈색 봉투를 받아 들었다. 시험지의 맨 앞 페이지에는 다음과 같이 쓰여 있었다.

인터뷰가 시작되기 전에 여러분은 '인터뷰 예비 시험'이라 불리는 필기 시험을 치러야 합니다. 여러분은 이 시험의 답안을 인터뷰에 가지고 가서 토론을 벌이게 될 것입니다. 문제의 길이와 난이도는 각각 다르며, 더러는 자유로운 대답을 요구하는 문제도 있습니다. 광범위한 과학적, 수학적 주제들을 포괄하지만 모든 수험생에게 같은 문제가 제시되지는 않습니다. 여러분이 보게 될 시험지에는 여러분의 학교 과목과 관심사에 맞춘 문제들이 약 10개 정도 실려 있을 것입니다. 면접관은 많은 문제들에 대한 개략적인 답변보다는 소수의 문제에 대한 보다 충실한 답변을 선호합니다.

그 날 케임브리지에 오기 며칠 전, 나는 케임브리지 웹사이트를 방문하여 샘플 문제를 프린트 했었다. 예를 들면 다음과 같은 문제였다.

- DNA 구조와 기능 사이의 관계를 설명하시오.
- 다음에서의 상호 작용의 본질을 논하시오: Cl_2 분자 내의 염소 원자들; NaCl 분자에 속한 염소 원자 두 개; 염소 분자 두 개.
- 파장 589nm의 광자[나트륨등(燈)에서 방출되는 황색광선]의 운동

량은? 각 광자의 에너지의 크기는? 이 파장에서 방출되는 에너지가 100W라면, 1초에 몇 개의 광자가 방출되는가?

• 토너먼트 경기에 2N개의 팀이 참가했다면, 몇 번의 경기가 필요한가? 준우승 팀이 결정되기 위해서는 몇 번의 게임이 더 치러져야 하는가?

• 달에서 지구와 태양을 바라보았을 때, 지구의 각지름(angular diameter)은 태양의 각지름보다 3.6배 크다. 태양과 지구의 밀도 비율은 얼마인가?

하지만 이런 문제를 풀어 보는 것은 말 그대로 '맛보기' 일 뿐이었다. 진짜 시험 문제지를 앞에 놓고 있는 지금, 나는 어떤 문제가 나올지 전혀 예상할 수 없었다.

나는 심호흡을 한 번 한 다음 시험지를 펼쳤다. 생물 문제들은 그런대로 괜찮았다. 주로 여러 분야들의 개념들을 엮어서 하나의 체계를 구성하거나, 과학적 지식에 기초한 추론을 요구하는 문제들이었다. 나는 에세이를 설계하는 기분으로 답변을 써내려갔다.

그런데 화학과 물리에 관련된 한 문제는 매우 흥미로웠다. 기억이 정확한지는 장담할 수 없지만, 대략 다음과 같은 등식이 제시되어 있었다.

$$V(r) = 4\epsilon \left[\left(\frac{\sigma}{r} \right)^{12} - \left(\frac{\sigma}{r} \right)^{6} \right]$$

분자 사이의 힘을 설명하는 문제였다. 하지만 더 이상의 설명은 주어지지 않았다.

'미지수들이 무엇을 의미하지? V가 힘을 나타내는 건가, 힘의 계산을 통해 구해야 하는 다른 무언가를 나타내는 건가?'

나는 V와 r의 그래프를 그려야 했다. 다른 미지수들이 변수일 가능성도 있었지만 현재로서는 상수로 가정하고, 내 편의를 위해 등식을 간단하게 고친 후에 그래프를 그려 보았다.

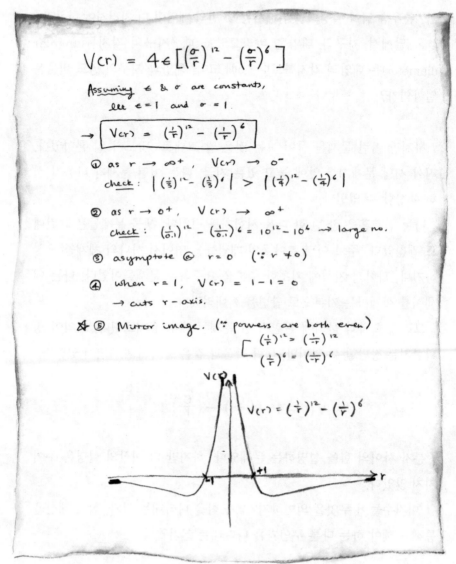

$$V(r) = 4\epsilon \left[\left(\frac{\sigma}{r} \right)^{12} - \left(\frac{\sigma}{r} \right)^6 \right]$$

Assuming ϵ & σ are constants,
let $\epsilon = 1$ and $\sigma = 1$.

$$\rightarrow \boxed{V(r) = \left(\frac{1}{r} \right)^{12} - \left(\frac{1}{r} \right)^6}$$

① as $r \rightarrow \infty^+$, $V(r) \rightarrow 0^-$
   check : $\left| \left(\frac{1}{3} \right)^{12} - \left(\frac{1}{3} \right)^6 \right| > \left| \left(\frac{1}{4} \right)^{12} - \left(\frac{1}{4} \right)^6 \right|$

② as $r \rightarrow 0^+$, $V(r) \rightarrow \infty^+$
   check : $\left(\frac{1}{0.1} \right)^{12} - \left(\frac{1}{0.1} \right)^6 = 10^{12} - 10^6 \rightsquigarrow$ large no.

③ asymptote @ $r = 0$ $(\because r \neq 0)$

④ when $r = 1$, $V(r) = 1 - 1 = 0$
   $\rightarrow$ cuts r-axis.

⑤ Mirror image. ($\because$ powers are both even)
   $\left[\begin{array}{l} \left(\frac{1}{r} \right)^{12} = \left(\frac{1}{-r} \right)^{12} \\ \left(\frac{1}{r} \right)^6 = \left(\frac{1}{-r} \right)^6 \end{array} \right.$

$$V(r) = \left(\frac{1}{r} \right)^{12} - \left(\frac{1}{r} \right)^6$$

그래프의 모양을 '분자간의 힘'과 관련지어 설명하시오. 이 방정식을 따르는 두 개의 근접한 원자가 있다고 할 때, 둘 사이의 거리일 가능성이 가장 높은 곳을 그래프에서 찾으시오. 그들 사이의 힘의 크기를 구하시오. 어떤 특정 원소의 원자 한 개가 보통 12개의 원자로 둘러싸여 있는 이유를 설명하시오.

문제를 풀려고 시도하는 동안 해답이 거의 나올 듯 말 듯 했지만, 나오지 않았다. 등식과 그래프가 '분자 사이의 힘'과 어떤 관련이 있을지, 아이디어가 조금씩 떠올랐지만 그 아이디어들은 좀처럼 완벽하게 조합되지 않았다.

'이 그래프 자체가 힘을 나타내는 것일까? 문제가 어디로 향하고 있는지 알 수만 있다면 나머지 부분을 풀 수 있을 것 같은데……'

나는 주어진 열 문제 가운데서 이 문제를 제외한 아홉 문제를 풀었다. 다른 문제들을 다시 한 번 확인한 다음 이 문제로 돌아오려고 했다.

그러나 어느새 시간이 다 되어 버렸다. 우리는 답안지와 문제지를 다시 갈색 봉투에 넣고 봉인한 다음 인터뷰에 가지고 가기 위해 가방에 넣었다. 감독자는 시험이 어땠느냐고 물었다.

"상당히 어려웠어요."

내가 웃으며 대답했다.

"뭐, 그럭저럭."

그리스에서 온 천재가 여유만만한 미소를 지으며 대답했다. 중국 소년은 묵묵부답이었다.

우리는 모두 헤어져 각기 자신의 인터뷰 장소로 향했다. 칼리지 문으로 들어가 나에게 배정된 방문 앞에 섰다.

'바로 여기로구나. 드디어 올 것이 왔구나……'

나는 계단을 올라가서 6시가 될 때까지 기다렸다. 그리고도 정확히 30초를 더 기다렸다.

'…… 28, 29, 30!'

"똑똑."

잠시 후 수염과 머리털의 경계가 불분명한 털보 아저씨가 문을 빼꼼히 열더니, "조금만 더 거기서 기다리세요, 곧 부르겠습니다." 하고는 다시 문을 닫았다.

나는 차가운 계단에 앉아서 가방을 옆에 내려 놓았다. 바람이 세찬 12월의 밤이었지만, 곧 치를 인터뷰를 생각하느라 추위를 느낄 겨를도 없었다.

바로 그 때, 카페에서 기다리기로 했던 엄마가 어둠 속에서 불쑥 모습을 나타냈다. 엄마는 나를 꼭 껴안아준 다음, 길지 않은 몇 마디의 기도로 꽁꽁 얼어붙은 내 마음을 따뜻하게 녹여 주었다.

두 가지 실수

영원처럼 길게 느껴졌던 몇 분이 흐른 후 마침내 문이 다시 열렸다. 아까 보았던 바로 그 사람이 나를 들어오라고 불렀다.

"나는 엘리엇 교수이고, 이쪽은 뉴버거 박사입니다."

나는 가장 자신 있는 미소를 지으려고 노력하면서 두 분과 악수를 나누었다. 나는 이제 지난 몇 주 동안 이렇게 저렇게 상상해 왔던 바로 그 방 안에 있었다.

내가 상상 속에서 경험한 가장 무서운 시나리오는 커다란 강당에서 열리는 오디션 같은 분위기였다. 나는 무대 한가운데 놓인 조그만 의자에 앉아 있다. 강렬한 스포트라이트가 정면에서 비치는 바람에 나는 아무것도 볼 수 없다. 심사 위원들이 어둠 속 어딘가에 놓인 높은 의자에 앉아 있다. 나는 그들의 목소리를 들을 수는 있지만 얼굴은 볼 수 없다. 이윽고 누군가의 질문이 떨어진다.

"너는 왜 케임브리지에 지원했느냐?"

마치 강당이 텅 비어 있는 듯, 그 목소리가 '했느냐…… 했느냐…… 했느냐…….' 하면서 내 주변을 메아리친다. 나는 간신히 뭐라고 대꾸를 해보지만, 메아리치는 음성이 다시 나를 다그친다.

"다시 말해 봐, 좀 더 크게!"

그래서 나는 숨을 힘껏 들이마신 다음, 젖 먹던 힘을 다해 이렇게 소리친다.

"그냥 좋습니다! 필! 승!"

그러나 다행히도 현실은 그것과는 사뭇 다른, 훨씬 쾌적한 분위기였다. 사방이 책꽂이로 둘러싸인 아담한 방이었다. 뜰을 향해 열려있는 창문 쪽으로 책상이 하나 놓여 있었고, 그 뒤에 교수님들이 앉아 있었다.

"자, 이쪽으로 앉으세요."

나는 교수님들을 마주보고 앉았다

"당신은 왜 케임브리지에 지원했습니까?"

"음, 왜냐하면 이 나라에서 제일 좋은 대학이기 때문입니다. 이 학교의 학생이 되면 세계 최고의 교수들로부터 세계 최고의 가르침을 받을 수 있습니다. 세계의 어느 다른 대학보다 많은 노벨상 수상자를 배출했다는 사실이 그 점을 뒷받침하지요. 또한 전세계에서 온 명석하고 뛰어

난 학생들과 함께 공부할 수 있다는 사실도 저에게 큰 매력으로 다가왔습니다."

"음, 좋아요. 추천서를 보니 생물 코스워크를 아주 훌륭하게 했다고 되어 있는데, 무엇에 관한 것이었습니까?"

전혀 예상하지 못했던 질문이었다. 나는 숨을 멈추고 기억을 쥐어짜기 시작했다.

"어, 그게…… 그러니까, 효소 카탈라아제에 관한 것이었습니다. 효소의 활동이 pH와 더불어 어떻게 변하는지 관찰하기 위해 감자에서 추출한 카탈라아제를 사용했습니다."

나의 첫 번째 실수가 확인되는 순간이었다. 말을 더듬었다거나 엉뚱한 대답을 했다는 의미가 아니다.

'당연히 알고 있어야 할 것을 준비하지 못했어. 적어도 내가 했던 코스워크에 대해서는 속속들이 알고 있어야 하는데. 특히 담당선생님의 추천서에 언급되어 있는 코스워크라면 더더욱 그렇고.'

게다가 나는 이 인터뷰가 좀 더 일반적인 주제 위주의 토론으로 진행될 거라고 예상했는데, 막상 뚜껑을 열고 보니 훨씬 학문적이었다. 인터뷰의 전반부에서는 교수님 두 분이 숨 돌릴 틈도 주지 않고 내 생물 코스워크에 관한 질문을 퍼부었다.

"효소의 농도와 효소 작용 속도의 그래프를 그려보겠어요?"

"이번엔 기질의 농도와 효소 작용 속도의 그래프."

"이번엔 pH와 효소 작용 속도의 그래프."

"분자 레벨에서 이쯤에서는 어떤 일이 일어나지요?"

"그래프 축이 모두 역수로 바뀐다면 어떻게 될까요? 직접 그려 보겠어요? 왜 그렇죠?"

그러면 나는 연신 종이에다 그래프를 그리고, 중간 중간 날아오는 질문에도 대답해야 했다. 겉으로 볼 때는 침착하고 차분한 태도를 잃지 않았지만, 실제로는 신경이 있는 대로 곤두선 상태였다.

급기야 나는 두 번째 실수를 저지르고 말았다. 갑자기 교수님이 정말 너무 쉬운 질문을 던졌는데, 머리속이 복잡해지는 것이었다.

'분명히 이 답이 맞는 것 같은데…… 하지만 내가 충분히 알고 있지 못할 가능성도 있잖아? 그리고 속임수가 있는 문제일지도 몰라.'

나는 우물쭈물하다 정반대의 답을 선택해버렸다. 순간 나의 실수를 깨닫고 정정했지만, 가슴이 철렁했다. 위압적인 분위기가 아니었는데도 나는 진땀을 삐질삐질 흘리고 있었다.

그나마 내 코스워크의 주제였던 효소에 관한 질문들은 어렵지 않게 답변할 수 있었지만, 후반부는 더욱 힘들었다. 하필이면 조금 전 필기 시험에서 내가 마지막까지 붙들고 씨름하던 화학-물리* 문제에 대해 본격적인 논의가 시작된 것이다.

교수님들도 지원자들이 모든 문제를 다 풀기를 기대하지는 않는다고 했다. 이론적으로야 가능하겠지만, 주어진 정보에 대한 배경 지식이 아직 없기 때문에 푸는 것 자체가 불가능한 문제들도 있었다.

'그래, 여기는 케임브리지잖아. 여기 와서 공부하기도 전에 모든 것을 이미 알고 있으리라고 기대할 수는 없겠지.'

그 대신 면담자들은 문제를 푸는 학생이 다음 단계로 나아가는 데 필요한 단편적인 정보를 여기저기 툭툭 던져 주었다. 이렇게 제시되는 추가 정보를 사용하여 그 문제 속으로 더 깊이 파고들 수 있는지를 알아보기 위해서였다.

---

* 얼마 전 이 등식을 서울대학교 화학과 교과서로 쓰이는 『Principles of Modern Chemistry』를 들춰보다가 우연히 발견하게 되었다.(127쪽) 이 공식은 Lennard-Jones potential 이라고 불리는데, 그 공식과 관련하여 내게 주어진 문제는 배경 지식을 많이 알아야 풀 수 있는 것이었다.

'새롭게 주어진 정보를 처리하여 짧은 시간 내에 다른 개념들 속에 짜맞추는 능력을 가지고 있는가?'

　이것이 그들의 가장 큰 관심사였다. 교수님들이 던져 주는 말 한 마디 한 마디는 깨달음을 더해 주었다. 어렵게만 느껴졌던 문제가 이해되기 시작하는 것은 정말 신기할 정도였다. 조금씩 조금씩, 이 복잡한 문제는 '분자의 힘'이라는 배경 속에서 확실한 윤곽을 드러냈다. 마치 퍼즐을 맞추어 가듯, 내 머리 속에 들어 있던 단편적인 개념들은 교수님들이 던진 조각들과 맞물렸고, 더 크고 완전한 그림이 모습을 드러내기 시작했다.

어느새 나는 내가 지금 면접 시험을 치르고 있다는 사실조차 까마득히 잊어버린 채 교수님들과의 토론에 빠져들었다. 지금까지 그저 피상적으로만 배워온 자연의 법칙들이 이토록 정교한 질서와 원칙에 따라 작동한다는 사실이 너무나도 놀랍고 신기했다. 새로운 세상을 본 듯한 느낌이었다.

인터뷰가 끝나고 밖으로 나와 보니, 엄마가 추위에 오들오들 떨며 나를 기다리고 있었다.

"에스더, 어떻게 된 거야!"

엄마의 얼굴은 하얗게 질려 있었다. 추위 때문이 아니었다. 인터뷰 내내 출입문에 바짝 귀를 갖다대고 안에서 오가는 대화를 들어 보려 했던 것이다.

"네 목소리는 거의 들리지 않고 교수님들 목소리만 들리던데? 많이 떨었어?"

"아니, 그런 건 아니고, 말로 대답하는 질문보다 종이에다 쓰는 질문이 많아서."

"아, 그래? 입도 벙긋하지 못하는 줄 알고 태산같이 걱정했잖아."

엄마는 긴 안도의 한숨을 내쉬었다. 그러나 그것으로 엄마와 나의 걱정이 끝난 것은 아니었다.

'내가 그다지 눈에 띄게 잘 하진 못한 것 같아.'

나 스스로 내 인터뷰를 평가한다면 기껏해야 '보통' 혹은 '조금 잘함'에서 선을 그어야 할 것 같았다.

'대학 안내 책자에서는 말이 막히거나 더듬거려도 큰 문제가 없다고

했지만, 그래도 이왕이면 좀 더 빠릿빠릿하게 대답했으면 좋았을 텐데……'

무엇보다도 마음에 걸리는 것은 내가 저지른 두 가지 실수였다.

'왜 코스워크를 한 번쯤 다시 들여다볼 생각을 하지 못했을까! 그리고 그 쉬운 질문에 왜 바보같이 엉뚱한 대답을 해버렸을까……'

그뿐만 아니라, 마땅히 했어야 했을 것과 하지 말았어야 했을 것들의 목록은 생각하면 할수록 길어져만 갔다. 너무도 아쉬웠다.

하지만 나는 한 시간 가량의 그 인터뷰를 내심 즐겼던 것 같다. 물론 그 60분 동안 엄청난 스트레스를 받았고, 끝나고 나니 진이 빠질 지경이었다. 그러나 그 시간은 절대 지루하지 않았다.

'내 생애에서 그처럼 정신적 자극을 많이 받은 시간은 없었던 것 같아.'

어렵지 않은 도전은 진정한 도전이 아니라는 생각이 들었다. 힘든 도전일수록 더 가치있다는 것을 유학 생활을 통해 배워온 나였다.

그 60분가량의 시간이 잊을래야 잊을 수 없는 경험이 된 것은 단지 그 인터뷰가 중요했기 때문만이 아니었다. 좌충우돌 인터뷰를 하는 과정에서 정말이지 내가 모르는 게 너무 많다는 사실을 뼈저리게 깨달았다. 결과적으로 내게 생긴 것은 압도적인 호기심이었다.

'모든 것이 너무 알고 싶다!'

자연계를 규제하는 복잡한 규칙들을 이해하는 일이 과거 어느 때보다도 더욱더 아름답게 보이기 시작했다. 꼭 이 길을 가고 싶다는 나의 희망은 더 간절해졌다.

하나님! 제발!

케임브리지에서 오는 답장은 모두 다음과 같이 시작된다.

'케임브리지 인터뷰에 와 주셔서 대단히 감사합니다.'

하지만 그 다음 문장이 어떻게 시작되느냐에 따라 희비가 엇갈린다. "기쁘게도……" 라는 단어가 나오면 환호성을 내지를 준비를 해도 된다. 그러나 "유감스럽게도……" 라고 이어지면 사태는 심각해진다.

케임브리지에서는 지원자의 합격 여부를 알리는 편지를 크리스마스 이전에 모두 준비하지만, 우편물이 폭주하는 크리스마스 시즌 때문에 실제로 발송하는 것은 정월 초하루가 지나서라고 했다.

그 이야기를 들은 나는 더욱 초조해졌다. 합격 여부를 알리는 편지는 1월이 되어야 도착할 것이라고 했기 때문에 그 편지가 만에 하나 봉투에 넣어져 있다손 치더라도 벌써 도착했을 리는 만무했다.

그럼에도 불구하고 나는 1백만분의 1도 안되는 우연에 집착했다.

'그 편지가 어쩌다 우편함에 슬쩍 섞여 들어가서, 우편물 수송 차량에 실린 엄청난 양의 크리스마스 카드와 소포들 가운데서 용케 살아남았을지 몰라. 어쩌면 한 부지런한 우체부가 내 편지를 벌써 가지고 왔을지도 몰라…….'

그래서 나는 매일 집에서 3분 정도 떨어진 뉴볼드 대학의 우편함을 체크했다. 아직 새해가 되지 않았지만 하루에도 대여섯 번씩 가보았다. 그러나 알다시피, 아직은 그 편지를 받는 것이 가능하지 않았다. 정월 초하루가 지나기까지는.

그런데, 기적과도 같은 일이 일어났다. 12월 30일이었다. 여느 때처럼 비가 부슬부슬 내리고 있었다. 아침에 이미 우편함을 두 번 체크 했던 터였고, 이번에는 우편함 근처의 피아노 연습실에 가려고 계단을 올라가고 있었다.

바로 그 때 접수원이 우편물을 한아름 안고 사무실에서 나오는 것이 보였다. 갑자기 심장이 뛰기 시작했다. 접수원이 편지와 소포를 각 우편함에 분류하여 넣고 있었다. 나는 나도 모르는 사이에 몸을 돌려 계단을 도로 내려오고 있었다.

'아마 왔을지도 몰라!'

내가 엄마의 우편함을 들여다보기도 전에 접수원은 손에 들고 있던 편지를 들여다보며 말했다.

"아, 마침 에스더한테 온 편지네요."

믿을 수 없었다. 그 봉투에는 'Cambridge University' 라고 찍혀 있었다. 심장 박동이 급격하게 빨라지기 시작했고 "고맙습니다." 라는 인사 한 마디만을 간신히 내뱉을 수 있었다. 이윽고 봉투를 열기 직전, 나는 매일 밤낮으로 해왔던 기도를 했다.

"결과가 어떠하든지 간에 감사함으로 받아들이게 해 주세요."

그러나 이번에는 한 마디를 덧붙이지 않을 수 없었다.

"꼭 'YES' 이게 해주세요!"

중대한 일을 앞두고 항상 그러했듯이, 나는 걸음을 멈추고 크게 심호흡을 했다.

'찌지직.'

봉투가 찢어지는 소리가 들리고 그 속에 하얀 종이가 보였다.

'하나님, 제발! 제발! 제발!'

15. 추락하는 것의 날개

에스더 양에게
케임브리지에 지원해 주셔서 대단히 감사합니다. 유감스럽게
도……

드디어 올 것이 왔구나.

그 짧은 순간, 나의 길지 않은 삶 전체가 주마등처럼 머리 속을 휙 스
쳐 지나갔다.

'나는 얼마나 순진무구한 어린 시절을 보냈던가. 중학교 시절을 얼마
나 생각 없이 지내왔던가. 영국에 도착했을 때 나는 얼마나 절망적인
학생이었던가. 이곳에서 대학에 진학하게 되리라는 것은 상상도 하지
못한 기적이 아니었던가. 어떻게 내가 케임브리지를 꿈꿀 수 있었단 말
인가. 어떻게 감히 대학 신입생 시절을 계획하고, 케임브리지 학위를
획득한 다음까지 고민할 수 있었단 말인가. 그럼에도 불구하고 나는 얼

마나 간절하게 그것을 원하였던가. 나의 희망은 끝없이 올라가고 또 올라갔지만, 이제 나는 얼마나 불쌍한 실패자란 말인가……'

이상하게도 마음이 차분하게 가라앉는 느낌이었다. 마치 태풍의 눈 속에 들어와 있는 것처럼 고요함이 감돌았다.

'이제 모든 것이 끝났구나.'

나는 계속 편지를 읽어 내려갔다.

우리는 2003년 10월부터 트리니티에서 자연과학을 공부할 자
리를 귀하에게 제공할 수 없을 것 같습니다.
　귀하의 지원서는 이제 다른 칼리지들이 재검토하도록 '풀'에
넣어졌습니다.

나는 'YES' 아니면 'NO', 둘 가운데 하나만을 기대했지 '풀'에 들어
가게 되리라고는 전혀 생각하지 못했었다. 하지만 지금 상황에서는 아
예 떨어진 것보다는 나았다.

　이 시점에서 귀하가 할 수 있는 일은 없습니다. 귀하에게 힘든
시간이 되리라는 것을 알지만, 이것은 모든 칼리지들에 있는 학
생들의 수준이 균등하게 되는 것을 보장하기 위해 우리가 운영
하는 최선의 제도입니다.

　'내가 그 '풀'에 들어갔단 말이지.'
　즉, 곧장 거절된 것은 아니었고, 적어도 내가 한 자리를 차지할 가능
성이 조금은 있다는 것이었다. 아직 완전히 끝난 것은 아니었다.
　하지만 한 가지는 확실했다. 내가 할 수 있는 일은 정말 아무것도 없
었다.
　'그저 꼼짝 않고 앉아서, 나의 작은 사진이 붙은 지원서가 그 엄청난
지원서 더미 속에서 가장 찬란하게 빛나기를 간절히 바랄 수밖에……'

풀 제도

풀 제도란 'YES'와 'NO' 사이에 있는 일종의 회색 지대와 같은 것이다. 앞서도 언급했듯이 학생들은 케임브리지의 각 칼리지에 직접 지원해야 한다. 따라서 다른 칼리지에 비해 뛰어난 지원자들이 유난히 많이 몰리는 칼리지가 생길 수 있다. 이렇게 되면 같은 케임브리지 대학이라는 울타리 속에 있으면서도 각 칼리지 간의 실력 차이가 커질 소지가 있다. 이런 부작용을 최소화하기 위해 마련된 것이 바로 '풀 제도'이다.

각 칼리지는 우선 그들이 받아들일 지원자들을 선발한다. 하지만 이 정도면 충분히 케임브리지에서 공부할 수준이 되는데 안타깝게도 자기네 칼리지에는 받아들일 자리가 없는 학생도 있을 수 있다. 이런 학생들을 '풀'에 집어넣는 것이다.

이때부터 그들의 지원서는 다른 칼리지들의 입학 담당 교수들이 검토할 수 있도록 개방된다. 충분히 그럴 만한 실력이 있고 또 운이 좋다면 다른 칼리지에 선발되어 거기서 또 다른 인터뷰를 하게 될 수 있다.

'풀에 들어갔다'는 것은 합격에 매우 근접했다는 뜻인 동시에 아직 모든 희망이 완전히 사라진 것은 아니기 때문에 좋은 것이라고 볼 수도 있다. 반면, 최종 결과가 나올 때까지 또 다시 한 주나 두 주 가량을 불안과 초조 속에서 보내야 한다는 점을 감안하면 그다지 좋은 것도 아니라는 생각이 들었다.

지금은 아무런 생각도 나지 않았고 초조하지도 않았다. 그저 정말, 정말 슬플 따름이었다. 그러나 나는 그 우편물을 들고 집으로 돌아가면서 슬퍼 보이기를 원치 않았다. 나의 감정을 숨기고 싶어서가 아니었다. 단 한 순간이라도 엄마와 미리암이 내가 장난으로 슬픈 척한다고 생각하는 것을 원치 않았다.

예전에 나는 좋은 소식을 알리기 전에 먼저 실망한 표정을 하는 작전을 여러 번 써먹은 적이 있었다. 그렇게 하면 듣는 이의 기쁨이 몇 배로 불어나기 때문이다. 하지만 지금은 그것이 후회되었다. 행여 엄마나 동생이 이번에도 내가 장난으로 연기를 하는 것이라고 생각한다면 그것이 얼마나 더 상처를 줄지 상상조차 하고 싶지 않았다.

그래서 처음부터 내 말을 믿을 수 있도록 아주 태연하게 말해야 했다. 마치 '우유가 떨어졌어요.' 아니면 '닷새째 계속 비가 내리네요.' 라고 말할 때처럼.

"제가 말하는 걸 엄마랑 미리암이 제발 한 번에 믿게 해주세요. 다시 말하지 않아도 되게 해주세요. 이 부탁만은 꼭 들어주셨으면 하네요……."

이 기도는 응답이 되었다.

거절당한 프러포즈

혼자 소파에 앉아 곰곰이 생각해 보았다. 지금까지 내가 이루어 온 자그마한 성취들이 다 부질없어 보였다. 영어 에세이 한 개를 써놓고 밤새 들떠있던 일, 프랑스어 꼴찌반에서 나간다고 뿌듯해 했던 일, GCSE

성적을 보고 내가 무슨 대단한 일이라도 이룬 줄 알고 좋아했던 일, 모두 허망하고 우스꽝스러웠다.

처음에는 내가 할 수 있다는 것을 알지도, 또 믿지도 못한 채 그저 조금씩, 조금씩 조심스럽게 쌓아나갔다. 그리고 한동안은 내가 해낼 수 있을 것만 같았다. 그러나 여기, 나의 꿈과 자존심을 산산이 부수어 놓은 날이 찾아왔다. 현실의 칼날이 날카롭게 파고들었다.

'내가 받아 마땅한 것 이상을 바란다면, 그 실패가 더욱더 고통스러운 건 당연하잖아.'

그럼에도 나는 주제넘게 바라고 또 바라지 않을 수 없었다. 그리고 그 대가는 혹독했다. 이제 나는 완전히 꺾여져 있었다.

내 주제도 모른 채 용기를 내어 벼랑 위에서 뛰어내린 것이 너무 바보 같았다. 나는 날아오르지 못했다. 아래로, 아래로, 끝없이 추락하는 무중력 상태에서 허우적거리는 내 모습이 싫었다.

저녁이 되어서야 마침내 참고 있던 눈물이 터져 나왔다. 상처의 고통이 이미 내 몸을 한 차례 훑고 지나갔기 때문에 그리고 더 이상 그 눈물에 부여할 의미가 없었기 때문에 내가 왜 울고 있는지 이해가 되지 않았지만, 나는 푸르스름한 저녁 빛이 들어오는 방에서 하염없이 소리죽여 울었다.

케임브리지는 지난 4년간의 유학 생활 동안 나를 붙들어 준 버팀목이었다. 머리 속으로 상상하는 것만으로도 나를 행복하게 해주었고, 고달픈 십대 소녀가 울고 싶을 때 견뎌나갈 힘을 얻기 위해 바라본 피난처였다. 그래서 케임브리지는 나를 알지 못했어도, 나는 케임브리지를 몰래 사랑하고 있었나 보다.

하지만 나의 서투른 구애는 거절당했다. 그것도 너무 쉽게.

'케임브리지는 나를 원하지 않아…….'

아무리 울어도 뻥 뚫린 가슴에는 찬바람만 불었다. 그래서 울고 또 울었다. 시린 가슴이 눈물에 잠겨 헐떡일 때까지.

이것이 세상의 종말은 아니라는 것을 알았다. 하지만 그날 밤 눈물범벅이 되어 잠자리에 누웠을 때, 나의 작은 세상 하나가 종말을 맞은 것처럼 느껴졌다. 나 자신조차도 그토록 소중히 생각해 왔는지 몰랐던, 내 마음속의 작은 세상 하나가 죽었다. 그게 그렇게 아플 줄은 정말 꿈에도 몰랐다.

추락하는 것에는 날개가 있다

또다시 새해 첫 날이 밝았지만 나의 앞날은 뿌옇게만 보였다. 아직 미련이 남아 있었다. 케임브리지는 내가 오랫동안 고이 품어왔던 꿈이었다. 이렇게 끝난다는 것을 믿고 싶지 않았다. 그래서 아직도 기다려보고 싶어 하는 실낱같은 희망이 남아 있었다.

풀 제도를 통해서 다시 한 번 기회가 주어지게 된다면 1월 10일까지 연락이 올 거라고 했다. 전화벨이 울릴 때마다 '혹시나' 하는 생각에 다시 희망이 고개를 쳐들었다. 그래서 수화기를 벌컥 집어들고 침착한 목소리로 "헬로우?" 하기를 반복했다.

그러나 아무리 기다려도 내가 기다리는 전화는 오지 않았다. 1월 11일 오후가 되어서야 나는 그 사실을 받아들였다.

'이제 완전히 끝난 거야.'

잡힐 것만 같던 꿈이 없어진 그 허전함이 이제는 정말 현실로 굳어져 버렸다. 눈앞에 보이던 나의 목표가 사라진 것만 같았다. 신기루를 좇아 비틀거리며 걸어간 목마른 사막 여행자의 환상이 깨어진 것만큼이나 비참한 기분이었다.

그 때, 힘들어하는 나를 본 엄마는 의미심장한 한 마디를 던졌다.

"목표는 또 찾으면 돼."

그 말은 나를 생각하게 만들었다.

'케임브리지는 내 꿈의 일부였지, 전부는 아니다.'

나에게는 분명 케임브리지보다 더 큰 꿈이 있었다. '나' 라는 아이의 가능성을 시험해보고 내 능력의 한계까지 밀어붙이는 것, 그것이 나의 진정한 꿈이었다. 그렇게 생각하면 케임브리지 일도 실패한 것만은 아니었다.

'시도조차 해보지 않고 포기하는 것보다는, 비록 실패하더라도 일단 부딪혀 본 게 잘한 거야. 도전하는 것 자체도 하나의 성취이니까.'

나는 다른 좋은 대학에서 내 꿈을 펼칠 수 있는 기회가 남아 있다는 사실을 상기하기 시작했다. 이렇게 주저앉아 있다가 놓쳐버리기엔 너무 아까운 기회들이었다. 나는 다른 대학들 중 임페리얼 칼리지 생화학부로 마음을 정하고, 그 대학에서 요구한 AAB의 성적을 얻는 일에 총력을 기울이기로 결심했다.

'다시 일어나자. 더 이상 슬퍼하는 건 청승을 떠는 것밖에 안 돼. 일어나야만 해.'

얼굴을 찌푸리는 것은 지금까지로 족했다. 상처와 실망감을 치료하는 데는 시간이 걸리겠지만, 나는 그 치료 과정을 가속화시키는 방법을 알고 있었다. '성공으로 가는 길에서는 항상 실패를 통과하게 되어 있다.' 라는 미키 루니의 말을 상기하며, 나는 다시 앞으로 나아갔다.

물론 불합격이 쌓아놓은, 나 자신에 관한 모든 불확실성을 떨쳐 버리는 것은 말하기는 쉬워도 실천하기는 어려웠다. 그렇게 되는 데는 열렬한 기도와 단호한 결의, 격려 그리고 무엇보다도 성숙한 자세가 필요했다. 조금만 다른 곳으로 시선을 돌리면 다시 낙담과 슬픔이 나를 둘러싸려 했다. 그러나 마음을 정하여 내 자신에게 '이것이 내가 나아갈 길이다.' 하고 선언한 다음 뒤를 돌아보지 않았을 때, 나는 놀랍도록 빨리 괜찮아지는 것을 느꼈다.

바로 그 달, 나는 13학년의 첫 A2 레벨 단원 시험을 보았다. 그 중 생물 시험은 우리의 예상을 완전히 빗나갔다. 별로 중요하지 않다고 생각했던 부분에서 많은 문제가 출제되었다. 온 정신을 집중해 열심히 준비하긴 했지만, 나도 다른 학생들과 마찬가지로 시험 문제를 보는 순간 한숨이 나오는 건 어쩔 수 없었다. 할 수 있는 일이라곤 그저 최선을 다하는 것뿐이었다.

시험장을 빠져 나오면서 모두들 아우성이었다.

"이번 시험은 악몽이야."

그러나 얼마 후 성적표를 받아들었을 때, 나는 내가 실패의 아픔을 극복해나가고 있음을 깨달았다. 90점 만점에 90점이었다. 이 시험이 차지하는 비중은 A 레벨 생물 전체의 6분의 1에 불과했지만, 내게는 거기에 포함된 의미가 대단히 컸다. 그것은 내가 실패자가 아니라는 일종의 보증이었다.

이제 '불합격에 관하여 잊을 것인가 말 것인가', 아니면 '그 불합격을 내가 어떻게 받아들여야 하는가' 는 더 이상 내가 고민할 대상이 아니었다. 나는 이미 거기에 '신경 쓸 필요 없는 것들' 이라는 꼬리표를 달아 한쪽 옆으로 밀어 놓았다. 나의 성장을 가로막고 질식시킬 수 있는 상자에서 빠져나와야 했다.

Let no feeling of discouragement prey upon you,
and in the end you are sure to succeed.
−Abraham Lincoln

낙담의 감정이 그대를 좀먹지 못하게 하라.
그러면 결국 그대는 틀림없이 성공할 것이다.
−에이브러햄 링컨

레딩 시향과의 협연

케임브리지 불합격 통보를 받은 지 한 달 정도가 지난 2003년 2월 8일, 나는 레딩 심포니 오케스트라와 협연하게 되어 있었다. 지난 2001년에 레딩 심포니가 주최한 콩쿨에서 우승하여 '올해의 음악 청소년'으로 뽑힌 덕분이었다.

레딩 심포니와의 협연 전날은 마침 나의 열여덟 번째 생일이었다. 밤에 잠을 자려고 누웠는데 생일의 들뜬 기분과 연주를 앞둔 긴장감 탓에 잠이 오질 않았다.

이런저런 생각을 하며 뒤척이는데, 문득 한 달 전 케임브리지에서 온 편지를 펼치던 순간이 떠올랐다. 거기에서 '유감스럽게도……'라는 문구를 발견했을 때 마치 내 인생이, 아니 온 세상이 끝난 듯한 좌절감에 몸을 떨었던 기억은 아직도 마음을 아프게 했다.

케임브리지 낙방과 이번 연주회는 특별한 관계가 없었다. 그러나 나는 이번 연주회를 훌륭하게 치러냄으로써 나 자신의 의지가 살아 있음을 스스로에게 확인시켜야 했다. 정말 잘 하고 싶었다. 하지만 그럴수록 두근두근 떨려오는 가슴 때문에 연주를 망칠까봐 자꾸 걱정되었다.

그 때 나는 내가 좋아하는 『어린 왕자』 중 술 취한 별지기에 관한 대목을 기억했다. 왜 술을 마시냐고 하면 부끄러운 것을 잊고 싶어서라고 하고, 무엇이 부끄럽냐고 물으면 술 마시는 것이 부끄럽다고 한다. 말도 안 되는 이야기 같지만, 가만히 생각해 보니 내가 피아노 연주를 앞두고 불안해하는 것도 비슷한 이치 같았다.

실수할까 봐 초조해 하고, 초조해 하기 때문에 떨고 실수하고……. 반면에 초조해 하지 않으면 실수하지 않을 것이고, 실수하지 않는다면 앞으로도 덜 초조해 할 수 있을 게 아닌가.

2월 8일 토요일, 4시가 조금 넘어서 해가 지자 나는 세카 선생님과 엄마와 함께 미리 콘서트 장으로 갔다. 콘서트가 열린 곳은 레딩 대학 대강당으로, 약 500명가량을 수용하는 고풍스러운 건물이었다. 커다란 오르간 파이프가 정면에 있었고, 높은 천장에는 아름다운 무늬들이 새겨져 있었다.

무대는 아주 특이하게 배치되어 있었다. 현악기들은 청중석과 같은 높이에 위치했고, 피아노는 무대 맨 앞쪽에, 그 외의 다른 악기들은 피아노 뒤편에 있었다.

연주회는 7시 반에 시작되었다. 연주자 대기실에 혼자 남아있는 내 귀에 오케스트라의 첫 곡인 시벨리우스가 희미하게 들려왔다. 시계가 째깍째깍 초침을 옮길 때마다 내 순서는 더 가까워 왔다. 떨려오는 마음을 진정시키며 나는 어젯밤에 생각했던 어린 왕자 이야기를 떠올렸다.

'초조해할 필요 없어. 무대 위에서의 순간순간을 모두 즐기면 돼.'

드디어 내 차례가 되어 무대에 섰을 때, 의외로 마음이 평안했다. 아니, 행복했다. 궁전 같은 음악회장, 반짝이는 조명, 박수와 카메라 플레시가 터지는 관중석, 옷을 빼 입고 제자리에 앉아 있는 오케스트라 단원들, 그리고 무대 중앙에서 나만을 기다리는 까만 피아노. 나는 꿈만 같이 느껴지는 그 시간을 최대한 음미하며 '그리그의 피아노 협주곡 가단조'를 연주했다.

'앞으로 다시 이런 기회가 없을 지도 모른다. 내게 주어졌을 때 있는 힘껏 잡아야 해.'

그 순간들이 기억 속으로 사라지는 것이 아쉬워서 눈으로 계속 사진을 찍으며, 귀로 계속 녹음을 했지만, 연주는 너무 빨리 끝나버렸다. 박수를 보내는 청중에게 앙코르로 '라 캄파넬라'를 연주한 후 무대를 내려오는 내 마음에는 기쁨과 아쉬움이 뒤섞여 있었다.

그런데 너무 뜻밖에도 며칠 후 지휘자에게서 전화가 왔다.

"다음에 다시 협연할 수 있을까요?"

상상도 하지 못했던 엄청난 제안에 한순간 말을 잃었다. 날아갈 듯한 기분으로 수화기를 내려놓을 때 다시 한 번 용기가 솟구쳤다.

'나도 할 수 있어. 누가 뭐라 해도 나는 앞으로 계속 그렇게 믿을 거야.'

무모한 도전

영국에서 친하게 지낸 교회 친구들이 있다. 나와 비슷한 또래인 애슐리, 마크, 에릭, 이 셋은 죽마고우였다. 그런데 처음 이 친구들을 만났을 때 잘 적응이 되지 않는 부분이 있었다. 시도 때도 없이 터져 나오는 공부 이야기, 특히 물리 이야기였다.

"절대 영도(absolute zero)에 도달하면 부피도 없고 압력도 없다는 게 상상이 가냐?"

"정말 신기해. 내 눈으로 직접 한 번 보고 싶다."

"그런데 영 점 영영영영영영…… 소수점 어쩌구 자리 캘빈까지의 온도에는 도달해 본 적이 있어도, 0 캘빈에 도달해본 사람은 아직 없잖아."

"아예 불가능한 걸까?"

물론 이런 이야기는 그저 대화의 일부분이었다. 다른 친구들과 마찬가지로 친구 이야기, 학교 이야기, 운동 이야기 등 '평범한' 대화도 나누었다. 하지만 내 호기심을 자극한 것은 그들이 공부 이야기를 하면서도 다른 이야기를 할 때만큼이나 흥미를 보였다는 점이었다. 공부벌레와는 거리가 먼 것 같은 아이들이 그런 이야기를 밥 먹듯이 하는 것은 내게 큰 충격이었다.

'도대체 무엇이 그렇게 대단하길래 이토록 흥미진진한 표정으로 대화를 나누는 거지?'

처음에는 거부감마저 느껴졌지만 점점 호기심이 생겼고, 부럽기까지 했다. 그 친구들이 그렇게 재미있어 하는 물리라는 것이 무엇인지 나도 좀 알고 싶었다. 그런 연유로 13학년 초, 엄마를 조르고 인터넷을 뒤져서 A 레벨 물리 독학 교재를 신청했다.

신청서를 보낸 후 나는 매일 여러 번 뉴볼드 대학에 있는 우리 가족 편지함에 가보았다. 왜 그렇게 들떴는지는 모르겠다. 그저 내가 스스로 새로운 목표를 세우고 실천한다는 것에 너무 기대가 되었다.

정확히 두 주 후, 나는 끙끙대며 박스 하나를 들고 집으로 향했다. 참지 못하고 중간에 길옆에 쪼그리고 앉아 박스를 뜯어보려 하긴 했지만 워낙 꽁꽁 싸인지라 열 수가 없었다.

집에 도착해서 부랴부랴 가위를 가지고 열어본 박스에는 물리 AS 레벨과 A2 레벨 교재와 독학에 관한 도움 책자도 있었다. 나는 신이 나서 파일을 뒤적거리며 하루를 보냈다.

하지만 나는 다른 과목 공부가 바쁘다는 핑계로 곧 물리 공부를 까맣게 잊어버리고 말았다. 그 물리 A 레벨 파일들은 중학교 시절 부모님을 졸라서 샀던 참고서들처럼 책장에 가지런히 꽂힌 채 먼지만 쌓여갔다.

　그런데 어느 봄날, A 레벨 최종 시험 공부를 앞두고 책장을 정리하는데 그 물리 독학 교재가 눈에 띄었다. 순간 나는 흠칫 했다.

　'꼭 공부하겠다고 큰소리 쳐서 산 건데 아직 시작도 안하다니……'

　내 할 일을 다 하지 못했다는 양심의 가책이 느껴졌다. 포기하는 건 실패 중에서도 가장 큰 실패인데, 아예 시도해보지도 않은 채 접어버리기는 싫었다. 케임브리지에 낙방한 이후, '포기' 라는 것을 내 사전에서 지워버리기로 결심한 나였다.

　다른 과목과 마찬가지로, A 레벨 물리는 2년 과정이었다. 하지만 지금 나에겐 시험 때까지 겨우 두 달 남짓 남아있을 뿐이었다. 그럼에도 불구하고 나는 말도 안 되는 오기를 부렸다.

'지금도 늦지 않았어!'

엄마의 의견을 들어본 뒤, 나는 다음 날 학교에 가서 시험 신청 담당 선생님을 찾아갔다. 그리고는 A 레벨 물리 시험을 보겠다고 덜컥 신청을 해버렸다. 사실 그 당시 딱히 물리를 공부해야 할 이유도 없었다. 포기하기 싫다는 이유 밖에는 이 즉흥적인 결정을 설명할 길이 없었다.

집에 돌아온 나는 이성을 되찾았다. 걱정이 되기 시작했다. 물리라고 하면 가장 어려운 A 레벨 중 하나라고 그 세 친구들로부터 귀가 닳도록 들어온 터였다.

"엄마, 나 그냥 AS 레벨만 할까요? 시간도 없고 하니까, 전체 A 레벨의 반만 하는 게 현실적으로 더 나을 수도 있잖아요. 혹시라도 다른 과목에 피해가 가서 임페리얼 대학에 못 들어가면 어떡해요."

지레 겁을 먹고 엄마에게 물었는데, 엄마는 딱 잘라 대답했다.

"아냐, 다 할 수 있어."

순간 나는 할 말을 잃었다. 엄마의 확고부동한 믿음을 반박하고 싶기도 했다. 얼마나 어려운지 구구절절 설명하면서 핑계를 대고 빠져나올까도 생각해 보았다. 하지만 뒤집어 생각하면 이것은 나의 한계를 시험할 수 있는 커다란 기회였다. 물리는 아무리 성적을 잘 받는다 하더라도 이번 대학 입학과는 아무런 상관이 없었다. 하지만 이것을 통해 나의 잠재력을 실험할 수 있을 것이었다. 또한 이 도전에서 성공한다면, 케임브리지의 고배로부터 나 자신을 완전히 일으켜 세울 수 있는 기회가 될 것이었다. 그래서 나는 엄마의 말에 아무 말 없이 고개를 끄덕였다.

'할 수 있어.'

A 레벨 마지막 시험 기간을 잘 활용해야 조건부 입학 허가를 받아 놓은 임페리얼 칼리지에 최종 합격할 수 있을 것이었다. 이 기간을 겨우

두 달 앞둔 중요한 때에, 2년에 걸쳐 공부했어야 할 물리 A 레벨을 시작한다는 것은 모험이었다. 특히 GCSE 이래로 물리 실험을 한 번도 해본 일이 없는 내가 두 시간짜리 물리 실험 시험을 두 개나 치른다는 것은 정말 무모한 일인지도 몰랐다.

하지만 정답은 배수진이었다. 깨어 있는 모든 순간을 이 도전에 바칠 수 있도록 내 자신을 몰아가자는 것이었다. 아무에게도 말하지 않았지만, 나는 내 목표를 가장 높게 잡았다.

'물리를 AS 레벨뿐 아니라 전체 A 레벨로 공부하겠어. 그리고 A를 받아서 나 자신을 놀라게 만들겠어.'

쓰라린 경험을 해보지 못한 이전의 에스더에게도 앞으로의 스트레스와 엄청난 요구에 대응할 수 있는 능력이 있었을까? 대실망의 아픔을 겪어보지 않고도 결연한 의지를 보여줄 수 있었을까? 분명한 사실은, 케임브리지 불합격의 뼈아픈 기억이 나에게 포기하지 않겠다는, 기필코 성공하고 말겠다는 결의를 다져주는 쓴 약이 되었다는 것이다.

유학 생활을 하며 고생과 아픔을 겪어본 나였지만, 실패의 슬픔에는 그다지 익숙하지 않은 것이 사실이었다. 그러나 노력한다고 해서 항상 원하는 만큼의 보상을 받을 수는 없다는 것을 경험한 후, 방법은 단 하나뿐이라는 사실을 깨달았다.

'더 노력하자.'

나는 더 이상 이전의 내가 아니었다. 비통한 심정에 젖어 있는 대신, 최선을 다해 앞으로 나아가며 감사한 마음으로 뒤를 돌아보기로 했다. 전에 느꼈던 아픔은 아직도 마음을 저리게 했지만, 이제 나에겐 단호한 의지가 있었다.

시간이 약이라는 말은 반만 진리이다. '시간' 자체만으로는 충격과 아픔을 극복할 수 없다. 나를 달라지게 만든 것은 그 '시간' 동안 내가 한 '일들'이었다. 나는 꺾인 바 되었지만, 꺾인 채로 남아 있지 않았다. 추락했지만, 다시 위로 솟아오를 수 있는 날개가 돋아났다. 마침내 때가 왔을 때, 나는 모든 것을 쏟아 부을 준비가 되어 있었다.

내 마음에 아주 커다란 구멍이 생긴 것 같았어.
다시는 메워지지 않을 거라는 생각조차 했어.
누군가는 내게 '시간'이 약이기에
흐르기만을 기다리라고 했어.
지금도 그렇지만, 절대 그렇다고 생각하지 않았어.
상처가 아물려면 눈에 보이지 않는 곳에서
상처를 낫게 하려는 끊임없는 노력이 계속되잖아.
피가 멈추려면 혈소판이 응고되야 하는 것처럼.
-M. J.

나를 익혀버린 압력솥

압력솥 스위치가 올려질 때 그 안에 들어가 있으면 어떻게 될까 혹시 생각해본 적이 있으신지? 한국 사람들은 하루 세 끼 밥을 먹기 때문에 아마 그런 생각을 해본 사람들도 있을지 모르겠다. 아니면 이런 괴상한 호기심을 갖는 사람은 나뿐인 걸까?

압력솥은 그 속을 들여다볼 수 없게 되어 있으니, 그 속에서 어떤 일이 벌어지는지 실제로 본 사람은 없을 것이다. 그러나 상상력을 동원할 수는 있다.

아마 그 속은 무척 뜨거울 것이다. 출구를 찾지 못한 수증기 때문에 엄청난 압력이 작용할 테고, 그래서 이름도 압력솥 아니겠는가. 쌀알이 든 뭐든, 그 속에 든 내용물은 점점 더 올라가기만 하는 열기와 압력을 더 이상 견디지 못하고 "나 좀 내보내줘!" 하고 비명을 지르겠지만, 요리가 끝나기 전에는 다시 바깥세상을 구경할 수 없을 것이다.

나는 이와 비슷한 경험을 한 적이 있다. 처음에는 이따금 "엇! 꽤 뜨거운데." 하게 만드는 한두 가지 징후들이 있었다. 그러고 나더니 점점 더 뜨거워졌다. 서서히 주변의 물이 증발하기 시작했고 나는 온몸에 가해지는 그 압력을 느낄 수 있었다.

때는 2003년 4월 봄이었다. 어디에 있든지, 무엇을 하고 있든지 계속 증가하는 압력이 나를 압박하고 있었다. 6월 중순이 되자 압력솥은 최고의 화력으로 달아오르기 시작했고, 그 속의 불쾌한 환경은 절정에 달했다. 당장이라도 뛰쳐나가고 싶었지만, 모든 것이 끝날 때까지 참고 기다릴 수밖에 없었다.

GCSE 때와 마찬가지로, A 레벨 최종 시험 기간은 불구대천의 원수

나 당하기를 바랄만한 힘든 시간이었다. 나의 첫 시험은 5월에 있었고 마지막 시험은 6월 22일이었으니, 총 한 달 이상에 걸친 고되고 긴 기간이었다.

대여섯 과목의 시험을 단 하루 만에 치르는 한국의 시험 제도와 비교해보면, 아마도 각기 장단점이 있을 것이다. 하지만 두 주에 걸쳐 예닐곱 번의 시험을 치르고, 남은 시험 다섯 개가 끝나기를 고대하는 가련한 영국 학생에게는 그런 비교 자체가 부질없게 느껴진다. GCSE 시험 기간이 지옥과 같다고 생각했지만, 지금 와서 생각하니 차라리 그 때가 그리웠다. A 레벨 최종 시험은 기력을 완전히 다 빼내갈 정도로 어렵고 힘들었다. 육체적으로뿐 아니라 정신적으로도.

과목 당 총 여섯 개의 단원 시험 중 이미 치러 놓은 시험들도 있기 때문에, 재시험을 제외하면 13학년 6월 시험 기간에는 6개 정도의 시험을 치르는 것이 보통이었다. 하지만 나는 재시험을 하나도 치르지 않고도 모두 20개의 시험을 치러야 했다. 우선은 학교에서 공부하는 과목이 다른 학생들과 같은 세 개가 아니라 다섯 개였다. 게다가 4월에야 공부를 시작한 A 레벨 물리는 2년 과정의 모든 시험을 이번에 다 치러야 했던 것이다.

시험으로 인한 스트레스의 요인은 크게 두 가지였다. 시험 전에 해야 할 엄청난 양의 준비, 그리고 시험장에서 큰 실수를 할지 모른다는 두려움이 그것이었다. 그러나 준비해야 할 과목들과 그 양이 너무 많았기 때문에 나는 후자에 대한 걱정은 미처 할 겨를이 없었다. 그 많은 양의 공부를 할 생각만 해도 아찔했다.

내가 다니는 공립학교에서는 아주 세세한 부분에 이르기까지 선생님들이 숟가락으로 떠먹여 주는 일은 없었다. 물론 달달 외우기만 하면 되는 참고서도 없었다. 따라서 공부할 필요가 있는 것이 무엇이며 어떻게 공부해야 할지 시간과 노력을 투자하여 스스로 찾고 결정해야 했다. 아예 처음부터 DIY(Do It Yourself, '스스로 해라')였다.

한국 학생들이 시험 전에 공부해야 할 양이 엄청나게 많다는 것은 나도 어느 정도 알고 있다. 하지만 영국 학생들도 그 못지않게 할 일이 많았다. 모든 시험을 치를 때까지 압력은 점점 더 가중되어 가고 있었다.

압력솥의 엔트로피

압력솥 속의 쌀알과 우리 13학년 수험생들과의 차이점은, 우리에게는 실제로 선택의 자유가 있었다는 점이다. 그래서 원한다면 언제든 압력솥에서 나와 시험을 포기할 수 있었다. 아이러니하게도, 그 사실이 우리를 더 힘들게 했다. 포기할 수 있는 가능성이 아예 없다면 차라리 속이라도 편할 것 같았다.

나에게 자유가 있고, 나를 속박하는 것이 사실상 없다면, 이 은유에서 쌀알들을 속박하고 있던 '압력솥'은 과연 무엇을 의미할까? 나를 '못나가게' 막고 있었던 것이 그저 일종의 강력한 인위적 규율, 혹은 다른 사람들을 기쁘게 하려는 갈망이었을까? 나는 그렇게 생각하지 않는다. 그런 것으로 통제되기에 나는 너무도 무질서하다.

모든 것이 질서로부터 무질서로 가는 것, 즉 엔트로피(entropy)의 법칙은 놀랍도록 정확하게 내 정신 상태에 적용되었다. 나도 질서에서 무질서로 가는 경향이 있었다. 하지만, '압력솥' 안에 들어가 있었던 몇 개월 동안 엔트로피 법칙의 정 반대의 방향으로 내가 변해갔다면 도대체 어떻게 된 걸까?

그럴 경우, 여기에 엔트로피를 적용하는 것이 애당초 무리였든지, 아니면 압력솥을 지배하는 더 고차원적인 체계가 압력솥에 영향을 주는 것이든지, 둘 중 하나여야 한다.

만일 그러한 '더 높은 체계'가 있었다면, 본질적으로 그 체계를 움직이게 만든 펌프는 다름 아닌 바로 나 자신이었을 것이다. 그 펌프는 나의 의지에 의해 계속 작동했으며, 그 작용은 케임브리지 낙방의 경험으로 약화된 것이 아니라 오히려 더욱 강화되었다.

'이번에는 절대로 실패하지 않겠어. 내 가능성을 다 이루어내고야 말 겠어.'

견딜 수 없이 뜨거운 압력에 시달리면서도 '질서 잡힌' 상태 내에 머물 수 있었던 데는 나 자신의 의지가 주도적인 역할을 했다고 생각한다. 내가 압력솥에서 뛰쳐나가고 싶어서 소리를 지를 수도 있었지만, 목표에서 벗어나지 못하도록 붙잡아준 것도 역시 나 자신이었다. 어떤 다른 종류 체계도 아니요, 내가 많은 것을 성취하기를 기대하는 주변 사람들도 아니었다.

물론 그런 것들도 내게 어느 정도의 동기를 부여해 주었지만, 압력솥 자체는 바로 나 자신이어야 했다. 이 방식만이 제대로 된 작동 방식이었다. 어떤 사람이나 사물이 내 선택의 자유를 빼앗아 간다면, 쌀알들은 반항심과 적개심에 가득 차서 그 압력솥을 터뜨려 버렸을 것이다.

압력솥 안에서 살아남기

나만이 나 자신을 통제하고 있다는 깨달음은 시험 전날 밤의 부담감을 씻은 듯이 없애 주었다…… 고 말하면 좋겠지만, 절대 그렇지 않았다. 대부분 한두 시간 또는 그 이상 되는 시험을 스무 개나 본다는 것은 결코 만만한 일이 아니었다.

6월 셋째 주는 나에게서 사상 최대의 노력을 요구했다. 그 주에 시험을 일곱 개 보았는데, 세 개가 목요일에 몰려 있었다. 두 과목 시험을 보고 집에 돌아온 수요일, 나는 이른바 '공황(恐慌)' 상태에 빠져들었다.

'모든 게 다 귀찮아.'

먹고, 마시고, 공부하고, 쉬는 것, 그 무엇도 하고 싶지 않았다. 다음 날 볼 시험을 생각할 때마다 심장이 정상적인 리듬으로 펌프질하기를 거부했다. 압력솥 안이 너무 뜨겁고, 그 압력이 너무 세서 정신을 차릴 수 없었다.

한 가지 해결책은 거품 목욕이었다. 아직 준비가 되지 않은 시험을 앞두고 이런 한가한 일에 시간을 쓰는 것은 금기 사항일지도 모른다. 그러나 나는 논리를 무시하고, 수도꼭지를 틀고 레이독스(거품 목욕제)를 조금 부은 욕조에 느긋하게 몸을 기댔다.

수많은 거품 집단들이 자라났다, 터졌다, 합쳐졌다, 나뉘었다 하는 것을 지켜보며 물 속에 잠겨 있는 그 느낌을 나는 정말 좋아했다. 팔을 위로 치켜들면 방울들이 햇빛 아래 미니어처 진주 폭포처럼 알알이 흘러내리며 나를 간지럽혔다. 거품 표면의 무지개는 한가롭게 소용돌이쳤다. 이 방향 저 방향으로 입김을 불어 무지개가 휘돌게도 만들어 보았다.

'거품 하나에도 나를 매료시킬 만한 아름다움이 있구나.'

사라져가는 거품들에게 아쉬운 작별을 고할 때쯤이면 세상이 아주 달라 보였다. 하룻밤을 지새워 공부할 수 있는 힘이 솟아났다. 그래서 나는 아무리 시간에 쫓기고 마음이 급해도 몸과 마음의 긴장을 풀어 주는 일은 꼭 필요하다고 생각했다. 거품 목욕을 하거나, 아이스크림을 할짝거리며 마을 주변을 산책함으로써, 혹은 뒤뜰에서 배드민턴을 침으로써 내가 얼마나 많은 점수를 얻었는지 혹은 잃었는지는 물론 그때도 지금도 알 수 없지만.

2003년 6월 22일, 나를 철저하게 익혀온 요리 과정이 막 끝났다. 마침내 뚜껑이 열렸다. 나는 오랫동안 고대해왔던, 압력솥으로부터 해방을 맞았다.

V. 꿈은 이루어진다

16. 절대 예기치 못한 일

Life is like a box of chocolate. You never know what you're gonna get.
-anonymous
인생은 마치 초콜릿 상자와 같아. 뭘 받게 될지 알 수가 없어.
-작자 미상

그리운 내 나라로

드디어 6월이 되어 A 레벨 과정의 마지막 시험이 끝나자, 그 동안 과도한 스트레스에 시달린 학생들은 제각기 어디론가 휴가를 떠났다. 나에게는 프랑스 파리도 이국적으로 보였지만, 에펠탑 정도는 벌써 여러 번 올라가 본 영국 학생들은 마드리드, 베니스, 피렌체, 혹은 크레타 등과 같이 해가 쨍쨍 나는 남쪽으로 가고 싶어했다. 하지만 적어도 영국 친구들이 보기에 나처럼 이국적인 나라에 간 친구는 없었다. 내 목적지는 대한민국이었다.

지난 번 방문 때와는 달리, 처음 며칠간은 이상하게도 집처럼 아늑한 느낌이 아니었다. 아무래도 식스폼 생활을 하는 동안 영국 생활에 더 익숙해졌나 보다. 한국 사람이 나라 전체를 그득 메우고 있다는 점, 더 이상 동생과 한국말로 비밀 이야기를 할 수 없다는 점 그리고 거리의 사람들이 나를 바라보며 '저기, 아시아계 소녀가 있구나.' 라고 생각하지 않는 점 등이 이제는 약간 생소하게 다가왔다. 그러나 누가 뭐라 해도 나는 여전히 한국인이었다.

며칠 후, 나의 한국적 정서가 봇물처럼 되돌아왔고, 비로소 고향에 돌아온 푸근함이 느껴졌다. 나는 결코 변하지 않을 뿌리에 나 자신을 단단히 묶어 매기로 결심했다. 그러자 마음이 아주 편안해졌다.

정신적으로 이런 '닻 내림'을 하는 데 큰 도움을 준 것은 강원도로 간 선교 봉사였다. 15명으로 이루어진 대원들은 어린이들을 위해 6일 동안 영어 학교를 개최하려는 '사명'을 띠고 내려갔다.

할 일이 많아서 바쁘리라고 예상은 했는데, 실은 그 이상이었다. 영국에서는 해보지 못했던 단체 생활을 하며 한 일은 아이들을 매일 꼭 껴안아주는 일, 겉으로 보기엔 귀엽기만 한 두 형제가 매일 아침 벌이는 싸움을 뜯어말리는 일, 열네 명의 다른 대원들과 목욕실을 같이 쓰는 일(또한 그들을 좀 더 개인적인 차원으로 알아가는 일), 스무 명 이상 되는 사람들을 위해 번갈아 가며 요리하는 일, 창피함을 무릅쓰고 고등학교 정문에 서서 학생들을 교회로 데려오기 위해 노력하는 일 등이었다.

그러나 내가 제일 좋아한 일은 다른 사람들이 평화롭게 낮잠을 자는 오후에 친구와 함께 그 작은 마을을 돌아보는 것이었다. 가끔 차가 지나갈 때면 먼지가 흩날리는 길가에 덩그러니 세워져 있는 쓰러져갈 듯한 집, 그리고 그 너머로 보이는 푸른 산은 슬프도록 평화로웠다. 뙤약볕 아래에서 마냥 걸으며 그 풍경에 취해있고 싶었다.

영국의 그 어떤 명소에서도 느끼지 못했던 가슴 뭉클함을 나는 다시 느끼고 있었다. 내 고국, 내 고향 한국은 정말 아름다웠다. 한국에서 보낼 몇 달이 너무 짧게만 느껴졌다. 지나가는 시간을 붙잡아야만 할 것 같았다.

'여름이 끝나면 다시 우리나라를 떠나야 하겠지……'

그러나 나는 앞으로 이 땅이 어떤 방법으로 나를 붙잡아 둘지 알지 못했다.

최고의 시나리오 vs 최악의 시나리오

8월 14일 목요일. 광복절 전날이었다. 서서히 고개를 치켜들기 시작하던 불안감이 정점에 도달했다. 마치 부글부글 끓고 있는 압력솥 안에 다시 갇힌 기분이었다. 하지만 이번에는 나에게 선택권이 주어지지 않았다. 그 날은 A 레벨 최종 성적이 발표되는 날이었다.

가장 큰 걱정은 생물이었다. 17개의 다른 시험을 앞두고 있었던 그 당시, 생물은 전혀 염려하지 않았던 과목이었지만 이제는 사정이 달랐다.

'임페리얼 대학에서 요구한 AAB를 얻는데 집중해야 했던 건 아닐까. 마지막 순간에 물리 시험을 보기로 한 결정은 지나친 만용이 아니었을까. 이러다가 자칫 임페리얼에 들어갈 기회까지 날려 버리는 것은 아닐까.'

내가 원하는 '상상 속의 희망 점수'는 다음과 같았다.

생물	A	역사	A/B
화학	A	수학	A
일반 교양	A/B	물리	A/B

다음의 점수는 '악몽의 시나리오'이지만, 좀 더 현실적라고 할 수 있었다.

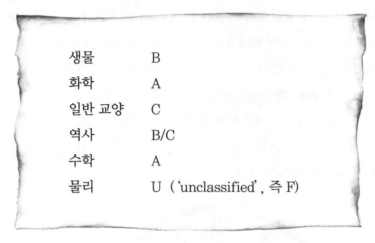

생물	B
화학	A
일반 교양	C
역사	B/C
수학	A
물리	U ('unclassified', 즉 F)

이미 한 번 케임브리지에서 고배를 마신 경험이 있는 나에게, 임페리얼 불합격은 더욱 치명적인 상처를 안겨줄 것이 분명했다. 그렇기 때문에 온 종일 마음을 가누지 못하고 떨 수밖에 없었다.

'만일 오늘 임페리얼 대학의 꿈마저 사라지고 다시 한 번 가슴이 깨지는 아픔을 겪게 된다면, 과연 견뎌낼 수 있을까?'

어쩌면 중간쯤의 성적을 받을 것이라고 기대하는 것이 합리적이었을지도 모른다. 그랬더라면 성적 발표날 오전에 만났던 친구의 말에 좀 더 집중할 수 있었을 것이다. 하지만 미안하게도 나는 친구가 무슨 말을 했는지, 또 내가 무슨 말을 했는지도 기억이 나지 않는다. 이따금 쿵, 쿵, 쿵, 쿵, 쿵, 쿵 하는 소리가 귓전에 맴돌았을 뿐이다. 심방과 심실이 다시금 불규칙한 펌프질을 시작했고, 손바닥의 땀샘이 열리고 있었다. 마치 미끄러운 바닥에서 중심을 잃고 휘청거릴 때처럼, 신경 말단에서 마구 쏘아댄 아찔한 전기 자극이 척추를 타고 온 몸으로 퍼졌다.

영국 학교를 마음속에 그려 보았다. 현지 시각으로 아침 8시나 9시경
이 되면 선생님들은 한 달 동안 비워두었던 학교를 향해 출발할 것이
다. 학교에는 시험 위원회에서 보낸 성적표 더미가 쌓여 있을 것이다.
그리고 오전 10시가 되면 학생들이 와서 성적표를 받아볼 것이다.

그 시각은 한국 시각으로 오후 6시쯤일 터였다. 랭킨 선생님에게 성
적이 발표되는 즉시 이메일로 결과를 알려 달라고 부탁해 놓은 나는 6
시가 다가와 노크하기를 초조한 마음으로 기다렸다.

6시 20분 전, 나는 떨리는 손으로 MSN 메신저에 로그인을 했다. 아
직 아무런 메일도 오지 않았다.

드디어 6시 정각이 되었다. 아무 일도 벌어지지 않았다.

6시 2분, 5분, 8분, 13분, 17분, 20분이 되었다. 여전히 아무런 소식도 없었다.

8시가 되도록 연락이 없자 나는 심란해졌다. 참지 못하고 영국 학교에 전화를 걸었지만 아무도 받지 않았다. 곧 닥칠 큰 뉴스의 쇼크에 대비해 이미 과도한 양의 아드레날린이 내 몸을 순환하고 있었다. 이 시점에서 태연한 척 하기는 결코 쉬운 일이 아니었다. 하지만 나는 일단 모든 기대와 염려에서 마음을 비우기로 했다.

'내일까지 기다리면서, 지구 반대편에 있는 우리 학교가 이 한국 소녀에게 이메일 보내는 걸 기억하는지 지켜보겠어.'

어차피 다른 방법도 없었다. 매우 길고 긴 밤이 되리라고 생각했다.

절대 예기치 못한 전화

그런데 내가 일찍 잠자리에 들 채비를 다 하고 불을 끄기 직전이었다.

'띠리링…… 띠리링…… 띠리링……'

전화 벨 소리가 세 번 울리더니 아빠가 수화기를 들었다. 밤 9시가 다 되었을 무렵이었다.

"여보세요?"로 시작한 아빠의 목소리가 "Hello?"로 바뀌는 순간, 드디어 올 것이 왔음을 직감했다.

"Hello, uh, yes, this is Esther's house……."

나는 안방으로 뛰어가 아빠의 얼굴에 나타난 당황스러움과 호기심을 확인했다. 아빠는 전화기를 넘겨주면서 눈을 크게 뜨고 내게 말했다.

"너희 교장 선생님이시다!"

"네에? 교장 선생님이?"

나를 기억하고 직접 전화까지 걸어주다니, 나는 감동하고 말았다.

"헬로우!"

"헬로우, 에스따. 지금 나는 에스따의 A 레벨 성적을 손에 들고 있습니다. 성적이 궁금한가요?"

"예, 선생님."

"Okay."

나는 깊이 숨을 들이마셨다.

"화학은…… A를 받았습니다."

나는 미소를 지었다. 화학에서는 A를 어느 정도 예상하고 있었다.

"수학도 A입니다."

이것도 그리 놀랄 만한 일은 아니었다.

"생물에서는…….."

그 순간 나는 잔뜩 긴장한 채 숨을 멈추었다.

'임페리얼 칼리지에 가느냐, 못 가느냐?'

나는 눈을 감았다.

"……역시 A를 받았습니다."

'휴우우우우우우우~'

나는 세상에서 가장 큰 안도의 한숨을 쉬었다. 임페리얼 칼리지에 갈 수 있게 된 것이다.

'이젠 나머지 세 과목을 전부 낙제한다 해도 불만 없어!'

그런데 잠깐. 나는 이제 안전했다. 이제 더 많은 것을 기대해도 다치지 않을 것이다. 앞으로 남은 과목들에서 최고의 점수를 기대해도 상처

받을 염려는 없을 것이다.

잠시 뜸을 들인 뒤, 교장 선생님의 목소리가 이어졌다.

"역사도 A."

'역사에서 A를?'

이것은 나에게 정말 대단한 일이었다. 나는 함박웃음을 지었다.

"일반교양에서는……."

이 과목에서는 여섯 개의 단원 시험 중 하나에서 학생 전체가 잘못된 시험지를 받았던 적도 있었고 해서, 솔직히 큰 기대를 하고 있지 않았다.

"A."

나는 믿을 수 없어 눈썹을 치켜 올렸다.

'다른 것도 아니고 일반 상식에서 A라니? 그럼 지금까지 모두 5개의 A를 받은 건가?'

놀랍게도 내 성적은 내가 받았으면 하고 간절히 바랐던 '상상 속의 최고 희망 성적'에 근접해 가고 있었다.

이제 한 과목만 남았다. 케임브리지에서 떨어진 이후 조금은 무모하게 시작했던 과목, 다른 학생들처럼 '제대로' 마치려면 두 달이 아니라 2년이 걸렸어야 했을 바로 그 과목이었다.

"물리에서는……."

바로 그 순간, 물리를 공부한 교회 친구 마크가 시험 기간 전에 내게 했던 말이 떠올랐다.

"절대 너를 무시해서 하는 이야기는 아니지만, 어느 누구도 물리에서 이런 식으로 A를 받을 수는 없어. 물리 A 레벨을 공부하기만 하는 것으로도 상위 10%에 속한다는 말도 있잖아."

물론 악의를 가지고 한 말은 아니었다. 그저 현실적 판단을 한 것뿐이었다. 나는 어깨를 으쓱하며 대답했었다.

"나도 알아. A를 기대하고 있는 것도 아니고."

그런데 역시 사람의 욕심에는 끝이 없는 모양이다. 다른 모든 과목들의 성적을 듣고 난 지금은 물리에서도 A를 받고 싶다는 생각이 간절했다. 만일 물리에서 A를 받는다면, 나는 모두 6개의 A를 받는 것이 된다. 그것은 말도 안 되는 일이었다.

"……A!"

'말도 안 돼!'

이렇게 외친 것이 뇌의 이성적 측면인지 아니면 비이성적 측면인지 알 수 없었다. 그 순간 수많은 생각들이 상상할 수 없이 많은 방향으로 달음질하는 탓에 머릿속에서 소규모 교통 체증이 발생했다.

"에스더 양, 이 많은 A로 뭘 할 생각인가요?"

'네? 무엇을 할 거냐고요?'

손이 떨리고, 목소리까지 떨리기 시작했다. 그 혼란의 와중에서 나는 가장 침착한 형태의 말을 간신히 찾아낸 다음 더듬거리며 말했다.

"믿을 수가 없어요."

내 모든 움직임을 관찰하고 있던 부모님을 바라보며 이가 다 보이도록 활짝 웃었다. 잠시 뜸을 들인 다음 "A를 여섯 개 받았어요."라고 속삭였다. 엄마 아빠의 입이 쩍 벌어졌다. 눈에서는 금방이라도 질문이 튀어나올 것 같았다.

교장 선생님은 A 레벨을 총 담당하는 랭킨 선생님을 바꾸어 주었다. "참 잘 했다", "축하해", "노력한 만큼 받은 결과야" 하는 축하가 쏟아졌다. 나의 담임인 저썸 선생님은 더욱 믿기 어려운 소식을 전해 주었다.

"물리의 여섯 단원 시험 가운데 넷에서 100%를 받았던데!"

"정말이요? 그럴 리가 없는데요?"

"하지만 사실인걸!"

실험 연습을 해본 적이 없어서 두 개의 실험 시험을 모두 망쳤다고 생각했던 나에겐 믿어지지 않는 일이었다. 말문이 막힌 나는 "Wow." 라고밖에 대답할 수 없었다. 이것은 나의 '상상 속의 희망 성적'을 훨씬 웃도는 것이었다.

그 날은 '나의 날'이었다. 이 순간을 가만히 음미해보고도 싶었지만, 그렇게 하기가 어려웠다. 수화기를 내려놓자마자 내 몸을 순환하고 있던 아드레날린이 마침내 그 용도를 찾았다.

"꺄아악!! 엄마!! 아빠!!"

미친 듯이 뛰고 소리 지르며, 정신이 어질어질해지도록 좋아서 어쩔 줄을 몰랐다. 내가 압력솥에서 보냈던 모든 시간들, 아니, 해가 지지 않는 나라에서 보냈던 모든 힘든 시간들이 정말 하나도 아깝지가 않았다.

감사 기도를 드리고 조금 진정이 된 후에도 나는 여전히 꿈나라에 푹 빠져 있었다. 하지만 이번에는 다시 깨어날 필요가 없었다. 가을이 되면 임페리얼에서의 삶을 만끽하는 것만 남았다고 생각했다.

상황은 점점 더 좋아졌다. 임페리얼 칼리지에서는 애쉬 음악 장학금을 주겠다고 했다. 영화 〈샤인〉의 주인공 데이빗 헬프갓이 다녔던 영국 왕립 음대에서 피아노 레슨을 받게 되는 특전이었다. 게다가 9월 초에 받은 기숙사 정보는 나를 펄쩍 뛰게 만들었다.

"베이트 홀!"

그 곳은 바로 내가 가게 해달라고 열심히 기도해 왔던 곳이었다. 그 유명한 로얄 알버트 홀 바로 옆에 있는, 최고로 멋진 기숙사였다. 이제 나는 임페리얼에 너무 가고 싶어서 못 배길 정도가 되었다. 모든 것이 정말 완벽하게 풀려가고 있었다. 매년 4천만 원을 웃돌 학비 문제가 마음에 걸렸지만, 일이 이렇게 풀려가는 것을 보면 이것이 내가 가야 할 길이라는 확신이 들었다.

'이제 와서 잘못될 일이 뭐가 있겠어?'

9월이 되자 나는 10월 초에 탈 비행기 표를 예약했고, 짐을 꾸리기 시작했다. 떠날 채비를 완벽하게 할 생각이었다.

7박8일의 악몽

그러던 어느 날, 갑자기 몸이 피곤해지더니 감기가 걸려버렸다.

'요새 밤을 좀 새고 끼니를 좀 걸러서 그런가 보다.'

평소 건강 검진 외에는 병원을 가본 적이 없을 만큼 건강한 체질이었기 때문에 곧 나아질 거라고 생각했다. 그런데 난생 처음으로, 시간이 흘렀는데도 전혀 나아지지 않았다. 1주일가량을 끙끙대며 앓아누워 있던 끝에 결국 병원을 찾아갔다. 나를 진찰한 의사 선생님이 대뜸 이렇게 물었다.

"티비가 뭔지 알아요?"

나는 그 '티비'가 'TV', 즉 텔레비전을 가리키는 것이기를 바랐다. 하지만 그것은 상황에 전혀 어울리지 않는 바람이었다. 불행하게도 나는 또 다른 '티비', 즉 'TB'가 무엇을 의미하는지 어느 정도 알고 있었다.

TB란 결핵을 의미한다. 생물 A 레벨 시간에 공부한 바 있는, 세계의 주요 질병 가운데 하나가 바로 결핵이었다. 아직도 많은 사람들의 목숨을 앗아가는 아주 무섭고 기분 나쁜 질병이었다.

"제가 결핵에 걸렸다는 말씀인가요?"

"글쎄, 아직 확실하지는 않습니다. 단순한 폐렴일 수도 있으니까요. 자세한 건 좀 더 정밀한 진단을 해봐야겠지만, 폐렴 또한 만만한 병은 아니니까 입원할 준비를 하는 게 좋겠군요."

나는 '입원'이라는 것에 대해 약간의 환상을 가지고 있었다.

'하루 종일 병상에 누워 주는 밥이나 먹고 책이나 읽으며 뒹굴뒹굴하는 것도 나쁘지 않을 것 같은데?'

그 환상이 깨지기까지는 그리 오랜 시간이 걸리지 않았다. 가장 큰 문제는 주사 바늘이었다. 간호사가 혈액 샘플을 채취한다며 큼직한 주사 바늘로 내 팔뚝을 세 번이나 찔렀을 때의 아픔은 세 가지 반작용을 한꺼번에 일으켰다. 눈물, 주사 공포증 그리고 디프레션.

그 이후 나는 주사기를 든 간호사가 병실에 들어올 때마다 가슴을 졸이면서, 기침을 콜록콜록 해대면서 그리고 창밖의 날아가는 새를 부러워하면서 한 주일을 보냈다. 정말 되풀이 하고 싶지 않은 경험이었지만 커다란 인생의 교훈도 배웠다.

'앞으로는 절대 아프지 않을 거야!'

그런데 이 입원 사건(?)은 또 전혀 뜻하지 않은 방향으로 내 앞길을 틀어 놓았다. 이제 임페리얼로 떠날 날짜가 한 주일 정도밖에 남지 않았는데, 부모님은 건강을 위해 좀 더 늦게 가라고 했다. 그때 불현듯 한 생각이 떠올랐다.

'나 아예 일년을 쉬고 대학에 다시 지원하는 건 어떨까?'

영국 A 레벨 성적은 3년간 유효했기 때문에, 다시 시험 볼 필요 없이 이번에 받은 성적으로 대학에 재지원할 수 있었다. 그러나 이미 임페리얼 칼리지에 가겠다는 약속이 성립된 상태였기 때문에, 대학에 새로 지원하는 것은 임페리얼 칼리지 측에서 나를 '풀어주겠다.'고 동의해야만 가능했다. 물론 폐렴이 걸리기 전까지는 그렇게 하고 싶다 해도 이렇다 할 사유가 없었다. 하지만 이제는 폐렴에서 완전히 회복될 필요가 있었기 때문에 충분한 구실이 될 수 있었다.

"다시 지원을 하게 되면, 케임브리지에도 재도전해 보겠니?"

부모님이 조심스럽게 권유했다. 그 한 마디에 영영 잠들어버린 줄 알았던 꿈이 내 속에서 꿈틀거리더니, 다시금 나를 강력하게 유혹해 왔다.

'정말 다시 한 번 도전해 볼까?'

욕심이 나는 만큼 두렵기도 했다. 아물어 있던 낙방의 상처를 다시 파헤치게 될까봐 꺼려졌다. 게다가 임페리얼은 여전히 놓치기 아까운, 매력적인 곳이었다.

'일생일대의 기회일지도 모르는 임페리얼을 잡을 것인가, 아니면 놓아버리고 아무런 보장 없이 처음부터 다시 시작할 것인가?'

때는 9월 말로 접어들고 있었다. 임페리얼에 가기 위해 10월 1일 자 비행기 티켓이 예약되어 있었다. 마음을 바꾸려면 서둘러야 했다.

'어떻게 하지요?'

나는 지혜를 달라고 기도했다. 그런데 이상하게도 모험을 해봐야겠다는 확신이 날마다 굳어져 갔다. 결국 나는 임페리얼 칼리지 당국에 이메일을 보내 상황을 설명하고, 나를 '풀어줄' 수 있는지 물어보았다.

그런데 이틀이 지나도록 답장이 없었다. 이제는 직접 전화를 걸어 알아보는 도리밖에 없었다. 담당자와 연결되었을 때 나는 주저리주저리 설명하기 시작했다.

"제가 폐렴에 걸려서 입원했었는데…… 아직 회복이 안 되었고…… 그래서 가능하다면……."

"벌써 풀어줬는데요."

담당자가 짧게 말했다.

"……아, 네."

"이미 당신을 풀어줬습니다. 이제 자유입니다."

그게 끝이었다. 모든 것이 사라져버렸다. 임페리얼 칼리지, 왕립 음악 대학, 베이트 홀, 로얄 알버트 홀, 이 모든 것들이. 허무감에 나는 횡설수설 말을 늘어놓기 시작했다.

"아, 잘 됐네요. 정말 감사합니다. 아시다시피 비행기 티켓 때문에…… 그래서 체크하려고 했죠……. 그래서, 아무튼, 어…… 고맙습니다. 안녕히 계세요."

이렇게 내 인생은 전혀 예상하지 못한 극적인 선회를 하고야 말았다. 나는 원점에 돌아와 있었다. 이제 다시 시작하는 것만 남았다. 케임브리지 지원 기간이 곧 끝나기 때문에, 임페리얼을 놓아버린 허탈감에 젖어있을 여유도 없었다.

일주일 간의 입원 생활 이후 나는 의대에 지원해보고 싶다는 생각을 했다. 같은 병실의 암 환자가 숨을 거두는 것을 지켜보며 나는 의사라는 직업의 가능성에 대해 많은 것을 느꼈고, 환자들에게 직접적인 도움을 줄 수 있다는 것이 얼마나 큰 특권인지 깨달았다. 그래서 나는 임페리얼 대학 의대를 포함한 네 군데의 의대에 원서를 넣기로 했다.

영국 대학 공부는 매우 전문화되어 있기 때문에, 교양 수업 없이 전공 과목만 공부한다. 과학을 공부하려면 거의 모든 대학에서는 한 가지 분야만 선택해야 했다. 예를 들어 생화학을 선택한다면 앞으로 물리나 지질학을 공부할 일은 없을 것이다. 하지만 아직 좁은 분야를 선택하는 것이 꺼려졌던 나는 차라리 좀 더 '폭 넓은' 의학을 하기로 결정했다.

그러나 한 군데만은 의학부로 지원할 의향이 없었다. 바로 케임브리지 대학이었다.

'작년에 지원했던 자연과학부에서 꼭 공부하고 싶어.'

영국에서 유일하게 과학 내의 다양한 과목들을 선택할 기회가 있는 곳이었다. 이번 여름 한국에 오기 전까지 『뉴 사이언티스트』지를 꾸준히 구독하면서, 자연 과학에 대한 나의 열망은 더 커졌다. 한국의 이공계 기피현상에 관해 들은 이후로는 더욱 그랬다. 이것이 바로 내가 가장 하고 싶은 것이라는 확신이 들었다.

이제는 케임브리지 대학의 어떤 칼리지에 지원할지 정해야 했다. 여러 날 심사숙고한 나는 크라이스트 칼리지(Christ's College)를 선택했다. 크라이스트 칼리지는 케임브리지 칼리지들 중에서 졸업생 평균 성적이 계속 최상위권에 랭크되어왔고, 또한 『진화론』의 창시자인 다윈과 『실낙원』을 쓴 존 밀턴을 배출한 것으로 유명했다.

'다윈의 칼리지에서 과학을 공부해 보자.'

모든 일은 일사천리로 순식간에 진행되었고, 열흘 후 케임브리지 자연 과학부와 몇몇 의대에 대한 모든 지원 과정이 여유 있게 끝났다. 나의 도전은 그렇게 예기치 않게 다시 시작되었다.

17. 내 인생 최대의 도전

Life is a chance. So take it!
−Dale Carnegie
인생은 기회다. 그러니 잡아라!
−데일 카네기

향수병

눈이 약간 간질거렸다. 눈물이 잠시 거기 머물다가 서서히 뺨을 타고 흘러내렸다. 심각한 향수병의 첫 증상이었다.

'한국을 떠난 지 겨우 5시간밖에 지나지 않았는데…….'

일본 오사카에서 영국은 아직 먼 거리였다. 나는 공항 호텔방에서 잠 자다 말고 내 자신에게 속삭였다.

'혼자지만, 아무 어려움 없이 잘 다녀올 수 있을 거야.'

이튿날은 좀 괜찮았다. 멋진 아침 식사를 한 후, 나는 호텔에서 그리 멀지 않은 거리를 걸어서 런던 히드로 공항으로 가는 환승 항공기에 탑 승했다.

나는 2003년 10월 31일 영국에 도착했다. 이번 여행의 목적은 사실 케

임브리지 인터뷰가 아니었다. 11월 8일 토요일에 있을 레딩 심포니 오
케스트라와의 두 번째 협연 때문이었다. 나는 거쉰의 'I Got Rhythm'
변주곡이라는, 짧지만 매우 재미있는 곡을 연주하고 11월 10일 경 귀국
할 예정이었다. 간 김에 케임브리지 인터뷰까지 치르고 오면 좋겠다고
생각했지만, 날짜가 언제로 잡힐지 몰랐다.

나는 우선 영국에 살 때 알고 지내던 한국인 가족과 함께 일주일을 보
냈다. 4개월 만에 다시 찾은 뉴볼드 대학은 변함이 없었다. '오랜만이
다.' 하고 생각되기 보다는 그저 항상 거기 있었던 것 같은 착각이 들었
다. 가을 햇살을 받으며 아름다운 뉴볼드 대학 주변을 산보할 때면, 나
의 '옛날' 집에 대한 기억이 떠오르면서 마음이 따뜻하게 달아오르기도
했다.

그러나 사실 비행기에 오르는 순간부터 나는 '진짜 우리 집' 으로 돌
아갈 날만을 간절히 고대하고 있었다. 그런 나를 보며 한국과 나 사이
에 얼마나 깊은 유대관계가 이루어지고 있었는지 새삼 절실하게 느끼
게 되었다.

연주회 전 한 주일 동안 내가 한 일이라곤 피아노 연습, 그리고 향수
에 더 많이 젖는 것뿐이었다. 그러던 중 크라이스트 칼리지로부터 이메
일을 받았다.

'11월 중에 인터뷰를 하는 것이 가능합니다.'

결국 나는 한국행 비행기 표를 케임브리지 인터뷰 후로 연기하기로
결정했다. 이제 집은 전보다 훨씬 더 멀어 보였다.

이루어냄

이번 연주회에 가족이 아무도 참석하지 못할 것이라는 사실은 아주 이상하게 느껴졌다. 고맙게도, 내 피아노 선생님이었던 세카 선생님은 연주회 날 저녁 엄마 역할을 해주었다. 나를 위해서 기도해 주었고, 내 차례가 되어 연주하러 갈 때까지 무대 뒤의 분장실에 함께 머물러 있었다.

나는 무대 위에서의 모든 순간을 사랑했다. 조명, 피아노, 오케스트라, 지휘자, 청중 그리고 멋진 드레스를 입은 나. 음악 속에 둘러싸여 희고 검은 건반을 누를 때 나는 전에 느껴보지 못한 마법과 같은 느낌을 받았다. 15분이 채 안 되는 거쉰의 곡을 연주한 후, 나는 가장 좋아하는 작곡가 중 하나인 아스토 피아쫄라(Astor Piazzolla)의 곡을 앙코르로 연주했다. 지휘자인 홉키스는 함박웃음을 지으면서 말했다.

"미안하지만 내년에 또다시 초청해야겠는데요. 단원들이 당신과 연주하는 것을 정말 좋아합니다!"

피아노 협연이 끝나고 며칠 후 또 하나의 중요한 사건은 내 모교 세인트 크리스핀 공립학교에서의 연말 시상식(프레젠테이션 이브닝) 이었다. 이 시상식은 한 학년 동안 학생들이 이룬 성과를 기억하고 축하하는 행사였다. 항상 12월에 열렸기 때문에 이번에는 시상식에 참석할 수 없으리라 생각했는데, 정말 기막힌 우연으로 이번 연도에는 그 날이 11월 11일로 잡혔다.

'완벽한 타이밍이다!'

그 날 저녁, 교장 선생님은 언제나처럼 길고 긴 환영사를 했다. 나에게 배정된 자리에 앉아 자세를 똑바로 한 채 버티려고 노력하고 있는데, 뜻밖의 말이 들려왔다.

"저는 사실 환영사에서 개개인의 성취를 잘 언급하지 않습니다. 하지만 A 레벨에서 A 여섯 개를 받은 에스따 쏘온보다 잘 한 학생은 아무도 없었습니다. 국내 언론에 보도된 것을 보셨을지 모릅니다. 세인트 크리스핀의 학생이라는 것이 정말 자랑스럽습니다."

'에스따 쏘온'이라는 이름이 들려옴과 함께 나는 얼굴을 붉혔다. 주위에 앉아있던 친구들이 내 쪽으로 고개를 돌리며 웃음을 지어보였다.

얼마 후 시상이 시작되었다. 내 차례가 되자 상을 호명하던 선생님이 말했다.

"다음 두 개의 상은 아까 교장 선생님이 언급하셨던 아가씨에게 돌아갑니다. 에스따 쏘온, A 레벨 수학과 역사 상입니다."

내가 일어나자 강당 안의 모든 고개가 나에게로 쏠렸다. '그 아이가 저 한국 아이로구나.' 하고 알아보고는 끄덕이는 것이 보였다. 우월감이나 질투심이 섞여있지 않은, 진심으로 축하하는 표정들이었다. 중앙 통로를 따라 무대로 올라가는 동안 나의 또각구두 소리는 박수 소리에 파묻혀 들리지 않았다.

얼마 후 나는 세 번째 상을 받았다. A 레벨 최고상이었다. 내 이름이 또 호명되자 사람들은 "와우" 하는 감탄 소리와 함께 또 힘껏 박수를 보냈다. 그들로부터 친절한 뽀뽀뽀 웃음만 받았던 한국 소녀가 이제는 당당한 자세로, 받아 마땅한 상을 받았다.

그러나 이상하게도, '부모님이 이 자리에 함께 계셨다면 정말 좋아하셨을 텐데.' 하는 생각만 자꾸 들었다. 엄마 아빠가 너무 그립고 보고 싶었다. 나는 향수병에 점점 더 깊이 빠져가고 있었다. 영국에서 4년 반을 사는 동안에도 한국에 가기를 이토록 원했던 적은 없었다. 정말 견딜 수가 없었다.

마침내 눈물이 그렁그렁한 눈으로, 나는 최후 수단에 의존하기로 작정했다. 11월 12일, 나는 너무 바빠 시간을 낼 수 없다는 것을 알면서도 엄마에게 영국으로 건너오라고 SOS를 보냈다.

3일 후 엄마는 모든 일을 제쳐 놓은 채, 한국 음식을 잔뜩 가지고 히드로 국제공항에 도착해서 나를 꼬옥 안아주었다.

다시 한 번 케임브리지를 향해

크라이스트 칼리지의 인터뷰 날짜는 11월 20일로 확정되었다. 준비할 시간을 약 한 주일 가량 남겨 놓은 가장 알맞은 시기라서 나에게는 정말 다행스러운 일이었다. 이제부터는 인터뷰 준비에만 초점을 맞추어야 했다.

엄마와 나는 고맙게도 영국에서 살 때 친분을 쌓아둔 미첼 교수님 댁에서 머물게 되었다. 레딩 대학교 교수를 역임했던 미첼 교수님은 케임브리지, 옥스퍼드 그리고 하버드의 학위를 소유한 엄청난 석학이었고, 사모님은 의사였다. 온화하고 친절한 두 분은 우리를 마치 한식구처럼 대해주었고, 케임브리지 인터뷰를 준비하는 나를 위해 말 소리도 죽여가며 많은 신경을 써주었다.

'지난 해 트리니티 칼리지의 인터뷰를 생각하면, 그 동안 공부했던 모든 A 레벨 과학과 수학을 다시 한 번 전체적으로 훑어보아야 할 것 같아.'

나는 책상 앞에 앉아서 머리를 싸매고 다시 압력솥 안의 환경을 조성하기 시작했다.

인터뷰 날짜가 다가오자 내 마음은 서서히 가라앉기 시작했다.

'내가 인터뷰를 무사히 치를 배짱이 있는 걸까?'

포기할 마음은 없었지만, 작년의 아팠던 기억이 계속해서 머리 속에 떠오르는 것을 막을 수는 없었다. 이미 요크 대학교로부터 생화학 과정에 무조건 입학 허가를 받아놓았기 때문에 스트레스가 덜해야 마땅했겠지만, 그런 보장도 이 중압감을 조금도 덜어주지 못했다.

11월 19일 수요일 아침, 드디어 케임브리지의 크라이스트 칼리지로 떠날 준비를 마쳤다. 그 곳의 기숙사에서 하룻밤을 묵은 뒤 인터뷰를 할 것이었기 때문에 이번에는 나 혼자 출발해야 했다.

내 머리는 금방이라도 터져버릴 것 같았다. 과거의 쓰라린 기억과 미래에 대한 두려움이 나를 아주 의기소침한 소녀로 만들어 버렸다.

이른 오후, 나는 런던 워털루 행 기차에 올랐다. 11월의 영국 표준에 비춰볼 때 그리 나쁘지 않은 날씨였다. 바람이 그리 세지 않았고, 해는 이따금 구름 사이로 얼굴을 내밀었다. 파란 하늘을 배경으로 흰 구름이 많이 떠있었다. 하지만 왜 영어에서 '파랑'과 '우울함'을 똑같이 'blue' 라는 단어로 쓰는지, 조금은 이해가 갈 듯도 했다. 슬프게도 나의 마음은 하늘만큼이나 '파랬다.'

나는 혼자였고, 울고 싶었다. 내일 마주쳐야 할 그 일의 엄청남을 나 홀로 견디기 어려울 것 같았다. 무지막지한 압력이 나를 짓누르고 있었다.

기차에 올라탄 나는 배낭에 넣었던 성경책을 펼쳤다. 검은 표지의 큼직한 성경책을 훌훌 넘기며 아무 구절이나 눈길이 닿는 부분을 읽는 동안, 뇌는 처음에 내가 무엇을 하고 있는지 의식하지 못하고 있었다.

하지만 신기하게도 내가 펼친 부분들, 즉 다윗 왕과 솔로몬 왕 그리고 다니엘 등과 같은 고대의 여러 현인들의 이야기들은 놀랍도록 그때의 내 상황에 적합했다. 더욱 불가사의한 것은, 그 이후 즉시 내 마음에 평화가 찾아와 머물기 시작했다는 점이다.

워털루에서 킹스 크로스까지의 붐비는 지하철 여행과, 거기서 다시 기차로 바꾸어 타고 케임브리지까지 가는 동안, 퍼렇게 우울하기만 하던 마음은 어느새 깃털처럼 가벼워져 어디로든 마냥 날아갈 수 있을 것만 같았다. 이것이 전환점이 되었다. 이제 내 마음에는 '세상은 아름답다' 고 생각하게 만드는 노래가 피어났다.

케임브리지 역 구내를 빠져 나왔을 때 날은 이미 어둑어둑해졌다. 버스를 타고 갈 수도 있지만, 너무도 기분이 상쾌해진 나머지 크라이스트 칼리지까지 걸어가기로 했다. 가방 속에 있는 케임브리지 지도를 꺼내지도 않고 발길이 닿는 대로 걸음을 옮겼다.

'케임브리지가 꼭 내 고향처럼 정겹게 느껴지는 것 같아.'

이번이 겨우 세 번째 방문이지만, 내 발은 내가 어디로 가야 할지 본능적으로 아는 것 같았다.

'그레이트 게이트(Great Gate)' 라 불리는 크라이스트 칼리지의 정문에 도착하자, 수위 아저씨가 내 이름을 확인한 뒤 하룻밤 묵을 숙소의 열쇠를 건네주었다. 불이 켜지지 않은 칼리지는 매우 신비스러워 보였고, 어둠 속에서 길을 찾아가노라니 마치 중세의 한 성안에서 숨바꼭질을 하는 기분이었다.

나에게 배정된 방은 작은 1인용 침실이었다. 전등 스위치를 올리자 모든 것이 아주 산뜻하고 말쑥하게 정돈되어 있었다. 커다란 창문을 통해 밖의 거리에 늘어선 상점의 불빛들이 보였다. 무엇보다도 그 방은 아주 아늑했다.

'이곳이 참 맘에 들어.'

다음 날 아침 눈을 떴을 때, 소문난 잠꾸러기인 나는 아직 오전 6시밖에 되지 않은 것을 보고 놀랐다. 이내 다시 가슴이 떨려왔다.

'이 정도의 초조함은 정상적인 거야. 오히려 도움이 될지 몰라.'

학교 식당에서 아침 식사를 한 후 나는 카메라를 들고 크라이스트 칼리지와 정원을 둘러보았다. 때를 잘못 맞춘 희한한 관광객으로 오인될 위험이 있었지만, 곧 임박한 인터뷰에 관하여 고민하고 싶지 않았다.

'지금 염려한다고 해서 도움이 되지는 않을 거야.'

크라이스트 칼리지를 둘러본 다음에는 칼리지 정문을 나섰다. 킹스 칼리지와 트리니티 칼리지, 카페들 그리고 시장 등, 눈에 익은 장면들을 나는 모두 필름에 담았다. 초조함은 서서히 사라지고 있었다. 나는 크라이스트 칼리지 바로 밖에 있는 예쁜 상점에서 샌드위치 한 조각을 집어 들었다. 그 맛은 감히 말하건대 '멋졌다.'

나는 읍내를 하릴없이 거닐면서 사람들의 살아가는 모습을 음미했다. 사람들이 내 곁을 스쳐 지나갔다. 어떤 사람들은 쇼핑백을 들고, 어떤 사람들은 학교 가방을 들고 지나갔다. 그러나 이 자그마한 아시아계 소녀가 몇 분 후 매우 중요한 인터뷰를 하게 되리라는 사실을 아는 사람은 그들 중 아무도 없었다.

케임브리지 크라이스트 칼리지 인터뷰 내용

다음은 2003년 11월 20일에 있었던 케임브리지 대학 크라이스트 칼리지에서의 인터뷰 내용을 요약한 것이다. 첫 번째와 세 번째 인터뷰는 과목 인터뷰로, 자연 과학에 대한 소질을 평가하는 시간이었다. 두 번째 인터뷰는 일반 인터뷰였는데, 나의 배경, 취미, 앞으로의 계획 등 일반적인 질문들을 통해 내가 어떤 사람인지 알아보는 인터뷰였다. 혹시 케임브리지 대학의 인터뷰가 어떤 식으로 진행되는지 궁금해 하실 독자 여러분을 위해 다소 긴 분량을 그대로 싣는다.

Interview 1

At 1:30 p.m., subject interview with Professor Stanley

Pr. Stanley: (Opening the door) Hi, Esther. Nice to meet you. I'm Professor Stanley.

Esther: (Coming in with a nervous smile) Hello. Nice to meet you, too.

Pr. Stanley: Please, take a seat. (Sitting down) I am the Director of Studies for Biological Natural Sciences at this College. My interviews tend to be problem-solving.

So, I would like you to have a look at this sheet of paper (handing over a sheet with drawings of mice) and answer the questions that follow.

Esther: Okay. (I glance at the sheet, and panic sets in my head.)

Pr. Stanley: Have you ever heard of a stem cell?

Esther: Yes. It's an unspecialized cell.

Pr. Stanley: That's correct. Do you know where it is found?

Esther: The bone marrow, isn't it?

Pr. Stanley: Great. Now, what's really special about a stem cell is that it would always divide to give one daughter cell that would become specialized, and one daughter cell that would remain a stem cell. This is the background to the problem. Let's now read this.

'Exposure to a certain type of X-ray kills stem cells only,

인터뷰 1
오후 1시 30분, 스탠리 교수와의 과목 인터뷰

스탠리 교수: (문을 열며) 안녕, 에스더. 만나서 반갑습니다. 스탠리 교수입니다.

에스더: (초조한 미소를 지은 채 들어가며) 안녕하세요. 만나 뵙게 되어 반갑습니다.

스탠리 교수: 저 자리에 앉으시지요. (교수는 앉으면서 말한다.) 나는 이 칼리지의 생물학 분야 자연 과학부의 부장입니다. 내 인터뷰는 문제 풀이 위주로 진행됩니다.

자, 이 종이를 살펴본 다음 (쥐 그림들이 그려져 있는 종이를 한 장 건네 준다.) 그 뒤의 질문들에 답변해 주기를 바랍니다.

에스더: 오케이. (종이를 훑어본다. 머리 속에 공포감이 엄습한다.)

스탠리 교수: 줄기 세포에 관하여 들어본 적이 있습니까?

에스더: 예. 분화되지 않은 세포지요.

스탠리 교수: 맞습니다. 어디서 발견되는지 알고 있습니까?

에스더: 골수 아닌가요?

스탠리 교수: 잘 맞추었습니다. 자, 줄기 세포의 특이한 점은 그것이 둘로 나뉘어서 하나는 분화될 딸 세포가 되고, 하나는 줄기 세포로 남아 있을 딸 세포가 된다는 것이에요. 이것이 이 문제의 배경입니다. 자, 그럼 함께 읽어봅시다.

'특정 형태의 X-선을 쪼이면 골수는 손상시키지 않은 채 줄기 세포

leaving the bone marrow intact. If you do this to a healthy mouse, then transplant healthy stem cells to its bone marrow, the new stem cells would reproduce and the organism would continue to live.

'Mouse A and Mouse B each has a mutation, which either affects the stem cells or the environment, so that the reproduction of stem cells does not occur. Design experiments to determinethe nature of mutation in Mouse A and Mouse B.'

Esther: Could I think about this for a second? (An idea comes to my mind.)

Pr. Stanley: Sure.

Esther: (Having organized the flow of thoughts and carefully pronouncing each syllable) You could X-ray each mouse with a mutation to kill its stem cells, and transplant into its bone marrow the stem cells from the healthy mouse.

만 죽습니다. 건강한 쥐에게 그렇게 한 다음 건강한 줄기 세포를 그 골수에 이식한다면, 새 줄기 세포들이 증식하여 이 유기체는 계속 생존할 것입니다.

쥐 A와 쥐 B는 각기 변이를 갖고 있는데, 그것은 줄기 세포 혹은 줄기 세포의 '환경', 그 둘 중 하나에만 영향을 미치며, 그렇게 하여 줄기 세포의 증식이 발생하지 않게 됩니다. 쥐 A와 쥐 B에서 일어난 변이의 본질을 규명할 실험을 구상하십시오.'

에스더: 잠시 생각할 시간을 주시겠습니까? (아이디어 하나가 떠오름.)

스탠리 교수: 그렇게 하세요.

에스더: (생각의 흐름을 조직화한 후 각 음절을 조심스럽게 발음하면서) 변이를 가진 각 쥐에게 X-선을 쪼여서 그 줄기세포들을 죽인 다음, 건강한 쥐의 줄기 세포들을 그 쥐의 골수에 이식할 수 있습니다.

If the mutation were causing stem cells themselves to be defective, then the 'environment' would be normal, and the healthy stem cells that have been transplanted would grow normally and the mouse could live.

(After a brief pause) On the other hand, if the mutation were causing the 'environment' to be defective, transplanting healthy stem cells would not save the mouse.

Pr. Stanley: Exactly. In fact, that's exactly what some scientists decided to do a while back. It's a classic experiment. It turned out that Mouse A had a mutation that caused its stem cells to be defective, whereas Mouse B had a defective 'environment' for its stem cells.

So when they transplanted the healthy stem cells to Mouse A it was able to live, but the same procedure did not save the poor little Mouse B. Don't you think it's rather sad? But let's move on.

In order for stem cells to be of much use, they would have to leave the bone marrow for the site where they would specialize. The ones that arrive at the liver would become liver cells, and so on. Now, how do you think that they travel?

Esther: Through the blood streams?

Pr. Stanley: Yes. But they would eventually have to settle down, and most of them would be bound to a basement membrane.

만일 줄기 세포 자체에게 결함을 유발시키는 변이를 가지고 있었다면, '환경'은 정상적일 것입니다. 그러므로 이식된 건강한 줄기 세포는 정상적으로 자라나고 그 쥐는 생존할 수 있을 것입니다.

(잠시 멈춘 다음) 반면, 만일 변이가 '환경'에 결함을 유발시키고 있다면, 건강한 줄기 세포들을 이식한다 해도 그 쥐의 생명을 구할 수 없을 것입니다.

스탠리 교수: 정확하게 맞추었습니다. 사실, 꽤 오래 전 몇몇 과학자들이 바로 그렇게 하기로 결정했었지요. 아주 고전적인 실험입니다. 쥐 A는 그 줄기 세포에 결함을 유발시킨 변이를 갖고 있었던 반면, 쥐 B는 결함이 있는 '환경'을 갖고 있었습니다.

그래서 건강한 줄기 세포를 A쥐에게 이식했을 때 그 쥐는 살 수 있었지만, 같은 과정이 가련한 B쥐를 살리지는 못했습니다. 슬픈 일이죠. 하지만 계속해 봅시다.

줄기 세포가 유용해지기 위해서는 골수를 떠나 그들이 분화될 장소로 이동해야 하지요. 간에 도착한 것들은 간 세포가 되고, 하는 식으로 말입니다. 자, 그들이 어떻게 이동한다고 생각합니까?

에스더: 혈류를 통해서입니까?

스탠리 교수: 맞습니다. 그러나 그것들은 결국은 어딘가에 눌러앉아야 하며, 대부분은 기저막(basement membrane)에 붙을 것입니다.

We say 'membrane', but it could be made of non-living materials like collagen. How do you think the cells, which are bound firmly in place, communicate with each other?

Esther: Umm··· Sometimes by releasing hormones or by sending out electrical impulses···

Pr. Stanley: That's correct, but hormone releasing is limited to certain cells, for example in the pituitary gland, and is usually aimed at coordinating different parts of an organism. Nerve signals are quicker but also have a similar purpose. I'm talking about more general communication between two neighboring cells.

Esther: By exchanging specific substances across the membranes?

Pr. Stanley: Good, that would be one way. They could exchange many different substances.

Now, if you go back to hormones, what would they have to do first of all to cause changes in a cell?

Esther: They would bind to the receptors on the cell surface.

Pr. Stanley: That's right. How do they then bring about the changes in distant cells?

Esther: They could cause different ion channels to open or close, and alter the concentration of specific ions in the cytoplasm.

여기서 '막'(membrane, 영어로는 '세포막'을 연상시킴)이라고 말합니다만, 그것은 콜라겐(collagen)처럼 비생물적인 물질로 만들어질 수 있지요. 제자리에 단단히 붙어 있는 그 세포들이 서로 어떻게 통신을 주고 받는다고 생각합니까?

에스더: 음…… 가끔은 호르몬 분비를 통해서 혹은 전기 자극들을 보내서…….

스탠리 교수: 맞긴 하지만, 호르몬 분비는 특정 세포, 예컨대 뇌하수체 선(腺)에 국한되며, 한 유기체 내의 여러 다른 기관들을 통합 조정하는 데 대체로 그 목적이 있지요. 신경 신호는 더 빠르지만, 이와 유사한 목적을 갖고 있지요. 저는 지금, 이웃하고 있는 두 세포 사이의 보다 더 일반적인 통신에 관하여 말하고 있습니다.

에스더: 세포막 사이로 물질을 주고 받지 않을까요?

스탠리 교수 : 예, 그것도 한 방법일 것입니다. 그들은 여러 가지 물질들을 교환할 수 있습니다.

자, 다시 호르몬으로 돌아가 봅시다. 세포 내에서 변화를 유발시키려면 그들(호르몬)이 가장 먼저 무엇을 해야 할까요?

에스더: 세포 표면의 수용체에 달라붙을 것입니다.

스탠리 교수: 맞습니다. 그런 후에 어떻게 그들이 멀리 있는 세포들에게 변화를 불러일으키죠?

에스더: 그들은…… 여러 이온 채널들로 하여금 열고 닫을 수 있게 하고, 세포질 내의 특정 이온들의 농도를 바꿀 수 있습니다.

Pr. Stanley: Good. Can you think of more ways?

Esther: (I pause and think for a moment.) Substances could bind to the genes and trigger the production of certain proteins, or stop it.

Pr. Stanley: Very good. Can you expand on that?

Esther: Umm⋯ is it something to do with the *lac operon?*

Pr. Stanley: Yes, yes. That's a good example.

Esther: I remember vaguely but I'll give it a shot. There are different functional sites, other than the actual protein-coding bit, in a stretch of DNA, like a promoter and an operator. And whether the structural gene is expressed or not is controlled by them.

스탠리 교수: 좋은 답변입니다. 그 밖에 다른 방법들은 없을까요?

에스더: (잠시 생각한다.) 물질들은 유전자에 달라붙어 특정 단백질의 생산을 촉발시키든지 중지시킬 수 있지요.

스탠리 교수: 대단히 훌륭합니다. 좀 더 부연 설명을 할 수 있습니까?

에스더: 음…… 락토오스오페론(lac operon)과 관계가 있지 않나요?

스탠리 교수: 그렇지요. 좋은 예입니다.

에스더: 기억이 희미합니다만 시도해 보겠습니다. DNA의 긴 고리 내에는 단백질 코드가 아닌, 다른 기능을 가진 장소들이 있지요. 프로모터(promoter)나 오퍼레이터(operator)처럼 말입니다. 구조적 유전자가 발현되느냐 안 되느냐의 여부는 이들에 의해 제어되지요.

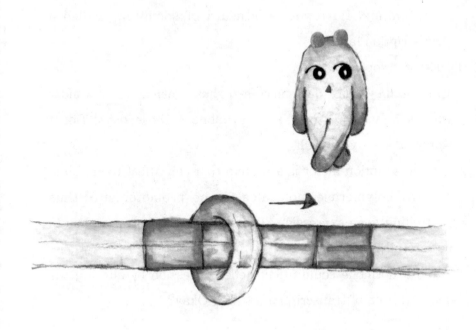

If a certain type of molecule is present, it will bind to the promoter – or is it the operator? – and only then the transcription of the gene would occur. Is that right?

Pr. Stanley: Almost. A gene can only be transcribed if RNA polymerase can bind to the promoter site. Normally, a repressor molecule binds to the promoter site, so the gene cannot be transcribed.

However, when an inducer molecule binds to the repressor, the promoter site becomes vacant so the RNA polymerase can bind to the promoter and transcription can begin. Can you think of any other ways?

Esther: Hmm… (I think to myself, 'not really!')

Pr. Stanley: Have you ever heard of something called a 'transcription factor'?

Esther: Nope.

Pr. Stanley: Ah. (She smiles and shakes her head.) I wonder what's happening to A-level syllabuses these days! Don't worry, it's not your fault.

A transcription factor is a protein that can affect the binding of RNA polymerase molecules to the promoter site, thus controlling gene expression. Therefore its concentration has to be carefully maintained.

And a hormone could affect gene expression by altering the concentration of transcription factors. Okay?

만일 어떤 특정 형태의 분자가 그곳에 있다면, 그것은 프로모터 유전자에 붙을 것입니다. 아니면 오퍼레이터인가요? 어쨌든 그렇게 될 때에야, 유전자의 전사(轉寫)가 일어날 것입니다. 제 설명이 맞나요?

스탠리 교수: 거의 맞았습니다. 유전자는 RNA 폴리머라아제(polymerase)가 프로모터 인자 사이트에 붙을 수 있어야만 전사가 가능합니다. 보통은 리프레서(repressor) 분자가 프로모터 인자 사이트에 달라붙어 있어서 그 유전자는 전사될 수 없지요.

하지만, 인듀서(inducer) 분자가 리프레서에 달라붙으면, 프로모터 유전자는 비어 있게 되지요. 그리하여 RNA 폴리머라아제가 프로모터 인자에 달라붙을 수 있으며, 전사가 시작될 수 있지요. 또 다른 방법은 없을까요?

에스더: 음…… ('모르겠는데요!' 하고 생각한다.)

스탠리 교수: '트랜스크립션 팩터(transcription factor)'라는 것에 관해 들어본 적이 있습니까?

에스더: 없습니다.

스탠리 교수: 아, (미소 지으며 고개를 절래절래 한다.) 요즘 A 레벨 과정들이 왜 이런지 모르겠군요. 염려하지 마세요. 당신 잘못이 아니니까요.

트랜스크립션 팩터는 프로모터 유전자에 RNA 폴리머라아제가 달라붙는 데 영향을 미치고, 그렇게 하여 유전자 발현을 통제할 수 있는 단백질입니다. 그러므로 그 농도가 조심스럽게 유지되어야 하지요.

호르몬은 트랜스크립션 팩터의 농도를 변화시킴으로써 유전자 발현에 영향을 미칠 수 있습니다. 알겠습니까?

Esther: Okay. And that in turn could control the activity of the cell.

Pr. Stanley: Right. And that's the end of our problem. Well done. Now, are there any questions you would like to ask me?

Esther: Well, all my questions have been answered by the Prospectus. Thank you.

Pr. Stanley: Okay. One final question. Why should we take you? Why should we choose to put our time and money into educating you? What makes you so special?

I know it must be a culturally difficult question for you. Asian students tend not to brag about themselves. But you can be honest now. Why should we take you?

Esther: (I think about what fanciful things I could say.) I'm an extremely dedicated student, and I'm fascinated by just about all areas of science.

Pr. Stanley: But anyone applying to take this course can say that.

Esther: ('Uh-oh…') Right… (I keep thinking and there is a silence. I think to myself, 'Darn!')

Pr. Stanley: (Smiling) How about the fact that you got full marks in A-level Physics? I bet not everyone could say that. Isn't that something to be proud of?

Esther: That's right. (A grin appears in my face.) I know that

에스더: 오케이. 유전자 발현을 그렇게 통제함으로 세포의 활동을 통제할 수 있겠군요.

스탠리 교수: 그렇습니다. 이것으로 이 문제는 끝났습니다. 잘 했습니다. 자, 우리에게 묻고 싶은 질문이 있습니까?

에스더: 글쎄요. 저는 모든 의문에 대한 답을 입학 소개서에서 찾았습니다. 감사합니다.

스탠리 교수: 오케이. 마지막 질문입니다. 우리가 왜 당신을 받아 들여야 하지요? 왜 우리의 시간과 돈을 당신을 교육시키는 일에 투입하기로 결정해야 할까요? 당신이 왜 특별합니까?

아마도 문화적인 이유로, 당신이 답변하기에 상당히 어려운 질문임에 틀림이 없다는 것을 압니다. 아시아계 학생들은 자신에 관해서 으스대지 않는 경향이 있지요. 그러나 지금은 정직하게 말해도 됩니다. 왜 우리가 당신을 받아들여야 할까요?

에스더: (나는 뭔가 기발한 것을 말하려고 생각한다.) 저는 대단히 열성적인 학생으로서 과학 전 분야에 걸쳐서 매료된 사람입니다.

스탠리 교수: 그러나 이 코스에 지원하는 모든 사람이 그렇게 말할 수 있지요.

에스더: ('이런……') 그렇군요……. (나는 계속 생각하고 침묵이 흐른다. '큰일이다!' 라고 혼자 생각한다.)

스탠리 교수: (웃으면서) 당신이 A 레벨 물리에서 만점을 받은 사실에 관해서는 어떻습니까? 장담하건대, 아무나 그런 성적을 받을 수는 없어요. 자랑스러운 일이 아닌가요?

에스더: 그렇군요. (내 얼굴에 웃음이 피어오른다.) 저는 그것이 자랑스

is an accomplishment to be proud of, but I feel that I could be challenged more. And I don't know what it takes to get a First degree from Cambridge, but if I am accepted, I will be doing my absolute best.

I have chosen science over music – and believe me, music is a big deal in my life – and I will be devoting my life to science. Whether my best would be good enough is another question, but you have some evidence to that end as well. May I also talk about music, or would I just be off the point?

Pr. Stanley: Sure, go ahead.

Esther: I believe I could contribute a lot to the music life here. Even during my A-levels, I managed to become a Licentiate of the Royal Schools of Music with distinction.

Although science will be my top priority, I believe I can keep up my piano skills at Christ's, too. Music is a great way to get your mind off of things if being a scientist gets too stressful at times!

Pr. Stanley: (Her smile gets bigger.) Absolutely. Well, thank you very much for taking part. I wish you all the best.

Esther: Thank you.

러워할 만한 성취라고 생각하지만, 더 커다란 것에도 도전할 수 있다고 생각합니다. 케임브리지에서 퍼스트('First' : 케임브리지 학위 최고 등급) 학사 학위를 받는 것이 얼마나 어려운지 알 수 없지만, 입학이 허가된다면 저는 절대적으로 최선을 다할 것입니다.

음악도 제 생애에서 정말 중요한 위치를 차지하고 있지만, 저는 음악보다는 과학을 택했습니다. 저는 과학에 제 인생을 바칠 것입니다. 최선을 다한다고 해서 할 수 있을지는 또 다른 문제이겠지만, 제가 그럴 능력이 있다는 증거를 어느 정도 갖고 계실 겁니다. 음악에 관해서 좀 말해도 될까요? 요점을 좀 벗어난 이야기일까요?

스탠리 교수: 아니, 괜찮아요, 말해 보세요.

에스더: 저는 이 칼리지의 음악 생활에 큰 기여를 할 수 있다고 믿습니다. 저는 A 레벨을 하는 도중에도 왕립 음대 연합 연주자 자격(a Licentiate of the Royal Schools of Music) 시험에 우등으로 합격했습니다.

과학이 물론 저의 최우선 순위이지만, 크라이스트 칼리지에서도 피아노 기량을 계속 향상시켜 나갈 수 있다고 생각합니다. 음악은 일상 사물들에서 마음을 돌리는 아주 훌륭한 방법입니다. 만일 과학자가 되는 것이 때때로 너무 스트레스를 준다고 하면 더욱 그렇구요.

스탠리 교수: (그녀의 미소가 점점 더 커진다.) 정말 그렇습니다. 자, 인터뷰에 참여해 주셔서 대단히 감사합니다. 건승을 빕니다.

에스더: 감사합니다.

Interview 2

At 2 p.m., general interview with Dr. Bowkett

Dr. Bowkett: (Holding the door open) Hello there. My name is Dr. Bowkett. Please come in.

Esther: Hello. Nice to meet you.

Dr. Bowkett: Nice to meet you, too. Please take a seat. (Looking through my application forms) First of all, why did you apply to Christ's College, out of almost thirty Cambridge Colleges?

Esther: Well, it has been ranked in the top few of the Tompkins table for many years. That means that the quality of teaching must be excellent even by Cambridge standards; and you must have some very bright students, which would be a very stimulating learning environment. I was also attracted by the heritage of Darwin and Milton, which is a tremendous asset.

Dr. Bowkett: (With a big smile across his face) Very well. Now, I had the impression from your personal statement that you were going for medicine. But here you're applying for Natural Sciences. What made you choose what you have chosen?

Esther: The Natural Sciences course is what I most want to do. I may consider going into medicine later on, I don't know, but for now I want to be the best scientist that I can be. This is the only course which provides a broad foundation as well as

인터뷰 2

오후 2시, 보켓(Bowkett) 박사와의 일반 인터뷰

보켓 박사: (문을 연 채로) 안녕하세요. 저는 보켓 박사입니다. 들어오세요.

에스더: 헬로우. 만나서 반갑습니다.

보켓 박사: 저도 만나서 반갑습니다. 자, 자리에 앉으시지요. (나의 지원서를 훑어보면서) 우선, 거의 30개에 달하는 케임브리지의 칼리지들 가운데서 크라이스트 칼리지에 지원한 이유가 무엇입니까?

에스더: 네, 이 칼리지는 다년간 톰킨스 순위표에서 최상위권의 몇 칼리지 중 하나였습니다. 그것은 가르침의 질이 케임브리지 표준으로 보았을 때도 탁월하다는 것을 의미합니다. 이 칼리지에는 매우 명석한 학생들이 있기 때문에 큰 자극을 받을 수 있는 배움의 환경이 될 것입니다. 또한 저는 다윈과 밀턴의 유산에 끌렸습니다. 그것은 엄청난 자산이지요.

보켓 박사: (얼굴 가득 미소를 머금으면서) 매우 좋습니다. 자, 당신의 자기 소개서를 보니 의학에 지원하고 있다는 인상이 드는군요. 그런데 우리 칼리지에서는 자연 과학에 지원했어요. 이런 선택을 하게 된 이유가 무엇입니까?

에스더: 제가 가장 하고 싶은 것은 자연 과학 코스입니다. 나중에 의학을 공부하는 것을 고려할 지도 모르겠습니다. 하지만 현재로서는 최고의 과학자가 되고 싶습니다. 케임브리지 코스는 깊이가 있을 뿐 아니라 영국 내에서 유일하게 광범위한 기초를 제공하는 과학 코스입니다.

depth. If I do not get a chance to study it, however, I would much rather go into medicine now, than study a narrow section of science. That is why I have applied to four medical schools, hence the medicine-orientated personal statement.

However, my A-level subjects were very diverse, and I don't want to lose that diversity, if possible. My plan is, if I get accepted here, I would study Biology, Chemistry, and Physics in my first year, then see what happens from there. I'm absolutely certain that this is my first choice.

Dr. Bowkett: Okay. Let's see, you have achieved some very excellent A-level results, haven't you?

Esther: Thank you.

Dr. Bowkett: But when you first came to England, what was that like? Can you tell me a little about how you found school at first?

Esther: That was about four and a half years ago. I actually came because of my dad who wanted to study in England. When I started going to St. Crispin's, my English wasn't good at all. In some subjects I was placed in the lowest set [or class]. But to tell the truth, I enjoyed working hard in order to catch up.

Dr. Bowkett: Good. I understand you are taking a 'gap year' this year. Do you have any specific plans?

Esther: Well, I just performed with Reading Symphony Orchestra on November 8, so I spent the summer in Korea

여기서 공부할 기회를 얻지 못한다면, 저는 과학의 좁은 한 분야를 공부하는 것보다는 의학을 공부하고 싶습니다. 제가 네 곳의 의대에 지원한 것은 그런 이유에서입니다. 그래서 의학 지향적인 자기 소개서를 쓰게 된 것입니다.

그러나 저의 A 레벨 과목은 매우 다양합니다. 저는 가능한 한 그런 다양성을 잃고 싶지 않습니다. 절 받아 주신다면, 저의 계획은 1학년 때에는 생물과 화학과 물리를 공부하는 것입니다. 어떤 길을 선택할지는 그 후에 결정할 것입니다. 이것이 저의 제1 선택임은 절대적으로 확실합니다.

보켓 박사: 알겠습니다. 당신의 A 레벨 성적은 아주 탁월하군요. 안 그렇습니까?

에스더: 고맙습니다.

보켓 박사: 그러나 영국에 처음 왔을 때는 어땠습니까? 처음에 학교 생활이 어땠는지 제게 조금 말해줄 수 있습니까?

에스더: 벌써 4년 반 전이군요. 저는 유학을 오신 아빠를 따라 영국에 오게 되었습니다. 세인트 크리스핀 학교에 다니기 시작했을 때 저는 영어를 잘 하지 못했습니다. 몇몇 과목들에서는 제일 낮은 반에 배정되었지요. 그러나 저는 따라잡기 위해 열심히 노력하는 것이 즐거웠습니다.

보켓 박사: 좋습니다. 제가 알기로 금년에 당신은 'gap year' (대학 가기 전에 1년을 쉬는 것)를 선택했어요. 어떤 특별한 계획을 세우고 있습니까?

에스더: 네, 저는 지난 11월 8일 레딩 심포니 오케스트라와 협연을 했습니다. 그 협연을 위해 한국에서 여름에 피아노 연습을 많이 했지요.

practicing the piano a lot. I also went on a voluntary mission trip in July where I taught English to local kids.

I'm currently writing a book, too: when my A-level results came out, a publisher asked me to write a book about my experiences in England. I'm still working on it.

Dr. Bowkett: Who is this book aimed at?

Esther: It will be for the general Korean public, especially those interested in education. It's being written in Korean, obviously. It will deal with my experiences in England, as well as some details on the British education system, and so on.

Dr. Bowkett: Sounds fascinating.

Esther: Thank you. I would also like to study French and Further Mathematics at A-level privately in the coming year, as well as keep up the science subjects by perhaps surveying the first year textbooks.

Dr. Bowkett: Looks like you are going to have a very busy year! Excellent.

Now, I'm a scientist myself, but I'm also the Admissions Tutor at this College, so I'm just doing a general interview with you. But I would like to know what you think are going to be the exciting areas of science in the years to come.

Esther: Hmm. Could I just think about it?

(Trying to remember the things I've read from New Scientist) To name just a few: genetics, hydrogen fuel, and material science.

또한 7월에는 선교 여행을 떠났는데, 시골 지역의 아이들에게 영어를 가르쳤습니다.

현재는 책도 한 권 쓰고 있습니다. A 레벨 결과가 발표된 후 출판사로부터 저의 영국 체험에 관한 책을 써달라는 요청을 받았습니다. 아직 작업 중입니다.

보켓 박사: 어떤 독자층을 대상으로 쓰고 있습니까?

에스더: 아마도 한국의 일반 대중, 그 중에서도 특히 교육에 관심이 많은 독자들이 되겠지요. 한국어로 쓰고 있습니다. 영국에서의 제 경험뿐 아니라 영국의 교육 제도 등등에 관한 상세한 설명 또한 다룰 것입니다.

보켓 박사: 아주 매혹적으로 들리는군요.

에스더: 고맙습니다. 또한 저는 1학년 교과서를 예습하여 과학 과목들에 대한 지식을 쌓아나갈 뿐 아니라 A 레벨 수준의 프랑스어, 수학 고급 과정도 공부하고 싶습니다.

보켓 박사: 매우 바쁜 한 해를 보내겠군요. 대단히 훌륭합니다.

저는 과학자이면서 이 칼리지의 입학 담당 교수로 일하고 있습니다. 그래서 당신과 그저 일반적인 인터뷰를 하고 있는 것입니다. 그래도 미래에 흥미 있는 과학 분야는 어떤 분야가 되리라고 생각하는지는 좀 알고 싶군요.

에스더: 흠. 잠시 생각할 시간을 주시겠습니까? (『뉴 사이언티스트』지에서 읽은 것들을 기억하려고 노력하면서) 몇 가지를 들자면, 유전공학, 수소 연료, 그리고 재료 공학일 것 같습니다.

Dr. Bowkett: Interesting. Could you expand on each of those? Let's start with genetics.

Esther: Well, now with the Human Genome Project completed, the potential of gene therapy is enormous, although it is mainly in the trial stages. Also, the Central Dogma is about to be re-written, as scientists are finding that it's not always as simple as DNA to RNA to protein. The discoveries to that end should be very exciting.

But all in all, I think cloning is going to be the hot spot. At the moment, I'm not against therapeutic cloning; I think it's an area which could benefit many people if explored. But I, personally, believe that reproductive cloning should be banned per se. It is extremely likely that human beings will be injured and even killed in the process of developing the technology . It should be seen as a crime against humanity.

보켓 박사: 흥미롭군요. 각 분야에 관해 좀 더 설명해 줄 수 있습니까? 먼저 유전 공학부터 말씀해 주시지요.

에스더: 글쎄요. 인간 게놈 프로젝트가 완성된 지금, 유전자 치료의 잠재력은 엄청나지요. 비록 아직은 주로 시험 단계에 있긴 하지만 말입니다. 또한 현재 과학자들은 유전자가 'DNA에서 RNA에서 단백질' 처럼 항상 단순하지 않다는 것을 발견하고 있기 때문에 센트럴 도그마(Central Dogma)가 다시 쓰여져야 할지도 모릅니다. 그런 방면의 발견들은 매우 흥미로울 것입니다.

그러나 무엇보다도 복제가 뜨거운 쟁점이 될 것으로 생각합니다. 현재 저는 치료 목적의 복제(therapeutic cloning)를 반대하지 않습니다. 깊이 탐구한다면 많은 사람들에게 혜택을 줄 수 있는 분야라고 생각합니다. 그러나 제 개인의 생각으로는 생식용 복제(reproductive cloning)는 아예 금지해야 한다고 믿습니다. 그 기술을 개발해 내는 과정에서 인간이 상처를 입고 심지어 살해될 가능성이 극히 높습니다. 그것은 인류에 대한 범죄로 보아야 합니다.

Dr. Bowkett: I mean, we could impose bans on reproductive cloning and that would be all very well, but would that really stop countries like, say, North Korea from going through with it?

Esther: (We both smile.) Probably not. But we should do something about it where we can.

Dr. Bowkett: You also mentioned material science.

Esther: Yes. We live in an age where today's cutting-edge technology will no longer be cutting edge tomorrow. Developing a material that is better suited for a job, say computer chips or space suit, could have enormous financial benefits. I once read an article about a material which, if you shine a light through it, more light comes out than goes in. The light is basically amplified. It resonates. It's apparently because the surface electrons happen to vibrate at the same frequency as the light. I thought that was amazing. So there are many possibilities.

Dr. Bowkett: Interesting. I've never heard of that before. Great. Now, I'm wondering, you are an overseas student, and the cost of tuition is going to be substantial. How are you planning to manage?

Esther: Well, my parents will be responsible for all the payments, but I'm also looking to get a scholarship in Korea.

Dr. Bowkett: We have a Korean student here, and he's being sponsored by one of the scholarship foundations in Korea. Perhaps

보켓 박사: 글쎄요, 우리는 생식용 복제를 금지할 수 있고, 그렇게 되면 좋겠죠. 그러나 그런 금지 조치가 예를 들면 북한과 같은 나라들을 통제할 수 있을까요?

에스더: (둘 다 미소짓는다.) 아마도 그렇겐 못할 것 같습니다. 그러나 가능한 곳에서는 우리가 뭔가를 해야겠지요.

보켓 박사: 또한 재료 공학을 언급했지요.

에스더: 그렇습니다. 우리는 오늘의 첨단 기술이 내일은 더 이상 첨단이 아닌 시대에 살고 있지요. 예를 들어 컴퓨터 칩이나 우주복 등과 같이, 어떠한 일에 보다 더 적합한 재료를 개발하는 일은 엄청난 재정적 이익을 안겨줄 수 있습니다. 언젠가 한 물질에 관한 기사를 읽은 적이 있는데, 빛을 투과시키면 들어가는 빛보다 나오는 빛이 더 많다고 했습니다. 그러니까 그 빛이 증폭된 것이지요. 공진(共振)하는 것입니다. 그런 현상은 표면의 전자들이 빛과 동일한 주파수로 진동하기 때문에 발생하는 것이라고 합니다. 대단히 놀랍다고 생각했습니다. 이 분야에는 그처럼 많은 가능성들이 있습니다.

보켓 박사: 대단히 흥미롭군요. 전에 들어본 적이 없는 내용입니다. 훌륭합니다. 그런데 당신은 외국 학생이고, 영국의 학비는 상당히 비싼데, 학비를 어떻게 조달할 계획인지 알고 싶군요.

에스더: 부모님이 제 모든 학비를 책임지실 것입니다만, 한국에서 장학금을 찾고 있습니다.

보켓 박사: 우리 칼리지에 한국 학생이 하나 있는데, 한국의 장학 재단 중 한 군데에서 후원을 받고 있습니다. 아마도 그에게 조언을 구해

you could ask him for advice. I'm sure he'll be willing to help.

Esther: Oh, thank you very much. I will definitely look into that.

Dr. Bowkett: Great. Do you have any questions?

Esther: I do. When will I hear from you?

Dr. Bowkett: We usually send out our reply letters at the beginning of January, because obviously the interviews are still happening in December. I don't know how long it will take for it to get to Korea. Maybe the first or second week of January?

Esther: Okay. Great. Thank you very much.

Dr. Bowkett: Thank you. Well, good luck, and I hope your book becomes a fantastic bestseller!

Esther: Thanks. Bye-bye.

Interview 3
At 2:40 p.m., subject interview with Dr. Norman

Dr. Norman: (Opening the door) Hi. Is it Esther?

Esther: Yup. (Smiling) Hello.

Dr. Norman: Hello. I'm Dr. Norman. Please, come in. Have a seat. Hmm. Now, I have a problem with your application.

Esther: ('Uh-oh.')

Dr. Norman: I have read your personal statement, and you sound very determined to pursue medicine. And I'm wondering

도 좋을 것 같군요. 기꺼이 도와줄 것입니다.

에스더: 감사합니다. 한 번 살펴보도록 하겠습니다.

보켓 박사: 훌륭합니다. 혹 질문이 있습니까?

에스더: 예, 있습니다. 합격 여부를 언제쯤 알 수 있을까요?

보켓 박사: 우리는 대체로 1월 초순에 편지를 보냅니다. 12월에도 인터뷰를 치르는 학생들이 있으니까요. 편지가 한국에 도착하는 데 얼마나 걸릴지 모르지만, 아마도 1월 첫째 주나 둘째 주가 되지 않을까요?

에스더: 오케이. 대단히 고맙습니다.

보켓 박사: 고맙습니다. 그래요, 행운을 빕니다. 또한 당신의 책이 엄청난 베스트셀러가 되기를 바랍니다.

에스더: 고맙습니다. 안녕히 계세요.

인터뷰 3
오후 2:40, 놀만 박사와의 과목 인터뷰

놀만 박사: (문을 열며) 하이, 에스더 양 맞지요?

에스더: 예. (웃으면서) 헬로우.

놀만 박사: 헬로우. 저는 놀만 박사입니다. 들어와서 앉으세요. 흠, 귀하의 지원서에 문제가 있어 보이는군요.

에스더: ('앗!')

놀만 박사: 귀하의 자기 소개서를 읽어보니 의학을 공부할 결의가 대단해 보입니다. 귀하가 자연 과학 대신 의학에 지원했어야 하지 않았나

165

whether you should have applied for medicine instead of Natural Sciences.

Esther: (With wide eyes) Oh, no. Natural Sciences is exactly what I want to do. Medicine is my second choice. I want a chance to study a broad spectrum of sciences, which is what is available here. I think I would prefer medicine to a narrow field of science, although I know there's more than enough depth in any one area to fascinate me.

Dr. Norman: Okay. Just wanted to be clear on that. You are also the girl who's writing a book, aren't you?

Esther: I am.

Dr. Norman: And it also says here that you're planning to study French and Further Mathematics during your gap year?

Esther: Um-hm.

Dr. Norman: And you will be performing with Reading Symphony? Or have you already?

Esther: That's right, I have.

Dr. Norman: You really like to keep yourself busy, don't you? (We both smile.) Okay. I'm not going to give you quizzes to find out how much you know. Instead, I would like to see the way your brain works. Okay?

Esther: Okay.

Dr. Norman: I'm a paleontologist. Surprisingly, my work involves many different areas of science. I have to look at a

하는 의문이 드는군요.

에스더: (눈을 크게 뜨고) 아닙니다. 자연 과학이야말로 제가 공부하고 싶은 분야입니다. 의학은 저의 두 번째 선택이고요. 저는 넓은 범위의 자연과학을 공부할 기회를 원합니다. 바로 이곳에서 배울 수 있는 그런 자연 과학 코스 말이지요. 만약 좁은 과학의 한 분야를 공부해야 한다면 그보다는 차라리 의학을 선택할 것입니다. 물론 어느 한 분야에도 저를 매료시킬 만한 충분한 깊이가 있다는 것을 알고 있긴 합니다만.

놀만 박사: 오케이. 그 점을 분명히 해두고 싶었습니다. 귀하가 책을 쓰고 있다는 소녀가 맞습니까?

에스더: 그렇습니다.

놀만 박사: 한 해 쉬는 동안 프랑스어, 고급 수학을 공부할 계획이라고 여기 써 있네요?

에스더: 네.

놀만 박사: 레딩 심포니와 협연할 예정이지요? 아니면 이미 했는지요?

에스더: 예, 이미 협연을 했습니다.

놀만 박사: 참으로 바쁘게 사는 것을 좋아하는군요. 안 그래요? (함께 웃는다.) 오케이. 나는 당신이 얼마나 알고 있는 지를 알아내기 위한 퀴즈를 내지는 않을 것입니다. 그 대신 당신의 두뇌가 어떻게 작동하는지 알고 싶습니다. 오케이?

에스더: 오케이.

놀만 박사: 나는 고생물학자입니다. 제 일은 다른 많은 과학 분야들을 포괄합니다. 뼈 한 조각을 보고 그 생물체에 관해 많은 것들을 추론해

piece of bone and deduce many things about that organism. (Handing me one side of a skull that has been cut in half down the middle) I would like you to try doing that with this.

Esther: Right. It must eat meat?

Dr. Norman: Good. How do you know?

Esther: It has sharp canines. And if it were an herbivore, it would have flat molars for grinding. Instead, it has jagged molars.

Dr. Norman: And that's for cutting through the meat. If you actually look here (pointing to the molar area as he opens and closes the jaw), the molars actually act as scissors like this. Can you hazard a guess as to what this organism might be?

Esther: It looks like a dog to me.

내야 하지요. (한가운데서부터 반으로 잘린 해골 한 쪽을 건네주면서) 이것을 가지고 그걸 한번 시도해 보겠습니까?

에스더: 예. 이것은 고기를 먹는 동물인가요?

놀만 박사: 훌륭합니다. 어떻게 그걸 알지요?

에스더: 날카로운 송곳니가 있지 않습니까. 그리고 만일 초식성이라면 음식을 갈기에 편리한 편평한 어금니를 갖고 있을 것입니다. 이 생물은 들쭉날쭉한 어금니를 갖고 있습니다.

놀만 박사: 그리고 그것은 고기를 찢고 자르는 데 사용되지요. 이곳을 보면 알겠지만 (턱을 여닫으면서 어금니를 가리키며), 어금니들이 사실 이렇게 가위 역할을 합니다. 이 생물이 무엇인지 추측해낼 수 있습니까?

에스더: 개처럼 보이는데요.

Dr. Norman: Excellent. It is a mammal, and it's actually a dog. What are the characteristics of mammals?

Esther: They lactate. And⋯

Dr. Norman: Any more? Think about how it feels like to touch a mammal.

Esther: They have hair. And they're warm−blooded.

Dr. Norman: Good. Now let's talk about this skull. (He turns it around so that the inside of the skull that has been cut open faces upward.) What do you think this little tunnel is?

Esther: A nostril?

Dr. Norman: That's right. If you follow down the nostril, you get to this region where there is a lot of very delicate tissues and bones. Can you see? Now, what do you think this region is for?

Esther: Maybe it warms up and filters the incoming air?

Dr. Norman: Um−hmm. Also, what are dogs good at?

Esther: Smelling.

Dr. Norman: Yes. The region of its brain that is associated with the sense of smell (pointing to the hollow area just inside the forehead) is in fact very close to this area of delicate tissues, so there could be a well-developed system of olfactory nerves. This reinforces our argument. Can you see how we can make valid conjectures about an organism just by examining a piece of its skull?

놀만 박사: 훌륭합니다. 이것은 포유류이고, 실제로 개입니다. 포유류의 특징은 무엇입니까?

에스더: 젖을 냅니다. 그리고······.

놀만 박사: 또 다른 것은 없나요? 포유류를 만질 때 느낌이 어떤지 생각해 보세요.

에스더: 털이 있습니다. 그리고 온혈입니다.

놀만 박사: 훌륭합니다. 자, 이제 이 해골에 관해서 이야기해 봅시다. (열린 해골의 내부가 위를 향하도록 돌린 다음) 이 작은 터널이 무엇이라고 생각합니까?

에스더: 콧구멍인가요?

놀만 박사: 맞습니다. 이 콧구멍을 죽 따라 내려가면 매우 예민한 조직과 뼈가 많이 있는 이 부분에 도달합니다. 보입니까? 자, 이 부분이 무엇을 하는 곳이라고 생각합니까?

에스더: 들어오는 공기를 데우고 거르는 곳인가요?

놀만 박사: 그렇습니다. 또 개는 어떤 일에 능하지요?

에스더: 냄새 맡는 일이지요.

놀만 박사: 그렇습니다. 냄새 감각과 관련이 있는 뇌의 이 지역(이마 바로 안쪽의 비어 있는 부분을 가리키며)은 사실 이 예민한 조직이 있는 부위와 매우 가깝습니다. 그러므로 잘 발달된 후각 신경 조직이 있을 수 있지요. 이것이 우리의 논증을 강화시킵니다. 어떻게 해골의 한 부분을 살펴봄으로써 그 생명체에 관하여 매우 타당한 추론을 해낼 수 있는지 알겠지요?

Esther: (I smile and nod.)

Dr. Norman: Okay. If we go back to what this region here does to the air that is coming in, you said it warms and filters the air. What else does it do? Think about when you breathe out in winter.

Esther: It moistens the air.

Dr. Norman: Right. So it moistens, warms, and filters the air. How is that possible?

Esther: The ciliated epithelium secretes mucus and that traps bacteria, dust, and the like.

Dr. Norman: That's true, but I'm more interested in what happens at the molecular level.

Esther: The warm water evaporates from the surface⋯

Dr. Norman: Great.

Esther: So the water molecules are mixed with the air coming in.

Dr. Norman: And that would moisten it as well as give it more energy, in other words warm it up, at the same time. This air would then be similar to that in the lungs, wouldn't it? Now, let's consider what would happen to the air as it is breathed out through the nostrils.

Esther: (Thinking how the air breathed out is warm) More energy is given to it?

Dr. Norman: Umm, no. The process is actually opposite this time.

Esther: Ah, the water molecules would leave the air now.

에스더: (나는 미소를 지으면서 고개를 끄덕인다.)

놀만 박사: 오케이. 여기 이 부분이 안으로 들어오는 공기를 어떻게 바꾸어 놓는지에 대한 문제로 돌아가 봅시다. 당신은 그것이 공기를 데워 주고 걸러준다고 말했었지요. 그밖에 다른 어떤 일을 할까요? 겨울에 공기를 들이마실 때를 생각해 보세요.

에스더: 공기를 습하게 만들지요.

놀만 박사: 맞습니다. 그렇게 공기를 습하게 하고, 따뜻하게 걸러 줍니다. 어떻게 이런 일이 가능할까요?

에스더: 섬모가 달린 상피 세포가 점액을 분비하고, 점액은 박테리아, 먼지 등을 잡아버립니다.

놀만 박사: 사실입니다만, 나는 분자 수준에서 어떤 일이 일어나는지에 관해 더욱 관심이 있습니다.

에스더: 더운 물이 표면에서 증발하고…….

놀만 박사: 훌륭합니다.

에스더: 그렇게 해서 물 분자는 들어오는 공기와 뒤섞이지요.

놀만 박사: 그렇게 함으로 콧구멍 속의 공기에 더 많은 에너지를 줄뿐 아니라 동시에 촉촉하게 만들 것입니다. 그렇다면 이 공기는 이제 폐에 있는 공기와 유사하지 않겠습니까? 자, 코를 통해 밖으로 나갈 때는 공기에 어떤 일이 발생할지 생각해 봅시다.

에스더: (밖으로 내쉬는 공기가 뜨겁다는 것을 생각하며) 더 많은 에너지가 주어지지 않을까요?

놀만 박사: 음, 아닙니다. 이번 과정은 실제로 정반대입니다.

에스더: 아, 물 분자가 공기를 떠나겠군요.

Dr. Norman: What is the name for such a process?

Esther: Um··· (A mental block!)

Dr. Norman: Condensation.

Esther: (Think to myself, 'Duh!')

Dr. Norman: Water would evaporate from the surface when we breathe in, and it would condense back when breathing out. Can you see the advantage of that?

Esther: The nostrils could be kept moist and warm all the time.

Dr. Norman: And why is that so important?

Esther: Homeostasis. Maintaining constant internal environment. The temperature and moisture level could be kept constant.

Dr. Norman: Good. Now let's link this to something that your mother says when you have a cold. What does your mother say when you catch a cold?

놀만 박사: 이런 과정을 일컫는 용어는 무엇일까요?

에스더: 음…… (머리가 꽉 막힌 것 같다!)

놀만 박사: 응축이지요.

에스더: ('으, 이런 것도 대답하지 못하다니!' 하고 혼자 생각한다.)

놀만 박사: 공기를 들이마실 때 물은 표면으로부터 증발하며, 내쉴 때에 응축할 것입니다. 그것의 좋은 점이 무엇인지 알겠습니까?

에스더: 콧구멍이 계속 촉촉하고 따뜻하게 유지될 수 있겠네요.

놀만 박사: 왜 그것이 그토록 중요할까요?

에스더: 항상성(homeostasis), 즉 항상 일정한 내적 환경을 유지하는 것입니다. 온도와 습도가 일정하게 유지될 수 있습니다.

놀만 박사: 훌륭합니다. 감기에 걸렸을 때 어머니들이 말하는 것에 이것을 연결시켜 봅시다. 감기에 걸리면 어머니가 뭐라고 말씀하시지요?

Esther: Well··· (Debating whether to tell him that Korean mothers do not speak to their daughters in English when they catch a cold.)

Dr. Norman: Wrap up···and···

Esther: (Guessing) Drink lots of water?

Dr. Norman: Yes, drink lots of fluid. Why do you think that is?

Esther: So that I make up for the heat loss and water loss?

Dr. Norman: That's right. When you have a cold, you usuallyget a blocked nose. And if you breathe through your mouth which doesn't have a system quite like the one in the nostrils, you will lose a lot of heat and water. So next time your mother says 'Wrap up and drink lots of fluid,' you know she's being very scientific. (We both smile.)

Good. Just by looking at this skull, we have dealt with many different areas in science, like physiology, anatomy, biology, and physics. There is a whole lot of science in this process. Okay?

Right, that would be it. Well done.

Esther: Thank you very much.

Dr. Norman: Bye-bye.

에스더: 글쎄요……. (한국 어머니들은 딸들이 감기에 걸렸을 때에 영어로 말 시키지 않는다는 것을 얘기해 주어야 할지를 숙고함.)

놀만 박사: 많이 껴입고…… 그리고…….

에스더: (추측으로) 물을 많이 마시라고 하지 않나요?

놀만 박사: 그렇지요. 많은 물을 마시라고 하지요. 왜 그렇다고 생각합니까?

에스더: 열 손실과 수분 손실을 보충하기 위해서가 아닌가요?

놀만 박사: 그렇습니다. 감기에 걸리면 대개는 코가 막힙니다. 코에 있는 것과 같은 시스템이 없는 입을 통해서 숨을 쉰다면 많은 열과 수분을 잃어버릴 것입니다. 그러니 다음 번에 어머니가 '많이 껴입고 물을 많이 마셔라.'고 말씀하실 때 우리는 어머니가 매우 과학적이라는 것을 알 수 있습니다. (우리 모두 미소짓는다.)

좋습니다. 이 해골 하나를 살펴보면서도 우리는 생리학, 해부학, 생물학, 그리고 물리 같은 과학의 여러 다른 분야들을 다루었습니다. 이 과정에는 많은 과학이 들어 있습니다. 알겠죠?

자, 이제 끝났습니다. 잘 했습니다.

에스더: 대단히 고맙습니다.

놀만 박사: 잘 가요.

바깥에는 아직도 이슬비가 내리고 있었다. 나는 건물 밖으로 발을 내딛기 전에 문 앞에 잠시 섰다. 너무도 많은, 너무도 다양한 기대들이 가슴 속에서 꿈틀거렸다. 하지만 나는 그것들에 관해 생각하지 않으려고 노력했다. 내년 1월까지 기다릴 것이다. 참을성 있게.

현재로서는 모든 것이 끝났다. 하지만 그것은 시작일 뿐이었다. 부슬부슬 내리는 비는 나를 조금도 풀이 죽게 만들지 못했다. 케임브리지 시내를 우산도 없이 혼자 걸어가고 있었지만 마음 속 깊은 곳에서는 따스하고 포근한 무언가를 느낄 수 있었다. 그것은 '희망'인 듯했다.

나는 4시 기차를 타기 위해 걸음을 재촉했다. 엄마가 나를 기다리고 있을 것이다. 엄마는 꼬치꼬치 캐묻고 싶은 마음을 감추고, 미소 짓는 얼굴로 나를 안아줄 것이다. 엄마가 정말 보고 싶었다.

18. 마지막 기다림

Those who sow in tears shall reap with joyful shouting.
(Psalm 126:5)
눈물을 흘리며 씨를 뿌리는 자는 기쁨으로 거두리로다.
(시편 126:5)

얼마나 더 기다려야……

해가 바뀌어 2004년 정월 초하루가 되었다. 지금쯤이면 내 운명을 말해줄 케임브리지의 편지가 오고 있을 터였다. 하지만 언제 도착할지, 이제 어디쯤 왔는 지는 알 수 없었다.

처음에는 내가 인터뷰를 어떻게 했는지 생각하면 할수록 지난 번보다 훨씬 잘했다는 생각이 들었다. 이번에는 합격할 가능성이 더 높을 것 같았다. "물리에서 만점을 맞은 것이 대단하다고 생각하지 않습니까?" 하고 묻던 스탠리 교수의 웃는 얼굴이 떠올랐다. 또한 "A 레벨 성적이 대단히 좋군요."라고 말했던 보켓 박사가 생각났다.

그러나 가장 확실한 사실이 하나 있었다면, 그것은 바로 이 모든 것이 결국 다 추측에 불과할 뿐이라는 점이었다. 그럼에도 불구하고 내가 마음에 품었던 희망은 매일 커지고 있었다. 하지만 안전 그물망을 치듯 나는 이번에 어떤 결과가 나오든지 간에 겸허하게 따를 수 있도록 나 자신을 훈련시켰다.

그러나 하루하루 시간이 지나갈 때마다 나는 점점 더 비관적이 되어갔다. 편지는 1월 초에 도착하지 않았다. 물론 우편물이 제일 폭주하는 시기였기 때문에 예상치 못한 지체는 아니었지만, 나는 어떤 일에도 집중을 할 수 없었다. 가슴 졸이는 상황을 이미 여러 차례 경험했건만 여전히 나에게는 면역이 생기지 않았다. 이제는 두려움까지 몰려오기 시작했다.

'만일 불합격이라면 지난 번보다 더 아프겠지.'

이런 생각이 들때마다 간담이 서늘해지며 정신이 아찔했다. 1월 둘째 주로 접어들어서는 더욱 조바심이 커졌다.

'만일 케임브리지가 UCAS(대입 중앙관리기관)에 결과를 통보했다면, 그 웹사이트에서 확인해보는 방법도 있는데.'

하지만 웬만하면 기다리고 싶었다. 크라이스트 칼리지의 입학 담당 교수가 서명한 편지를 내 손으로 직접 뜯어서 내용물을 꺼내고 싶었다. 어떤 결정이 내려졌든지 간에 말이다. 왠지 그렇게 하는 것이 올바른 방법 같아 보였다.

그러나 일은 그렇게 풀리지 않았다. 그 주에 나는 지원했던 한 의과대학에서 보낸 이메일을 받았다.

'인터뷰 할 학생 중 한 명으로 선발되었습니다.'

물론 이것은 나에겐 대단한 뉴스였다. 그 학교는 영국에서 가장 인기 있는 의과 대학 가운데 하나였기에 서류심사 과정을 거쳐 최종 인터뷰를 하도록 선발되는 것조차 경쟁이 치열했다. 주어진 인터뷰 날짜에 참석할 수 있는지 여부를 일주일 내로 알려주어야 했다.

물론 케임브리지에 합격을 했을 경우, 나는 그 인터뷰에 가지 않을 생각이었다. 반면에 불합격했다면, 나는 내게 주어진 모든 기회를 붙잡길

원할 것이다.

복잡한 상황처럼 보였지만, 아주 간단한 해결책이 있었다. 케임브리지 합격 여부를 최대한 빨리 알아내는 것이었다. 그리하여 나는 결국 인터넷의 신속성에 굴복하여 대학 지원 관리 기관 웹사이트에 로그인을 하려고 했다.

'그런데, 암호가 뭐였더라?'

순간 나는 암호를 잊었다는 것을 깨달았다. 아무리 머리를 쥐어짜도 생각이 나지 않았다. 체념한 채 나는 의자에 앉았다.

'이제 어떻게 해야 한담?'

그런데 모니터 한 구석의 아이콘이 내 눈길을 끌었다.

'암호를 잊었습니까?'

나는 옳다구나 하고 냉큼 암호 재발급 신청을 했다.

'귀하의 요구가 등록되었습니다. 옛 암호는 이제 사용 불능이 되었으며, 곧 새 암호를 보내 드리겠습니다.'

'이젠 됐구나.'

그러나 아무리 기다려도 이메일은 도무지 오지를 않았다. 나는 곧 내 실수를 깨닫고 절망에 빠졌다.

'새 암호를 그냥 '보내겠다'고만 했지, 내 이메일 주소를 묻지 않았잖아!'

그 '새 암호'는 달팽이처럼 느린 일반 우편을 통해서 올 것이었다. 그러나 그렇게 오랫동안 기다릴 수는 없었다. 지금 뭔가 과감한 조치를 취해야 했다.

케임브리지에 전화를 걸어 알아보는 것은 좀처럼 내키지 않아서, 먼저 이메일로 내 상황을 설명하고 합격 여부를 알려줄 수 있는지 문의했다. 그러나 이틀을 기다렸지만 아무런 답장도 오지 않았다. 이제는 시간뿐 아니라 대안도 완전히 바닥이 났다. 결국 나는 마지못해 전화기를 들고 다이얼을 돌렸다.

"안녕하세요, 크라이스트 칼리지입니다."

"안녕하세요. 제 이름은 에스따 쏘온입니다. 크라이스트 칼리지에 지원했는데……."

"잠깐만, 최근에 이메일을 보낸 학생인가요?"

"예, 그렇습니다."

"이메일을 통해서 합격 여부를 알려줄 수 있는지를 물었지요?"

"예, 맞습니다."

나의 가슴이 방망이질하기 시작했다.

'오늘에야 결과를 알게 될 것인가?'

나는 조용히 기도하기 시작했다. 그러나 그녀의 음성이 내 기도를 중도에 가로막았다.

"이메일로 가르쳐 주는 건 금지되어 있어요. 또한 전화로 합격 여부를 알려주는 일도 허용되지 않고 있습니다. 편지가 도착할 때까지 기다려야 할 것 같네요. 곧 도착할 겁니다."

바람빠진 풍선처럼 마음이 쪼그라드는 기분이었다. 기대감이 가득 찼던 자리를 이제는 좌절감이 채웠다. 얼마나 더 기다려야만 하는 걸까?

"아니면, 고등학교에 전화해서 알아보지 그래요? 아시다시피 그 편지의 사본을 학교에도 보냈거든요."

귀가 번쩍 뜨였다.

'정말 그렇게 하면 알아낼 수 있을지도 모른다!'

나는 전화를 끊자마자 다시 다이얼을 돌렸다.

"안녕하세요, 세인트 크리스핀 학교입니다."

"안녕하세요. 저는 에스따 쏘온이라고 합니다. 한국에서 전화를 걸고 있는데요."

"오, 안녕, 에스따! 뭘 도와줄까요?"

"랭킨 선생님 좀 바꿔 주시겠어요?"

"그렇게 하지요. 잠시만 기다리세요."

'제발 전화 받으세요…… 제발!'

드디어!

"여보세요."

랭킨 선생님이었다. 그 목소리가 그렇게 반가울 수가 없었다.

"안녕하세요, 랭킨 선생님, 에스따예요."

"오, 에스따! 축하해!"

축하라니? 전혀 기대하지 못한 인사에 내 심장은 한 박동을 건너뛰었다.

"네? 선생님? 무슨 말씀이신지……?"

"어, 몰랐어요, 에스따? 들어갔어요! 축하해요!"

선생님은 다시 축하한다는 말을 했다. 들어갔다고 했는데, 어디를? 설마 케임브리지를 말하는 건가? 어떤 말을 해야 이 상황에 적절할지 생각이 나지 않았다. '감사합니다'? '아주 잘 됐군요'? '정말인가요'? '우와'? 게다가 나는 그것을 백 퍼센트 믿을 준비가 아직 되어 있지 않았다. 다른 것에 대한 축하라면 어쩌지?

"……예?"

"그래요, 에스따. 케임브리지에 합격했단 말이야."

순간 머리 속이 하얘졌다. 이 갑작스러운, 짧은 문장은 내 인생을 완전히 바꾸어 놓기에 충분한 내용을 담고 있었다. 선생님이 몇 마디를 더 한 것 같고, 나도 뭐라고 대답했던 것 같은데, 순간 머리가 먹통이 되어버렸다.

수화기를 떨어뜨리듯이 내려놓은 후 나는 침대 위에 주저앉았다. 숨을 깊이 들이마시며 방금 무슨 일이 일어났는지 머리로 재생해 보았다.

'축하해……'

현실감을 잃은 채 갑자기 멍해진 내 얼굴을 바라보면서 아빠가 갈피를 못 잡겠다는 표정으로 물었다.

"뭐라고 하시니?"

갑자기 바보처럼 실실 웃음이 나왔다.

"된 거야? 들어간 거야?"

내 입은 귀밑까지 찢어져서 다물어 질 줄을 몰랐다. 나는 로케트처럼 튀어올랐다. 그리고는 발에 용수철이 달린 양 펄쩍 펄쩍 뛰며 온 동네가 떠나가라 고함을 질렀다.

"아빠, 나 됐대요! 나 된 거야!"

"아니, 그게 정말이야? 진짜로 합격한 거야?"

"응! 선생님이 축하 한대요! 편지 왔대요! 합격이래요!"

"어이쿠! 진짜 된 거구나! 이야!"

아빠는 번쩍 만세를 부르고는 방방 뛰는 나를 숨도 못 쉴 정도로 꼬옥 끌어안았다.

"에스더!! 축하해!!"

아빠 품 안에서 바둥거리며 엄마 쪽을 쳐다봤다. 엄마는 활짝 웃고 있

한국의 꼴찌 소녀 케임브리지입성기

었다.

"될 거라고 생각했어. 합격 아닐까봐 걱정할 때도 엄마는 걱정 안 했어. 엄마는 너를 믿었다."

나는 꺄악 소리를 지르며 엄마에게 달려들었다. 아무 생각도 나지 않고 그저 웃음만 터져 나왔다.

'이게 꿈이 아니었으면 좋겠다……'

너무 기뻐서 가슴이 터질 것 같았다. 위험을 무릅쓰고 다시 도전한 끝에 얻어낸 쾌거였다. 이번에도 안 될까봐 얼마나 무섭고 조마조마했는데, 이렇게 덜컥 내 손 안에 주어지자 믿어지지 않았다. 이것을 내가 얼마나 원했던가.

무릎을 꿇고 감사 기도를 드리면서, 내가 '그 곳'에 가게 된다는 것을 조금씩 사실로 받아들이게 되었다. 뉴턴과 다윈, 스티븐 호킹이 다닌 대학에 내가 가게 된다. '그 그림의 일부가 되면 얼마나 좋을까.' 하고 꿈꿔 왔던 지난 날들이 바로 어제 일처럼 생생하게 다가왔다.

이제 그 어마어마한 그림이 현실로 다가왔다는 것을 머리로는 알았다. 하지만 가슴으로는 잘 느낄 수가 없었다.

'내가 혹시 잘못 들은 거면 어쩌지? 케임브리지에서 우리 학교에 편지를 잘못 보낸 거면 어쩌지? 다른 아이 이름이 적혀 있는데 선생님이 내 이름으로 착각했으면 어쩌지? 내일 전화가 와서, 미안하지만 실수가 있었다고 하면 어떻게 하지?'

갑자기 걱정이 되기 시작했다. 마음을 놓을 수 없었다. 이 꿈만 같은 소식을 완전히 믿으려면 한 가지가 더 필요했다. 그 편지가 와야만 안심할 수 있을 것이었다.

백년을 기다린 편지

바로 그 다음 날이었다. 회사로 출근한다고 집 문을 나선 아빠가 잠시
후 다시 서둘러 들어왔다. 아빠의 표정은 상기되어 있었다.

"무슨 일이에요?"

아빠는 숨을 고르며 파란 색과 빨간 색으로 테두리가 장식된 편지봉
투를 내밀었다.

"아빠, 혹시……?"

"응."

아빠는 비장함과 흥분이 뒤섞인 표정으로 고개를 끄덕였다. 그렇다. 바로 이 편지였다.

우연찮게도, 지금까지 내 인생에 가장 커다란 영향을 끼친 두 개의 우편물은 모두 케임브리지 대학에서 왔다. 그 첫 번째는 GCSE 시험 이후 미스테리하게 날아온 대학 안내서였다. 희미했던 꿈을 좀 더 또렷한 그림으로 보여준 등불이었다. 그리고 두 번째는 내 마음을 찢어지게 했던 불합격 통지서였다. 곧 잡힐 것만 같던 꿈이 죽어버린 듯, 나를 절망하게 만든 편지였다.

하지만 꿈은 죽지 않는다. 더 나아가, 꿈은 이루어진다. 이제 나는 내 손에 들린 항공 우편 봉투를 쳐다보았다. 'Cambridge University'라고 쓰여진 것을 보며, 이것이 바로 내 인생을 바꾸어 놓을 세 번째 우편물이라는 것을 알았다.

나는 방에 들어와서 문을 닫았다. 이 일은 혼자 하고 싶었다. 지금까지 줄곧 상상해왔던 대로, 나는 가위를 가지고 봉투 가장자리를 조심스럽게 잘랐다. 편지는 산뜻하게 세 번 접혀 있었다. 꼭대기에는 크라이스트 칼리지의 표상이 찍혀 있고, 아래쪽은 입학 담당관이 파란 잉크로 사인한 아름다운 편지였다.

이미 그 편지의 내용이 무엇인지 알았기 때문에 극적인 느낌은 없으리라고 기대했었다. 하지만 내 눈이 글자 위를 훑기 시작하는 순간 손이 가볍게 떨려오는 것을 느낄 수 있었다.

Dear Esther

Thank you for coming to Cambridge for interviews earlier in November. We were very glad of the opportunity to meet you.

I am glad now to be able to offer you a place at Christ's College from October 2004, to read for a degree in Biological Natural Sciences.

(친애하는 에스더 양

지난 11월에 인터뷰를 위해 케임브리지에 와준 것에 감사합니다. 에스더 양을 만나서 매우 기뻤습니다.

저는 이제 에스더 양에게 2004년 10월부터 크라이스트 칼리지에서 생물 분야 자연 과학을 공부할 자리를 제공하게 되어 기쁩니다.)

여기까지 읽자 맥이 탁 풀리며 눈물이 앞을 가렸다.

'널 얼마나 기다려 왔는 줄 아니?'

눈물 한 방울이 편지 위로 툭 떨어졌다. 잉크가 얼룩지지 않게 재빨리 소매로 닦아냈다.

Will you please confirm as soon as you are able that you wish to accept this place? ……I send you my best wishes for an interesting and enjoyable period between now and October 2004.

(이 자리를 받아들인다면 가능한 한 빨리 확답을 보내주시겠습니까? ……지금부터 2004년 10월까지 흥미롭고 즐거운 시간을 보내길 진심으로 바랍니다.)

끈질기게 포기하지 않고 키워온 꿈이 이제 내 손안에 있었다. 그 누구도 빼앗아 갈 수 없었다. 양 볼을 타고 흘러내리는 눈물을 닦을 생각도 하지 않고, 나는 편지를 계속 읽고 또 읽었다. 입학 담당 교수님의 편지는 몇 번을 읽어도 변함이 없었다. 이건 꿈이 아니었다. 내 살을 꼬집어 볼 필요도 없었다.

'정말 해낸 거야!'

그것을 나는 머리로만이 아닌, 마음으로, 피부로 믿었다. 너무 고맙고 행복해서, 나는 조용히 흑흑거리며 생애 최고의 순간을 즐겼다.

'정말 정말 감사합니다. 지금까지 모든 것들, 기쁜 일, 슬픈 일, 다 감사합니다.'

나는 눈물을 닦고 심호흡을 했다. 감사해야 할 사람이 또 있었다. 아직도 눈물이 살짝 맺힌 눈으로 커다란 웃음을 지은 채, 나는 문을 박차고 나갔다.

"아빠! 엄마! 나 해냈어요!"

FROM THE SENIOR TUTOR
Dr K.M. BOWKETT

CHRIST'S COLLEGE,
CAMBRIDGE,
CB2 3BU

30th December 2003

Dear Esther

Thank you for coming to Cambridge for interviews earlier in November. We were very glad of the opportunity to meet you.

I am glad now to be able to offer you a place at Christ's College from October 2004, to read for a degree in Biological Natural Sciences.

Will you please confirm as soon as you are able that you wish to accept this place and let us see your GCSE and A-level certificates for matriculation purposes? We do need to see the original certificates (not photocopies) and they will be returned to you in two or three weeks time by Recorded Delivery mail.

Your place will be confirmed formally through UCAS in due course and we will be writing to you in the Spring or early Summer with reading lists and advance information on coming into residence. In view of your applications elsewhere for medical degree places, I should perhaps make absolutely clear that you would not be eligible for a Cambridge medical quota place and a change of course here could not be considered.

As in other universities, a person accepting admission to a College thereby accepts an obligation to obey the rules of the College and of the University, and to pay such fees, dues and charges as the University or the College may lawfully determine.

Please remember to let us know if you change your address. In the meantime I send you my best wishes for an interesting and enjoyable period between now and October 2004.

Yours sincerely

K.M. Bowkett

뜻이 있는 곳에는 길이 있다

몇 주 후, 케임브리지에서 또 한 통의 편지가 날아왔다.

'이젠 정말 확실히 케임브리지 예비 신입생이로구나!'

들뜬 마음으로 뜯어보았는데, 거기에는 예상 학비 내역이 들어 있었다. 나는 잔뜩 긴장한 채 읽어 내려갔다.

'여기에다 백만 원짜리 왕복 비행기 삯까지 합치면…….'

대충 알고는 있었지만 벌어진 입을 다물 수 없었다. 케임브리지 대학에서 한 해에 드는 돈은 나에게는 기하학적인 숫자였다.

영국의 살인물가 속에서 보낸 4년 반 이후 우리집 가정 경제는 많이 어려워져 있었다. 대학에 지원하는 동안은 꿈에 젖어서 무작정 들어갈 생각만 했지 학비 걱정은 그다지 하고 있지 않았다. 뜻이 있는 곳에 길이 있다고 생각해왔지만 막상 합격해 놓고 나니 보통 큰 문제가 아니었다.

이제까지 고생한 부모님에게 좀 숨돌릴 공간이 필요한 것 같은데, 어마어마한 비용이 눈앞으로 다가오자 덜컥 걱정이 되기 시작했다. 꿈은 이루었는데 이제는 현실 세계의 문제에 발목이 잡히고 만 것이다.

예상 내역과 함께 편지에 들어 있는 것은 케임브리지 외국인 장학생 지원에 관한 정보였다.

'장학금 액수는 많지 않지만, 받을 수 있는 학생 수가 매우 한정되어 있어서 경쟁이 치열할 것입니다.'

장학금에 지원하려면 학교 선생님의 추천서 그리고 재정 계획서를 제출하라고 했다. 어떻게 학비를 충당하려고 하는지 구체적인 계획을 쓰라는 것이었다.

'글쎄요, 저도 모르겠습니다요…….'

사실 그대로 썼더니 엄청난 금액이 모자랐다.

'에이, 모르겠다!'

재정적으로 힘들어 하는 것을 알면 혹시 장학생으로 뽑힐 가능성이 클지도 모른다는 엉뚱한 희망을 가지고 나는 영국 학교 선생님에게 지원서를 전달했다. 선생님은 추천서를 첨부하여 케임브리지로 내 지원서를 보냈다.

얼마 후 케임브리지로부터 답장이 왔다.

'어떻게 학비를 내려고 하는지 학교 입장으로서는 염려가 됩니다. 재정 계획을 좀 더 자세히 세워서 보내주기 바랍니다.'

그 말에 눈물이 날 것만 같았다. 어려운 학생이라고 봐줄 줄 알았는데, 어림도 없는 모양이었다. 교수님의 염려스러운 말투가 나에겐 오히려 왠지 겁주는 듯하게 들려왔다.

'만약 돈을 못 내게 된다면 어떻게 되는 거지? 케임브리지를 포기해야 하는 건가?'

절대 그럴 순 없었다. 그런 상상은 아예 하기도 싫었다. 있을 수도 없는 일이라고 생각했다. 그러나 왕창 은행 빚을 져 버리지 않는 이상, 현재 내게는 달리 방법이 없었다.

하지만 나는 아직 절망하지 않았다. 희박하나마 마지막 희망이 있는 것 같았다.

2003년 여름, A 레벨 성적이 발표된 이후였다. 임페리얼 칼리지 학비를 어떻게든 마련해 보려고 장학 재단 몇 군데에 연락해 보았지만 승산이 없었다. 정식 모집 기간이 아니거나, 이미 학교가 결정된 상태이기 때문에 아예 지원 자격도 안 된다는 이야기를 했다. 그러다가 한 장학 재단에 마지막으로 전화를 걸었다.

"관정 이종환 교육 재단입니다."

"아, 안녕하세요……."

그런데 내 사정을 조금 들어본 그분이 갑자기 물었다.

"혹시 손에스더 양인가요?"

나는 흠칫 놀랐다.

"네, 그런데요."

"아, 며칠 전부터 계속 연락하려고 했었는데, 이렇게 연락이 닿네요."

무슨 말인지 이해가 가지 않았다.

"A 레벨 시험 결과가 특출하게 잘 나왔다는 이야기, 또 학비 때문에 걱정한다는 이야기 들었어요. 그래서 전화번호를 수소문했는데 연락이 잘 안 닿더라구요."

'아니, 이런 장학 재단도 있나?'

아직 지원하지도 않은 학생을 직접 찾아다니다니, 놀라울 따름이었다.

"정식 모집 기간은 아니지만 검토해 볼 테니, 서류를 제출해 주세요."

하늘에서 내려준 믿기지 않는 기회를 잡기 위해 나는 밤을 새가며 서류를 준비했다. 그러나 폐렴에 걸리고, 임페리얼에 가지 못하게 되고, 원점으로 돌아가서 다시 시작하는 바람에 이 모든 것이 무산되어 버렸던 것이다.

그런데 마침 오는 봄에 이 장학 재단에서 정식으로 국외 장학생을 100명 모집한다고 했다. 한국에서 받는 국외 장학금은 액수는 많았지만 지원자가 너무 많았기 때문에 그야말로 하늘의 별따기라고 했다. 하지만 케임브리지를 절대 포기할 수 없는 지금은 이것이 나의 마지막 희망이었다. 죽을 각오로 지원서를 작성해서 제출했다.

'하나님, 저 여기까지 와서 포기할 수는 없어요. 너무 슬퍼서 정말 한

이 맺힐 것 같아요. 가망이 없더라도 제발 저 좀 도와주세요.'

지원 접수가 마감된 그 다음 날, 장학 재단 홈페이지에는 접수 현황이 공지되었다. 나는 그만 맥이 풀리고 말았다.

영국은 3명 선발 예정에 90명이 지원하여 가장 높은 경쟁률을 보였다. 작년까지만 해도 미국보다는 낮은 경쟁률이라고 했는데, 갑자기 30대 1 이라니 앞길이 막막했다. 숲이 무성한 곳에서 올려다보면 잎사귀들에 가려 하늘이 잘 보이지 않듯, 1차, 2차 심사 그리고 면접까지 가는 길은 너무도 까마득해 보였다.

그런데 어느 날 케임브리지에서 연락이 왔다.

'케임브리지 외국인 장학생으로 선발될 것 같습니다. 하지만 케임브리지 외국인 장학 재단에서 한 가지 조건을 내걸었습니다. 관정 이종환 장학생으로 최종 선발될 경우에만 케임브리지에서도 장학금을 주겠다고 합니다.'

관정 이종환 교육 재단에서 장학금을 받지 못하면 등록금을 마련할 가능성이 없다고 생각하는 모양이었다. 이제 관정 장학금에 나의 모든 것이 걸려있었다. 무슨 일이 있어도 받아야 했다.

문득 나에게 장학금을 줄 지도 모르는 관정 이종환 회장님에 대해 좀 더 알아야겠다는 생각이 들었다. 나는 즉시 인터넷으로 검색을 시작했다. 내가 발견한 것은 정말 존경스러운 인간상이었다.

'천사처럼 벌지는 못했어도 천사처럼 써야 한다.' 는 취지로 3,000억 원 규모의 국내 최대 장학 재단을 설립한 이종환 삼영화학그룹 회장님 은 우리나라의 기부 문화에 한 획을 그은 분이라고 했다. (국외 장학금뿐 아니라 국내 장학금, 그리고 TV에서 보았던 '사과나무 장학금'도 이 재단에 서 제공하는 것이었다.) 앞으로 6,000억 규모로 키워서 순수 장학 재단으로는 세계 최대 규모가 될 것이라고 했다.

자신의 기록이 오래 유지되기 보다는 빨리 깨지길 바란다고 하는 회장님의 바람은 나의 바람과 같았다. 가혹한 현실 때문에 꿈을 접어야 하는 학생들이 한 명도 없도록 말이다.

면접을 무사히 치르고, 몇 주 후 나는 내 인생이 걸려있는 합격자 명단을 보기 위해 단단히 각오를 하고 컴퓨터를 켰다. 눈을 질끈 감고 심호흡을 한 후 합격자 명단을 읽어 내려갔다.

'이 장학금을 못 받으면 케임브리지는 끝이야.'

그러나 우여곡절 끝에 얻어낸 꿈을 이렇게 포기하도록 하늘이 내버려 두지는 않았다. 내 이름 넉 자, '손에스더'는 합격자 명단에 포함되어 있었다.

이제 나와 내 꿈 사이에는 아무런 장벽도 없었다.

한국의 꼴찌 소녀 케임브리지입성기

부록 2

i . 재미있는 공부, 할 맛 나는 공부

1. 나를 웃기고 울리는 공부

*피부로 느끼는 이해식 공부를 위해
자세히 공부해야 한다*

왜 이해해야 하는가?

"엄마, 한석봉은 주입식 교육을 받았어요?"

초등학교 5학년 때였던 것으로 기억한다. 전철을 탔는데, 한 학습지 광고가 있었다. 한석봉과 어머니가 불을 꺼놓고 한판 승부를 벌이는 장면이었다. 물론 한석봉의 글씨는 비뚤비뚤 엉망이었고, 어머니의 떡은 하나같이 고르게 썰어져 있었다.

'반복해서 달달 외우는 주입식 교육은 한석봉 시절에 맞는 방법이었습니다. 이제는 다릅니다.'

어느 정도 일리가 있는 말인 것 같다. 물론 이해와 암기 중 어느 것도 소홀히 해서는 안되지만, '모르겠으면 외운다.' 는 식으로, '이해'를 완전히 배제한 암기 위주의 공부는 당연히 효율이 크게 떨어질 수밖에 없다. 아니, 효율은 둘째 치고 그렇게 공부를 하려면 얼마나 지겨울까.

교과서를 펴보면 뜻 모를 용어가 가득하고, 노트를 보아도 내가 언제

이런 걸 썼나 싶을 정도로 생소할 때는 주문을 외우듯 모든 것을 깡그리 암기해버리고 싶은 생각이 들지 모른다. 하지만 겉만 훑은 지식은 시험장 밖에서 상황이 조금만 달라져도 전혀 쓸모가 없다. 돌발 상황에서 기존 지식을 응용하는 것은 이해력을 전제로 하기 때문이다.

수업 시간에 '불교의 핵심 사상은 연기, 사성제, 팔정도, 중도, 열반, 그리고 윤회이다.' 라는 문장을 접한다면, 이것을 어떤 방법으로 공부 하시겠습니까?

별로 길지도 않은 문장이니 통째로 외워 버리는 방법도 있고, 조목조목 이해하고 넘어가는 방법도 있다. 만일 다음과 같은 사지선다형 시험 문제가 나온다면, 아무 생각 없이 그냥 암기한 학생은 단시간의 노력으로 큰 효과를 거두게 될 것이다.

Q1. 다음 중 불교의 핵심 사상이 아닌 것은?

혹은

Q2. 다음 중 '죽음'을 설명하는 불교의 사상은?

그런데 같은 객관식이라 해도, 좀 더 깊은 생각과 판단을 요구하는 시험 문제가 나온다면?

Q3. 주희는 얼마 전 교통사고로 친한 친구를 잃은 후 '사람은 왜 죽어야 하는가.' 하는 의문을 가지게 되었다. 한 불교 신자가 그 의문에 답하기 위해 인용할 가능성이 가장 적은 불교의 사상은 다음 중 어떤 것인가?

1) 연기 2) 사성제 3) 중도 4) 열반 5) 윤회

각각의 개념을 충분히 이해하지 않고 단순히 단어만 외웠다면 어지간한 행운(?)이 따르지 않고서는 정답을 맞추기 어려울 것 같다. 짧은 문장 하나를 통째로 외우는 것은 별 것 아니지만, 그것을 제대로 이해

하며 배우는 것은 생각보다 간단하지 않다.

어렸을 때 나는 '이해식' 공부라고 하면 왠지 더 쉽고 재미있을 것이라고 상상했었다. 하지만 지금 생각은 다르다. 그것은 의문나는 모든 것이 완벽하게 이해될 때까지 하는 공부인 것 같다. 그렇기 때문에 어쩌면 '암기 학습'보다 더 큰 노력이 필요하다. 내가 이해하지 못하는 개념, 처음 접하는 단어 등이 나올 때마다 자신이 직접 모든 자료를 검토하여 확실하게 깨닫고 넘어가야 하는 것이다.

만약 앞서 이야기한 불교 사상에 관한 문제가 영국에서 출제된다면 아마도 Q3의 객관식 문제보다 훨씬 '어려울' 것 같다.

> Q4. 주희의 의문이 풀릴 수 있도록 적절한 불교의 핵심 사상을 세 가지 이상 인용하여 설명하여라.

여러 페이지의 에세이식 답변을 요구하는 이런 문제가 출제될 경우, 불교의 핵심 사상 자체뿐 아니라 그것들이 실제 상황에 어떻게 적용되는지 확실하게 알지 못하면 좋은 결과를 얻기 힘들다.

이렇게 이해력을 시험하는 문제에서는 흑백 논리가 개입될 여지가 없다. Q2에는, '죽음'에 관한 의문을 풀 수 있는 불교 사상이 한 가지로 정리될 수 있다는 전제가 깔려 있다. 반면 Q3과 Q4에는, 그런 사상이 한 가지 이상일 수 있고 나아가 그렇게 생각되어야 마땅하다는 전제가 깔려 있다.

일대일 함수 관계는 실험실에서나 가능한, 지극히 이상화된 환경이라고 할 수 있다. 특히 수많은 사건들이 꼬리에 꼬리를 물고 연결되는 역사와 같은 과목에서는 '이것은 이래서, 저것은 저래서' 하는 식의 단순 명료한 흑백 논리로 설명될 수 있는 일이 많지 않다. 세상 일이 그렇게 간단했다면 인류 평화는 벌써 이루어지지 않았을까?

　다른 과목도 마찬가지이다. 공부의 가장 큰 목적은 배운 것을 실제 생활 속에서 활용하는 것이라고 생각한다. 하지만 흑백 논리에 젖어들면 모든 것을 너무 얕게, 피상적으로 해석해 버리기 쉽다. 외우기에는 편할지 몰라도, 우리가 얻을 수 있는 교훈을 제대로 배우고 적용하는 데는 턱없이 부족할 것이다. 좀 더 자세히, 깊게 공부해야 한다. 피부로 느끼는 공부가 필요하다.

느낌이 오는 공부

내 한국 친구들에게 내가 13학년 역사 시간 때 러시아 혁명을 1년 내내 배웠다고 했더니, "그렇게 오랫동안 배울 만한 게 있나?" 하며 고개를 갸우뚱거렸다. 그래서 나는 씨익 웃으며 이렇게 대답했다.

"1년을 배우고도 다 못 배웠어!"

13학년에 들어서서 처음 배운 것은 '농노'라는 사회 집단이었다. 19세기 중엽 러시아 민중의 대부분은 귀족들에게 속한 농노의 신분이었는데, 1861년에 알렉산더 2세에 의해 해방되었다. 그런데 우리는 이것만을 한 달이 넘도록 공부했다.

먼저 우리는 농노들의 열악한 주거 환경과 노동 조건에 관한 자료들을 접했다. 통계 자료를 통해 어느 정도 보수를 받았는지, 어떤 소유권을 가지고 있었는지 등을 알게 되었고, 농노들의 회고록이나 러시아를 방문했던 사람들의 기록을 통해 농노들의 구체적인 생활사를 직접 눈으로 보는 듯이 공부했다. 그 밖에도 그림, 사진, 정부 문서, 일기, 소설, 역사책 등의 자료들이 주어졌다.

농노들은 비록 미국의 흑인 노예보다는 나았지만 대개 어려운 삶을 살았고, 보장된 권리가 별로 없었기 때문에 부유한 소유주의 이해관계에 따라 이렇게 저렇게 착취당하면서 힘들게 생활해야 했다.

"극소수의 부유층이 인구의 90%를 차지하는 농노들을 이용해서 편안한 삶을 살았다는 건 불공평해."

"마음대로 이사도 못 다니고, 결혼도 할 수 없었다는 건 좀 너무하다."

"주인 마음대로 팔고 사고 했다니, 완전 노예잖아."

네 명이 한 조를 이루어 여러 시간 자료를 분석하고 토론을 하면서 우리는 어느새 농노들의 편이 되어버렸다. 그리고 러시아에 혁명, 혹은 혁신적인 정치 개혁이 필요했었다는 것을 자연스럽게 깨달았다.

"이렇게 인권적으로, 또 경제적으로 뒤떨어진 제도가 왜 아직까지 개선되지 않았지?"

그 다음 내용이 농노 해방을 비롯한 알렉산더 2세의 개혁이라는 것은 당연한 순서로 느껴졌다. 우리는 왜 하필 그제서야 개혁이 시작되었는지, 또 그 개혁이 얼마나 성공적이었는지 평가하는 데 또 여러 시간을 투자했다.

우리가 한 공부는 단순히 구체적인 사실이나 수치를 암기하는 것이 아니었다. 거의 150년 전의 일이었지만 마치 우리 시대의 일처럼 가깝게 느껴졌다. 역사책 속에나 나오는 일이 아니라, 실존했던 사람들이 직접 경험했던 일이었다. 내가 그 때 태어났다면 나도 겪었을 일이었다.

이렇게 한 우물을 깊게 파서 자세히 배웠을 때 감정이입이 되는 것은 자연스러운 현상이었다. 농노들 편에 서게 되었다는 것은 역사를 피부로 느끼고 그 흐름을 이해할 수 있었다는 뜻이다. 또한 그 배경은 다르지만, 나는 일제 시대의 우리나라를 떠올리며 가슴 아파할 수밖에 없었다.

이처럼 공부라는 것에도 스토리가 있고, 소설이나 영화처럼 우리를 웃기고 울릴 수 있는 힘이 있다. 하지만 아무리 흥미진진한 소설이라 해도 줄거리 요약만 대충 읽으면, '아, 이런 내용이구나.' 할 뿐이다. 줄거리 요약을 읽으면서 눈물을 뚝뚝 흘리거나 배꼽을 잡고 웃는 경우는 매우 드물 것이라 생각한다.

진짜 알짜배기 재미는 세부사항에 있다. 소설 속에 들어있는 세세한 말 한마디, 표현 하나하나를 꼭꼭 씹으면서 음미할 때 재미를 느낄 수 있는 것이다. 그렇게 가슴에 와 닿는 소설만이 나를 웃게도 하고, 울게도 하고, 화나게도 할 수 있다. 피부로 느끼며 공부하는 것도 이와 같다.

농노 해방을 공부할 때 우리에게 주어졌던 참고 자료의 양은 엄청났다. 장 수로만 따져도 족히 수십 장이 넘었다. 그렇게 많은 내용을 한꺼번에 배우면 헛갈리지 않을까 생각할 수 있겠지만, 신기하게도 절대 그렇지 않았다.

두 학생이 있다고 하자. 학생 A는 '농노들은 마음대로 결혼할 권리가 없었다.'는 한 마디를 배우고 다음 내용으로 넘어갔다. 반면, 학생 B는 사랑하는 사람을 두고 강제로 주인과 결혼해야 했던 농노 여인의 슬픈 사연을 읽었다. 배운 것을 더 빨리 잊어버리는 학생은 어느 학생일까?

학생 B가 더 '많은' 내용을 공부했지만, 그렇다고 더 쉽게 잊어버리지는 않을 것이다. 아니, 오히려 그 반대일 수 있다. 이야기를 통해 더 자세하고 재미있게 공부했기 때문에 기억에 두고두고 남을 것이다. 또한 자유롭게 결혼할 권리가 없었다는 것 뿐 아니라, 그 이야기 속에 나왔던 다른 세부 사항들 – 예를 들어 농노들의 집 구조, 마을 형태 등 – 까지도 오랫동안 기억할 수 있다.

하나를 배우면 다른 것들을 공부하는 데 도움이 되고, 이런 것들이 많이 모여서 하나의 커다란 그림이 그려진다. 튼튼하게 짜여진 조직처럼 서로 네트워크를 형성하기 때문에 헷갈리기보다는 오히려 더 안정적인 구조를 이룬다.

우리의 역사 공부는 교실 밖으로 이어지기도 했다. 우리 위 학년은 바로 전 해에 러시아 혁명을 배우면서 러시아로 견학까지 다녀왔다. 우리 학년도 10학년 때 세계 1차대전에 대해 실컷 공부한 다음, 전쟁이 일어난 곳 중 하나인 벨기에로 견학을 가기도 했다. 수학여행은 지금까지 배운 것을 더 가까이에서 느끼면서 더욱 튼튼한 지식의 네트워크를 형성하는 과정이었다.

광범위한 지식을 얻는 것도 필요하지만, 좁더라도 깊게 파고드는 공부도 필요하다고 생각한다. 왜냐하면 좁고 깊게 배울 때는 단순한 암기뿐만 아니라 응용, 평가, 비판, 창작 등 다양한 활동을 할 여유가 있기 때문이다.

비록 전 세계 역사를 다 이렇게 자세히 배울 시간은 없었지만, 세계사의 한 부분을 이런 방법으로 공부하면서 우리는 더 많은 것을 배웠다. 역사가 얼마나 복잡한 과정인지를 배웠고, 얼마나 의견이 분분한지를 배웠고, 얽히고 설킨 상황을 분석하고 판단하는 법을 배웠고, 마음을 다해 공부하는 법을 배웠다. 피부로 느껴지는, 우리를 웃기고 울리는 공부를 한 것이다.

왜 주관식인가?

자, 이제 내가 공부했던 세인트 크리스핀 학교로 여러분을 초대한다. 쉬는 시간 같으면 초록색과 회색의 교복을 입은 개구쟁이들이 바깥에서 시끄럽게 떠들고 뛰어다니겠지만, 지금은 조용하다.

여기는 우리 학교에서 가장 높은 건물인 '타워(tower)'의 맨 꼭대기 층의 제일 구석에 위치한 교실이다. 여러분은 지금 13학년 역사 시간에 와 있다. 방문객이나 학생으로서가 아니라, 선생님으로서 말이다.

지난 한 달 동안 여러분은 이 교실에 앉아있는 열 댓 명에게 러시아 농노 해방을 비롯한 알렉산더 2세의 개혁에 관해 가르쳐 왔다. 그리고 오늘은 테스트가 있는 날이다. 일주일 전, 여러분은 투덜대는 학생들에게 "다음 주에 테스트를 보겠어요." 하고 예고했고, 그때부터 어떤 문제를 낼지 고심해 왔다.

가장 먼저 떠오른 문제는 다음과 같을지 모른다.

Q. 알렉산더 2세의 즉위 당시 러시아 인구의 약 90%를 차지
했던 사회 계층의 이름은? (답: 농노)

Q. 알렉산더 2세의 농노 해방이 일어난 해는? (답: 1861년)

둘 다 주관식으로 낼 수도 있고, 객관식으로 낼 수도 있다. 그렇지만
어쨌든 너무 쉬운 문제 같다. 지난 한 달간 공부한 게 '농노'와 '1861년
농노 해방'인데, 그걸 물어보면 학생들이 자존심 상해할 지도 모른다.
좀 더 심도 있는 문제를 내 봐야겠다.

Q. [객관식] 농노들에게 주어지지 않았던 권리는?
아니면
Q. [주관식] 농노 해방 전의 농노들에게 주어지지 않았던 권리를
다섯 개 써라.

Q. [객관식] 알렉산더 2세의 개혁에 포함되지 않은 것은?
아니면
Q. [주관식] 알렉산더 2세의 개혁에 포함되었던 것을 다섯 개 써라.

전보다 어렵긴 해도 식은 죽 먹기일 것이다. 그런데 그토록 오랫동안 '많이' 공부해온 학생들이 이 문제들을 보고 허탈해 하지 않을까?

글쎄, 여러분은 과연 어떤 문제를 내겠는가? 물론 자잘한 세부 사항으로 들어갈수록 문제는 점점 맞추기 어려워질 것이다.

하지만 문제를 내기 전에 생각해보아야 할 것이 있다. 학생들이 무엇을 어떻게 배웠느냐이다. 물론 그들은 여러 가지 '사실'들을 배웠고, 외우기까지 했을 것이다. 그러나 그보다 더 중요한 것이 있다.

지난 한 달간 그들은 피부로 느끼는 공부를 하면서 각자의 의견을 형성해 왔다. 러시아 인구의 90%를 이루는 사회 계층이 무엇인지 알고 있을 뿐만 아니라, 농노 제도가 왜 비합리적이었는지 설명할 수 있다. 알렉산더 2세의 개혁에 포함되었던 내용들을 알 뿐만 아니라, 그 개혁이 얼마나 성공적이었는지에 관해 의견을 이야기할 수 있다. 선생님으로서 우리가 시험보아야 할 것은 바로 그들의 이러한 '생각'과 '의견'일 것이다. 그러므로 아마 다음과 같은 문제가 나올 수도 있겠다.

Q. 농노 제도가 왜 없어져야 했는가?

Q. 알렉산더 2세의 개혁이 얼마나 성공적이었는지 평가하라.

문제는 간단해 보이지만, 이런 문제를 풀기 위해서는 그 동안 배운 모든 지식을 쏟아 붓고, 그것을 이용해 자기의 판단을 논리적으로, 조리 있게 진술해야 한다. 각 문제 당 적어도 두세 장 짜리 에세이는 나올 수 있을 것 같다.

생각해보면, 느낌이 오는 공부를 한 후 객관식 문제를 푼다는 것은 이치에 맞지 않는다. 그 동안 공부한 것에 관해 학생들이 해줄 수 있는 '이야기'는 그것보다 훨씬 많고, 훨씬 흥미진진하기 때문이다.

영어나 영문학과 같은 과목에서도 마찬가지로 에세이 시험뿐이다. 토론하면서 공부한 것을 객관식으로 시험 본다면 학생들의 실력의 반도 채 보여줄 수 없을 것이다. 학생들이 아는 사실들을 이용하여 자신만의 의견을 담은 에세이를 쓰게 하는 것이 훨씬 더 합리적인 시험 방식일 것이다. 그래서 영국의 시험은 모두 주관식이다.

비단 문과 과목만이 아니라, 과학과 수학에서도 나는 객관식 문제를 접한 적이 없다. 단답형 주관식 문제도 있지만, 한 페이지를 꽉 채워야 하는 문제, 예를 들어, '식물에서 물이 어떻게 운반되는지 설명하라.'는 식의 '에세이' 문제가 꼭 여러 개 나왔다. 배운 것을 최대한 이용하여 조리 있게 설명하는 문제였다.

주관식 시험이기 때문에 영국 시험은 채점하는 데도 꽤 오랜 시간이 걸린다. 6월 말이면 GCSE나 A 레벨 시험이 거의 끝나지만, 성적은 한 달 반 후인 8월 중순에 나온다. 내가 살던 브라크넬 지방의 시험지들은 다른 지방의 시험관들에게 보내지는 등 우선 시험지가 골고루 분배된다. 그 후 대여섯 명이 돌아가며 채점에 재채점을 거듭한다.

　그런데 수많은 채점자들이 어떻게 에세이와 같은 '주관적'인 답변들을 같은 수준으로 채점할 수 있을까? 다음은 역사 A 레벨의 마지막 여섯 번째 단원의 시험 채점 기준이다(여기에는 A에서 D까지만 있지만, E 학점도 통과로 인정된다).

A (48-60점)

　완벽하지는 않지만 A 레벨 시험에서 기대할 수 있는 최고 수준의 대답이다. 문제의 요구(인과 관계, 세월의 흐름에 따른 변화, 평가)가 충분히 다루어졌다. 종합적인 시각을 요구하는 이번 단원의 성격을 잘 소화하는 고도의 능력이 엿보인다. 접근 방식은 기술적(descriptive)이거나 이야기 식이라기보다는 분석적이거나 설명적이다.

그 답은 질문에 완전히 적절하다. 논증은 응집력 있게 구성되고 매우 적절한 사실적 자료들로 뒷받침된다. 개념들은 유려하게 그리고 명확하게 표현된다. 낮은 A의 에세이에는 다소 취약한 부분들이 있을 수 있지만, 전반적으로 학생이 그 논증을 통제하고 있음을 보여준다. 서술은 유려하며, 적절한 역사적 용어를 사용한다. 그 답은 문법, 구두법 그리고 철자법에 있어서 정확성을 보여준다.

B (42-47점)

그 답변은 종합적인 시각을 요구하는 이번 단원의 성격을 소화하는 능력이 있음을 보여준다. 광범위한 기간에 걸친 변화 혹은 연속성을 잘 알고 있다. 그 대답은 그 문제의 요구에 명확하게 초점이 맞추어져 있지만, 다소의 불균형이 엿보인다. 접근 방식은 기술적 혹은 이야기 식이라기보다는 대부분 분석적 혹은 설명적이다. 주어진 문제에 충분히 적절한 대답이다. 대부분의 논증은 응집력 있게 구성되고 매우 적절한 사실적 자료들로 뒷받침된다. 훌륭하고 견실한 답변을 했다는 인상을 받는다. 대부분의 서술은 유려하며 적절한 역사적 용어를 사용한다. 그 답은 대부분 문법, 구두법 그리고 철자법에 있어서 정확성을 보여준다.

C (36-41점)

그 답변은 종합적인 시각을 요구하는 이번 단원의 성격을 소화하려고 시도했음을 명확하게 보여준다. 광범위한 기간에 걸친 변화 혹은 연속성을 만족스러울 정도로 알고 있다. 그 문제에 대한 명확한 이해와 적절한 논증과 사실적 지식을 제공하려는 상당한 시도가 있음을 보여준다. 접근 방식은 분석 혹은 설명을 담고 있지만 다소 과도한 기술적 혹은 이야기식 구절들이 있을 수 있다. 그 답은 대부분 적절하다. 그 답은 충실한 논증을 보여주지만 사실적 지식에 있어서 균형과 깊이가 부족할 수 있다. 대부분의 답변은 만족스럽게 구성되어있지만, 어떤 부분들은 온전한 응집력이 부족할 수 있다. 그 서술은 대체로 유려하며 역사적 용어는 대체적으로 적절하다. 문법, 구두법 그리고 철자법은 대체로 정확하다.

D (30-35점)

그 답변은 종합적인 시각을 요구하는 이번 단원의 성격을 소화하려고 시도했음을 드러내지만 균형이 잡혀 있지 않다. 광범위한 기간에 걸친 변화 혹은 연속성에 대하여 충분히 알고 있다. 그 대답은 적절하게 논증하려는 시도를 보여준다. 접근 방식은 분석 혹은 설명보다는, 서론과 결론에 한정되어야 할, 과도하게 기술적 혹은 이야기식 구절들에 너무 의존한다. 이따금 사실적 자료들은 그 문제의 요구 사항들을 직접적으로 다루기보다는 정보를 주거나 사건들을 기술하는 데 사용된다. 논증의 구조는 좀더 효율적으로 조직화될 여지가 있다. 서술은 유려함이 부족하며, 적절치 못한 역사적 용어가 있을 수 있다. 그 답은 대체로 문법, 구두법, 그리고 철자법에 있어서 정확성을 보여주지만 몇몇 부주의한 실수들이 엿보인다.

채점자는 위의 기준에 따라 어느 학점에 해당하는지 '느낌'으로 정한다(이것을 'impression mark,' '인상 채점'이라고 한다). 그 다음, 그 학점 내에서 정확히 어떤 점수를 주어야 할지 결정한다.

예를 들어서 '느낌으로' C에 해당한다고 생각되는 에세이들 중 가장 잘 쓴 것에는 41점을 주고, 가장 못 쓴 것에는 36점을 준다. 한두 개의 조건이 충족되지 않는다고 해서 그 에세이를 D로 내려 보내지는 않지만, C 학점 내에서 더 낮은 점수를 받게 된다.

그런데 에세이 시험 점수는 누가 매기든지 기가 막힐 정도로 일치한다. 간혹 잘못 채점된 사례가 있어서 뉴스에 나기도 하지만, 채점관들은 많은 훈련을 거쳐서인지 거의 똑같은 점수를 준다. 학생들의 능력을 최대한 평가하는 주관식 시험은 이렇게 시간이 많이 소요되는, 믿을만한 채점 방식이 있기 때문에 가능한 것 같다.

수학 시험도 주관식이기 때문에 채점하는데 오랜 시간이 걸리기는 마찬가지이다. 학생들은 시험지에 모든 과정을 다 써야 한다. 학생이 직접 풀었는지 검사하기 위해서라기보다, 문제 풀이 과정으로 점수를 받기 때문이다. 정답을 썼더라도 계산 과정이 틀렸거나 불분명하다면 만점을 받지 못한다. 수학에서는 결과보다 과정이 중요하다는 이야기를 많이 하는데, 그것은 이런 곳에서 명백히 드러났다.

답이 틀렸더라도 계산 과정 중 올바른 부분이 있으면 거기에 해당하는 점수를 받을 수도 있다. 한 문제에서 정답으로 인해 받는 점수는 고작해야 1~2점이고, 나머지 점수는 모두 풀이 과정 때문에 받는 점수이다.

또 재미있는 것은 한 문제를 푼 후 그 답을 사용해서 다음 문제를 푸는 경우이다.

Q. 영희와 철수는 용돈을 나누어 가져야 한다. 이번 달의 용돈은 합쳐서 2만 원이었다.

(a) 영희는 철수보다 용돈을 더 많이 받아야 한다. 영희와 철수가 받는 금액의 차이가 전체 용돈의 15%라고 하면, 영희는 얼마를 더 받는가?

(b) 철수가 받을 용돈은 얼마인가?

(a)의 답이 틀렸다면 (a)의 점수는 깎인다. 그러나 그 '오답'을 이용해 (b)를 바르게 풀었다면 당연히 정답과는 다른 답이 나왔겠지만 그래도 (b)의 점수를 받을 수 있다. 답만 중요하게 생각한다면 이런 채점 방식은 불가능할 것이다.

그러나 학생들이 능력을 최대한 발휘하기를 바라는 마음에서, 시험 출제자들은 할 수 있는 한 많은 것을 보여줄 수 있는 시험 유형을 채택했다고 생각한다. 시험이란 나의 취약점이 드러나는 시간이 아니라, 결국 내가 아는 것을 모두 보여주는 기회로 보아야 바람직하다.

주관식 시험은 모르면 아예 점수를 못 받고, 알면 아는 만큼, 할 수 있는 만큼 점수를 받는, '정직한', 어쩌면 매정한 형식의 시험이다. 하지만 영국의 토론식 수업 방법에 적합한 시험 방식은 그것뿐일 것이다.

몸으로 느끼는 과학 공부

앞서 만났던 본드 선생님을 기억할지 모르겠다. 물리 선생님의 지루한 기존 이미지를 탈피하여 온 몸을 던져서 우리를 가르치고, 교실 밖으로 데리고 나가 다른 반 앞에서 펄쩍펄쩍 뛰게 만든 재미있는 선생님이었다. 당시에는 조금 창피하기도 했지만, 덕분에 지겨울 줄 알았던 물리 시간은 흥미진진한 시간으로 변했다.

교실 밖에서의 과학 수업이 흔치 않은 이유는 여러 가지일 수 있다. 하지만 과학이란 정말 온몸으로 느끼는 학문이므로 실험과 현장 학습을 통해 배우는 것도 필요하다고 생각한다. 아래는 나에게 많은 것을 가르쳐 준 A 레벨 과학 현장 학습 견학기이다.

13학년이 시작된 지 얼마 되지 않은 10월, 우리 생물 반은 데본 (Devon) 주(州)의 토키(Torquay)라는 지방으로 5일간 수학여행을 떠났다. 우리 반은 남자 셋에 여자 다섯, 모두 여덟 명뿐이었다. A 레벨을 시작한 이래로 처음 가는 수학여행이어서 굉장히 기대가 되었다.

아름다운 숲 속에 위치한 학습 센터는 야영장처럼 넓은 공간에 자리 잡고 있었고, 숙소 외에도 체육관, 야외 수영장, 테니스장, 쿼드 바이크 (quad bike) 타는 곳, 양궁장 등의 시설이 갖추어져 있었다. 짐을 푼 후 우리는 지도 요원에게서 덤블링도 배우고 쿼드 농구(quad basketball) 라는 신기한 게임도 해보았다.

바로 다음 날은 해변에 있는 모래 언덕의 생태계를 조사하는 날이었다. 아침 일찍 그 날 방문할 곳에 대해 설명을 들은 후, 조교 두 명과 함께 승합차를 타고 해변에 도착했다. 해변의 모래 언덕을 관찰한 후 우리는 두 팀으로 나뉘어서 한 팀은 해변에서부터 숲 쪽으로, 다른 팀은 숲에서부터 해변 쪽으로 움직이면서 생태계를 조사하기 시작했다.

우리는 어떻게 하면 무작위로 샘플을 채집할 수 있는지, 어떤 항목들을 어떻게 조사하고 기록해야 하는지에 관해 배웠다. 우리가 선정한 땅의 온도, 습도, pH 등 '비생물적인' 사항들을 먼저 기록한 후, 그곳에 어떤 종류의 생물들이 어느 정도 분포해 있는지를 기록했다.

처음에는 그런대로 재미가 있었지만 여러 번 자리를 옮긴 후에는 바닷바람 때문에 춥고 힘들었다. 점심을 먹을 즈음에는 굵은 빗방울이 하나 둘씩 떨어지기 시작했고, 우리는 비바람 속에서 계속 조사를 진행해야 했다.

"이쯤에서 돌아가는 편이 어떨까요?"

비를 오래 맞아 입술이 파래진 학생회장 크리스가 조심스럽게 이야기를 꺼냈다. 하지만 조교들은 그만둘 생각 없이 계속 열정적으로 조사에 임했다. 결국 몇 시간을 더 돌아다니고서야 물에 빠진 생쥐 꼴로 덜덜 떨면서 숙소로 돌아왔다. 정말 힘든 하루였다.

그 다음 날도 우리는 장화를 신고 레몬 강(the River Lemon) 탐사를 나갔다. 강이 처음 시작하는 개울물부터 시작해서 조금씩 넓어지는 물줄기를 따라 강 하구까지, 우리는 또 다시 두 팀으로 나뉘어 어제와는 조금 다른 방식으로 생태계를 조사했다.

어제 사용했던 도구들은 이제 익숙해져서 조교의 도움 없이도 사용할 수 있게 되었다. 물이 깊어질수록 물의 빠르기, 온도, 산도 등이 어떻게 변하는지 조사하면서, 교실에서의 이론이 실제로 자연계에서 적용되는 것을 확인할 수 있었다. 날씨가 개었기 때문에 이 날은 훨씬 더 재미있

었고, 싱그러운 자연 속에서 우리는 첨벙거리며 열심히 조사에 임했다.

다음 날은 아침 일찍 해변으로 떠났다. 엊그제 갔던 모래 사장이 아니라 이번에는 바위로 뒤덮인 해변이었다. 해가 쨍쨍 내리쬐는 이 날 우리는 바다 안쪽에서 시작해서 점점 해변 쪽으로 움직이며 생태계를 조사했다. 그 전날처럼 물의 온도, 산도 등을 측정하면서 여러 종류의 바다 생물들의 이름과 특성에 관해 배웠다. 조교들은 여러 종류의 미역들을 한눈에 구분하는 등 생태계에 있어서는 전문가였다.

한참 조사를 하고 있는데 밀물이 들어오기 시작했다. 얼른 해변 쪽으로 돌아가고 싶어서 모두들 눈치를 보았지만 조교들은 그렇게 태평할 수가 없었다. 설명해 줄 수 있는 것은 모두 설명해 주면서 느긋하게 조사를 진행하는데, 정말 생태계 조사를 좋아하지 않고는 그럴 수 없을 것 같았다. 결국 우리는 점점 밀려오는 바닷물 때문에 장화 속 양말과 바지까지 흠뻑 젖은 채로 돌아와야 했다.

매일 저녁에는 그 날 하루 조사한 생태계에 관해 다시 배우고, 우리가 구한 자료를 분석하고 토의하는 시간을 가졌다. 학교 교실에 앉아서 배운 것들을 직접 체험하면서 익히는 것은 기대 이상으로 흥미가 있었고 머리에 확실히 남았다. 특히 우리가 직접 채집한 자료들을 분석했을 때 정말 교과서와 똑같은 결과가 나오는 것을 직접 확인하는 것은 아주 의미 있는 공부가 아닐 수 없었다.

마지막 날 우리가 간 곳은 숲 속이었다. 산길을 거닐면서 조교는 우리에게 숲 속의 생태계에 관해 설명해 주었다. 낙엽수가 많은 곳과 상록수가 많은 곳들의 생태계가 어떻게 다른지, 높은 나무들이 햇빛을 막는 지대에서 어떻게 키 작은 식물들이 자랄 수 있는지, 삼림을 어떻게 보존하고 있는지 등을 직접 관찰하면서 기분 좋은 산책을 했다.

개울이 흐르는 길가에 앉아 점심을 먹은 후 우리는 수풀이 우거진 길을 따라 하산했다. 내려오는 길에 채석 작업 때문에 훼손된 지역도 관찰할 수 있었고, 아래에 있는 큰 저수지와 넓게 펼쳐진 아름다운 마을들이 한눈에 들어오는 전망이 좋은 곳에서는 모두들 자연의 경관에 감탄사를 연발했다.

그렇게 우리는 일주일 동안 학교 대신 자연 속에서 생활하며 많은 추억을 남겼고, 또 많은 것을 배웠다. 가장 큰 깨달음은 바로 생물이야말로 가장 많은 활동을 필요로 하는 학문 중 하나라는 것이었다. 고생을 마다 않고 채집에 열중하던 조교들을 보면서는 정말 감탄을 금할 수 없었다. 자기 일을 모든 열정을 다해, 온몸을 바쳐 사랑해야만 가능할 것 같았다.

이론을 실생활에 적용하는 수학여행을 통해 나는 피부로 느끼며 하는 공부가 무엇인지 알게 되었다. 처음엔 한 주일 기분 좋게 놀다 온 느낌이었지만, 나중에 생태계에 관한 단원을 배울 때 모든 것이 머리에 쏙쏙 들어오는 것을 느낄 수 있었다. 전문 용어와 설명들이 우리의 경험으로 '통역' 되어 이해되었다. 교과서는 의미 없는, 외우기만 하면 되는 단어들의 나열이 아니었다. 우리는 거기에 나오는 내용을 재미있게 체험해 보았고, 실생활에 어떻게 적용되는지 알고 있었다. 이것이 바로 현장 학습의 위력이었다.

몸으로 느끼는 과학에 있어서 실험은 기초 공사라고 할 수 있을 것이다. 실험은 과학자들이 생각해 내는 아이디어들이 사실인지를 증명하는 길일 뿐 아니라, 새롭고 획기적인 과학적 발상의 시발점이 될 수 있다.

영국의 과학 수업은 모두 실험실에서 진행된다. 그 중 화학은 매 수업이 실험을 중심으로 돌아간다고 해도 과언이 아니었다. 교과서에 나온 실험 과정을 선생님과 함께 읽은 다음 두세 명씩 짝을 지어 자발적으로 실험을 진행해야 했다.

A 레벨 화학 코스는 특히 실험이 큰 비중을 차지했기 때문에 실험을 하지 않는 수업이 거의 없었다. 시간이 흐르자 실험에는 익숙하다 못해 지겨워질 정도였다. 이제는 웬만큼 충격적인 실험이 아니고서는 옛날에 느꼈던 기대감을 느낄 수 없었다.

가끔 교실에 들어섰을 때 실험 기구들이 꺼내져 있지 않은 날에는 다들 "YES!"하고 좋아할 정도였다. 이럴 때 실험 준비실에서 기사 아저씨가 실험 도구가 잔뜩 쌓인 수레를 끌고 나오면서 "Hi, everyone." 하고 인사하면 다들 김이 팍 새어 버리기도 했지만.

12학년 때 나와 같은 테이블에 앉았던 케이트, 브라이니, 제마는 수업 시간 중에 틈만 나면 잡담을 했는데, 말을 너무 재미있게 해서 다들 자기도 모르게 귀를 쫑긋 세우고 듣게 되었다.

"오늘 헨리가 여자 친구랑 같이 땡땡이 친대!"

"둘이 또 어딜 가는 거야?"

"아~ 부럽다."

"아냐, 우린 그냥 화려한 싱글로 남자!"

그 셋은 그렇게 시간이 가는 줄 모르고 얘기하다가 실험을 제 시간에 끝마치지 못하기도 하고, 물이 끓어 넘칠 뻔하기도 하고, 엉뚱한 용액을 사용하여 선생님도 깜짝 놀랄 결과가 나오기도 하는 등 재미있는 해프닝이 많았다.

A 레벨에서는 생물 시간에도 툭하면 실험을 했다. 실기 시험에서 실험을 직접 하는 부분이 있기 때문에 준비를 해두어야 한다는 것이었다.

"많이 해봐서 익숙해질수록 여러분한테 좋은 겁니다."

선생님은 싱글벙글하며 시험관를 꺼내놓고, 용액을 나르고 하면서 우리를 맞았다. 생물 실험은 화학 실험과는 사뭇 달랐다. 정확히 말하면 화학 실험보다 훨씬 지루했다.

13학년 동안 생물 시간에 정말 자주 했던 실험은 '개체군과 상호 작용

(population and interactions)' 에 관한 실험이었다. 이스트를 물에 타서 10배, 100배, 1000배 희석한 용액을 만든 다음 그 농도를 재는 것이 실험의 전부였다. 여러 농도의 설탕물을 용매로 사용했을 때 시간에 따라 이스트 개체군이 어떻게 변하는지에 관해 간단히 예측도 해보고, 실험 결과를 가지고 교과서의 내용을 보충하기도 했다. 나중에는 지겨워질 정도였지만, 지겹다는 것은 눈 감고도 할 수 있을 정도로 익숙해 졌다는 것을 의미했다.

과학 A 레벨에서는 과목마다 실험 능력을 평가하는 연구 과제(코스워크)라는 것이 있었다. 그런데 이것은 용액을 비커에 붓고, 섞고, 불로 데우고 하는 것만 채점하는 것이 아니었다. '연구' 하는 능력을 폭 넓게 평가하는 것이었다. 실험 기구를 조작하는 것은 연구의 한 부분일 뿐이었다. 채점은 다음과 같이 네 분야로 나뉘어서 이루어졌다.

계획 (planning)	실행 (implementation)	분석 (analysis)	평가 (evaluation)
배경 지식을 이용해 주어진 문제에 관한 실험을 디자인하고, 결과를 예측한다.	실험을 하고, 데이터를 보기 좋은 방식으로 나타낸다.	데이터를 여러 가지 방식으로 처리하여 타당한 결론을 내린다.	데이터의 정확성, 결과의 신뢰도, 결론의 유효성 등 연구 전반에 걸친 평가를 내린다.

뒤로 가면서 더 소개하겠지만, 특히 A 레벨에 들어서서는 코스워크가 아주 커져서 한 개의 코스워크를 마치는 데 한 달이 넘게 걸리기도 했다. 이 엄청난 과제를 통해 우리가 얻은 것 중 하나는 교과 내용에 대한 더 입체적이고 포괄적인 시각이었다.

과학은 필기시험에 나오는 문제만 잘 풀도록 훈련받는 과목이 아니다. 장차 과학자가 될지도 모르는 학생들에게 그에 걸맞는 모든 실력과 경험을 쌓는 기회를 제공해야 할 것이다. 오관을 다 사용하여 몸으로 느끼는, 실제 상황에서 활용할 수 있는 공부야말로 진정 보람찬 배움이 아닐까.

2. 공부는 싸움이다

*머리를 있는 대로 굴리고
당당하게 자신의 뜻을 나타내야 한다*

책의 권위에 맞서 도전하라

한국에서의 국어 시간이었다.

"이건 이런 뜻이고 이런 배경에서 나온 말이에요. 글쓴이는 이런 심정으로 이 부분을 쓴 것이지요."

공부 이외의 것에만 머리 굴리기를 좋아하던 시절, 나는 아무 생각 없이 그저 선생님이 일러주는 것을 다 받아 적기만 했다.

'이것은 순수시 저것은 참여시, 이것은 비유법 저것은 은유법……'

순수시는 무엇이고 참여시는 무엇인지, 비유법과 은유법은 어떻게 다른지, 이런 것들은 내게 별로 중요하지 않았다.

하지만 영국에서 나는 정신을 좀 더 바짝 차릴 수밖에 없었다. 토론으로 진행되는 영국의 영어 수업은 개개인의 더 많은 참여를 요구했다. 예를 들어, 9학년 때 공부한 『로미오와 줄리엣』에는 로미오가 줄리엣의 눈을 별에 비유한 부분이 나온다. 이것은 그 문장을 해독할 수만 있으면 누구나 알 수 있는 내용이다. 하지만 존스 선생님은 꼭 우리에게 먼저 질문을 던졌다.

"이게 무슨 의미에서 한 말이죠?"

우리가 먼저 의견을 말하기 전에 선생님이 일방적으로 가르쳐 주는 법이 절대 없었다. 모두들 같은 해석을 했더라도 상관없었다. 각자 스스로 그 해석에 도달하는 것이 중요했다.

또한 선생님이 설명을 한 이후에라도, 혹은 유명한 학자가 내놓은 해석이 있더라도, 우리는 타당한 이유가 있다면 자신만의 의견을 당당히 발표할 수 있었다. 아무리 황당하게 들리는 해석일지라도 책의 내용을 이치에 맞게 사용한 주장이라면 그것을 단지 '말이 안 되는 것 같다.' 는 이유로 무시할 수는 없었다.

한 번은 진지한 토론이 이루어지고 있는데, 장난꾸러기 데이빗이 무서운 존스 선생님 앞에서 용감하게도 이런 발언을 했다.

"『로미오와 줄리엣』은 쓰레기 같은 얘기입니다!"

나는 얘가 또 헛소리를 하는구나 하고 생각했다. 하지만 선생님은 핀 잔을 주는 대신 이유부터 물었다. 데이빗의 대답은 의외로 예리했다.

"첫눈에 사랑에 빠져서 목숨까지 바치는 게 뭐가 그리 대단한 사랑입 니까?"

불만에 장난기가 섞인 목소리였다.

"좀 더 자세히 설명해 보겠어요?"

"우선 파티에서 한 번 본 후에 결혼을 약속하는 건 너무 철없는 행동 이라고 생각합니다. 사랑에는 감정만 필요한 게 아니잖아요. 다들 로미 오와 줄리엣처럼 결혼한다면 이혼 안 하는 가정이 별로 없을 겁니다."

뜻밖에도 제법 일리가 있는 주장이었다. 선생님은 이제 반 전체를 향 해 물었다.

"여러분은 어떻게 생각하지요?"

내 앞에 앉은 루시가 손을 들고 말했다.

"우리가 뭐라고 추측하긴 힘든 것 같습니다. 둘이 결혼해서 정상적으 로 살았을 때 계속 행복해야 진정한 사랑이 증명될 거라고 생각합니다."

선생님은 또 질문을 던졌다.

"한 30년을 같이 산 후에도 계속 이 책에서처럼 구름 위를 떠다니는 것 같은 대사들을 읊어대고 있을까요? 아마 아닐 것 같네요. 물론 그 때 의 사랑은 아무래도 지금보다 깊겠죠? 하지만 만일 두 사람의 관계에서 달콤한 말들이 빠지면, 글쎄요, 과연 우리 눈에 얼마나 아름답게 보일 지 모르겠네요. 어린 사랑이라는 점을 이용해서, 깊이가 없는데도 괜히 더 낭만적으로 보이도록 과대 포장한 것은 아닐까요?"

"물론 당장은 현실성이 없는 관계를 무턱대고 결혼으로 이으려고 한 건 별로 바람직하지 못한 것 같습니다. 하지만 로미오와 줄리엣의 관계에 달콤한 말만 있었다는 것은 단순한 추측에 불과하다고 생각합니다."

"그래도 분명히 철없고 충동적이었다고 생각합니다. 사랑하는 사람이 죽는다면 누구나 따라 죽고 싶은 충동이 생길 텐데, 거기에 굴복하는 건 강렬한 사랑 때문이라기보다 심지가 약해서가 아닐까요."

토론이 진행되어가는 것을 보며 나는 많이 놀랐다. 데이빗이 무심코 내뱉은 한 마디에 처음부터 귀를 기울이지 않을 수도 있었는데, 선생님은 그 의견을 존중하고 거기에서부터 더 배울 점을 찾아나갔던 것이다.

책에서, 영화에서 『로미오와 줄리엣』이 멋있는 사랑 이야기라고 선전한다고 해서 나까지 그렇게 생각해야 할 필요는 없었다. 스스로 생각하고 판단해서 한 결론에 도달해야 했다.

10학년 때 처음 만난 체임벌린이라는 역사 선생님을 기억할 것이다. 주어진 자료를 별 생각 없이 보았을 때, 최전방에서 직접 싸워본 병사의 말은 총사령관이 상부에 제출하는 보고서보다 훨씬 믿을 만 하다는 생각이 들 수 있다. 그러나 그 병사의 '무용담'도 모두 있는 그대로 받아들여서는 안 된다는 것을 선생님은 가르쳐 주었다.

역사 시간에 자료를 비판적으로 평가하는 능력은 A 레벨에 들어서면서 더 중요해졌다. '1917년 10월 혁명이 힘있는 소수의 쿠데타였는가, 아니면 민중의 뜻에 의한 범국민적 혁명이었는가.' 하는 질문에 대해서도 의견이 매우 분분했다.

아무리 유명한 역사가라고 해도 사람인 것은 어쩔 수 없나 보다. 많은 역사가들이 자신의 배경에 따라서 편견을 가지고 있는 것을 볼 수 있었다. 구소련 역사가들 중에는 볼셰비키 공산 혁명이 범국민적 혁명이었다는 의견이 지배적이었지만, 냉전 당시의 많은 서양 역사가들은 그 반대의 결론을 내렸다. 그 후 여러 사회적 배경으로 인해 또 다른 학파들이 생겨났다.

분명 역사가들도 각자 비판적인 시각으로 생각하고 결론을 내렸겠지만, 그와 똑같은 책임이 나에게도 있다. 나도 그들의 글을 읽으면서 비판하고, 받아들일 건 받아들이고, 버릴 건 버려야 한다. 그들도 나처럼 사람이기 때문이다. 완벽한 자료, 완벽한 책, 완벽한 주장은 없다. 그래서 날카로운 눈이 필요하다.

영국 학생들은 자주 선생님의 견해를 반박하고 책의 의견을 뒤집어 엎으려고도 했다. 물론 학생들의 의견이 항상 옳은 것은 아니었지만, 비판적으로 사고하는 능력은 계속 활용하면서 키워나가는 것이라고 생각한다.

나의 의견이 틀려도 괜찮다. 아니, 차라리 더 나을 수도 있다. 비판적인 시각으로 다른 사람의 논리의 허점을 발견해내는 과정에서 실수를

거듭하면서 우리 자신의 논리의 빈틈을 찾아낼 수 있고, 다음 번에는
더 완벽한 논리를 형성하는 훈련을 쌓아나가게 되는 것이다.

　오늘날은 매스컴이 온갖 정보를 쏟아내는 시대이다. 무엇이든지 보이
는 그대로 받아들여서는 안 된다. 지금 우리에게는 비판적인 사고력이
꼭 필요하다. 확립된 의견이라도, 고정관념이라도, 모두 짚고 넘어가야
한다. 그리고 필요하다면 거기에 정면으로 도전할 수 있어야 한다.

나의 알 권리를 주장하라

A 레벨에서는 각 과목을 두 명의 선생님이 나누어 가르쳤는데, 12학년 수학 첫 수업에서 만난 선생님은 작달막하고 오동통한 외모의 핏츠패트릭 선생님이었다. 머리가 희끗희끗하고 항상 보자기 같은 치마를 입는 중년의 아주머니였는데, 초장부터 으름장을 놓는 것이 존스 선생님보다 더 무서워 보였다.

"내가 참지 못하는 세 가지가 있어요. 첫째, 수업 시간에 늦는 것. 둘째, 교복을 삐딱하게 입는 것. 셋째, 가방을 바닥에 내려놓지 않는 것. 물론 수업 시간에 딴 짓하고 숙제 안 해오는 것은 말할 필요도 없습니다. 부디 내 신경을 건드리는 일이 없길 바랍니다."

9월부터 연말까지 우리는 수학 AS 레벨(12학년 과정)의 세 단원 중 첫 단원을 공부했다. 순수 수학, 그리고 확률 및 통계 부분으로 나뉘어져 있었는데, 핏츠패트릭 선생님은 확률과 통계를 맡아 가르쳤다.

미리 경고했던 바대로 선생님은 꾕장히 까다로웠다. 우리가 수업에 조금만 늦어도 끈질기게 추궁했고, 가방을 바닥에다 내려놓지 않는다고 호통을 치기도 했다. 공책 정리를 선생님 방식대로 하지 않아도 야단을 맞았다. 다른 선생님들과는 이제 좀 더 친구 같은 관계가 된 반면, 핏츠패트릭 선생님 수업에 올 때마다 다시 11학년 '어린이'로 돌아간 느낌이었다. 그래서 처음에는 핏츠패트릭 선생님을 좋아하는 학생이 아무도 없었다.

하지만 선생님은 가르치는 데 있어서 정말 화끈하고 열성적이었다. A 레벨에서는 더 이상 실력 별로 반을 구분 짓지 않았기 때문에 학생들 사이에서 수업 내용을 이해하는 정도의 차이가 비교적 큰 편이었다. 수학반 열여섯 명 중 대부분이 GCSE 수학 최고반에서 온 아이들이었지만 둘째 반과 셋째 반에서 온 아이들도 여럿 있었다.

그런데 수업 내용을 쉽게 이해하지 못하는 친구들이 있을 때 선생님은 한 문제를 여러 가지 다른 각도에서 접근할 수 있다는 점을 강조했다.

"이런 식으로 다시 설명해 볼게요. 이 방법으로 이해가 될 수도 있고 안 될 수도 있고, 만약 안 된다면 또 다른 방법으로 설명해 줄 테니까 걱정하지 말아요."

선생님은 내가 이해하는 방식과 다른 사람이 이해하는 방식이 다를 수 있다는 것을 존중해 주었다. 아무리 해도 이해하지 못하는 학생이 있으면 마치 선생님 자신의 잘못인 양 사과까지 하며 학생들이 무안해하지 않도록 세심하게 배려하는 것이었다. 매우 인상적이었다.

이런 것도 이해 못한다고 면박을 줄 수도 있지만 오히려 미안해하는 핏츠패트릭 선생님은 나에게 중요한 깨달음을 주었다. 교과 내용을 이해하는 것은 우리의 의무이기에 앞서 우리의 권리이다. 선생님은 우리가 수업 내용을 잘 이해할 수 있도록 최대한 도와줄 의무를 가진 것이다.

또 다른 12학년 수학 선생님은 머리가 곱슬곱슬한 인도 계통의 망쿠 선생님이었다. 망쿠 선생님과 함께 우리는 지수(indices)와 부진근수(surds), 2차 방정식, 연립 방정식 등 순수 수학의 아주 기본부터 배워나갔다.

그런데 공부를 잘한다는 아이들도 황당하기 그지없는 질문들을 전혀 주저하지 않고 연발했다. 한 번은 망쿠 선생님이 칠판에다 문제를 풀이하고 있었다. 선생님은 아주 간단한 단계라도 빼놓지 않고 적어나갔는데, 문제 풀이 도중 다음과 같은 부분이 있었다.

$$a^5 \times b^0 = a^5$$

그러자 공부 잘하는 킴벌리가 마치 실수를 잡아냈다는 투로 손을 들고 질문했다.

"b가 어디로 갔죠?"

일본 친구 마끼와 나는 황당하다는 눈빛을 주고 받았다. 마끼도 어렸을 때 일본에서 학교를 다녔던지라 다른 아이들보다 계산에 능통했다. 킴벌리의 질문에 선생님은 아무 말 없이 그 뒤에 이렇게 덧붙였다.

$$a^5 \times b^0 = a^5 \times 1 = a^5$$

이번에는 또 말 많은 세라가 거의 따지듯이 물었다.

"도대체 왜 b의 0승이 1이라는 거죠? 전 아직까지도 이해가 안 가요."

이 때 뿐만이 아니었다. 무슨 숫자이든 문자이든 0승이 나오면 어김없이 누군가가 이것과 똑같은 질문을 했고, 선생님은 똑같은 설명을 반복해야 했다. 한국 같았으면 귀찮고 부끄러워서라도 그만두었을 텐데, 영국 친구들은 주변의 시선 따위는 아랑곳하지 않고 이해가 갈 때까지 집요하게 물고 늘어졌다. 나로서는 경이롭다는 생각이 들 정도였다.

'푼수' 끼가 있는 세라는 특히 어처구니 없는 질문들을 많이 했다. 수업에 관련된 질문 뿐 아니라 정말 뚱딴지같은 질문까지 시도 때도 없이 던졌다. 노래를 잘 하는데다가 목소리가 우렁차서 세라가 입을 열면 누구나 귀를 기울일 수밖에 없었다. 한 번은 다들 조용히 문제를 풀고 있을 때였다. 세라가 특유의 성악 발성과 같은 목소리로 매우 진지하게 질문했다.

"유니콘이라는 게 어느 나라에 사는 동물이지? 난 한 번도 본 적이 없어서 말야."

열여섯 살이 되도록 세라는 유니콘이 현실 세계에 존재하지 않는 가상의 동물이라는 것을 몰랐던 것이다. 우리 반은 또 한 번 폭소의 도가니에 빠졌다. 세라는 또 수학 용어들도 자기 마음대로 발음했다. 아무리 고쳐줘도 'sin(싸인)'을 항상 '씬'이라고 읽는 등 난독증이 아닐까 의심될 정도였다. 곤혹스런 표정으로 "I don't understand(이해가 안 가요)."하는 것이 세라의 캐치프레이즈가 되었고, 나중에는 다들 세라의 헛소리에 적응이 되어버렸다. 세라는 우리 반, 아니 우리 학년의 명물로 자리 잡았다.

그런데 저렇게 덜렁대면서 어떻게 공부할 수 있을까 싶었지만, 시험을 보면 세라는 항상 반에서 상위권이었다. 무엇이든 자기 생각에 맞추어 이해가 될 때까지 끈질기게 질문하는 것이 세라의 공부법이 아니었나 싶다.

세라의 질문 때문에 수업 진도가 늦추어진 적이 한두 번이 아니었고, 주절거리며 자기 생각을 말하는 것을 듣다가 다른 아이들까지 헛갈리는 일이 빈번했다. 하지만 세라는 매번 자신이 수업을 통해 받아내야 할 것을 받아내고야 말았다.

사실 처음에 나는 끈질기게 질문 공세를 퍼붓는 세라를 조금 성가시게 생각했다. 하지만 가만히 생각을 해보니 공부라는 것은 자신의 호기심을 채워가는 과정이라는 생각이 들었다. 그것은 나의 의무인 동시에 나의 권리이다.

수업 시간에 모르는 게 있어도 '진도를 나가는 데 방해가 될까봐' 질문을 하지 않고 조용히 넘어갈 수도 있다. 하지만 수십 명이 함께 앉아 있는 교실에서 나와 똑같은 의문을 가진 학생이 한 명도 없을 확률은 그리 높지 않다. 선생님에게 질문을 던진다는 것은 나 자신 뿐 아니라 같은 의문을 품고 있는 다른 학생들에게도 속 시원한 돌파구를 마련해 주는 것이라고 생각한다. 이해가 안 되면 될 때까지 물러서지 말아야 한다. 우리에게는 속이 시원해지는, 재미있는 공부를 할 권리가 있기 때문이다.

누구든지 자신과 조금이라도 관련이 있는 이야기를 들을 때 더 흥미를 느끼고 적극적인 반응을 보이게 된다. 예를 들어 어젯밤에 텔레비전으로 본 드라마에 대해 이야기를 나눌 때, 남자 주인공의 태도에 대한 견해가 친구랑 서로 다르다는 사실이 확인되면 금방 불똥 튀는 논쟁이 벌어진다. 어떤 주제에 대해 나의 반응을 보여 주고, 상대방이 거기에 또 반응하고 하면서 생각이 통하고, 깨달음을 얻고, 호기심이 채워지는 과정에서 재미를 느낀다.

반면 수업 시간이 지루하고 졸리게 느껴지는 것은 나의 호기심이 충족되는 뿌듯함을 느끼지 못하기 때문이다. 내가 정말 알고 싶고 궁금한 것을 이해하게 된다면 그 지루함이 훨씬 덜어질 것이고, 내가 받아 마땅한, 즐겁고 흥미로운 수업을 할 수 있을 것이다.

그런데 질문을 하지 않고서야 어떻게 수업 시간에 나의 궁금증을 모두 채울 수 있을까? 하나를 가르쳐주면 백을 아는 천재이거나 아예 호기심이 없는 사람이 아니라면 불가능한 일이다. 가려운 곳이 있으면 긁어야 하고, 호기심은 채워져야 하는 것이 순리이다.

우리에게는 알 권리가 있다. 더 많이 알고 배우기 위해 학교에까지 다니는 학생들은 더욱 적극적으로 그 권리를 행사해야 한다. 좀 더 대담해져서, 유니콘의 원산지를 묻는 질문이라 할지라도 궁금하고 알고 싶은 건 알아내야 한다.

선생님의 설명이 이해되지 않거나 가슴 속 깊은 곳에서 나를 쿡쿡 찌르는 호기심이 있다면, 나 자신을 위해 더 많은 질문을 해야 할 때이다. 하늘을 향해 손을 번쩍 들고, 우리의 알 권리를 주장해야 할 때이다.

나의 엉뚱한 생각을 죽이지 말라

갑자기 뒤에서 공이 날아왔을 때 고양이들은 어떻게 할까? 세계적인 베스트셀러 『소피의 세계』에서, 요스타인 가더는 고양이들은 따져볼 것 없이 그 공을 죽어라고 쫓아갈 것이라고 이야기한다.

반면 우리는 '저 공을 잡아서 가지고 놀아야지.' 하는 생각보다, '저 공이 어디에서 왔을까?' 하는 반사적인 궁금증 때문에 예외 없이 뒤를 돌아보게 된다. 그 설명할 수 없는 심리, 인과 관계에 대한 궁금증, 왜 그렇지, 어떻게 그렇지, 하는 호기심. 이것은 인간이라는 존재의 가장 깊숙한 곳에 늘 자리 잡고 있다.

호기심은 인간의 뛰어난 본성 중에서도 정말 탁월한 것이라고 생각한다. 그런데 우리 주변의 현상을 설명하고 호기심을 채우기 위해 새로운 가설을 만들어 내고, 실험을 제작하고 하는 일련의 활동들이 과학의 일부라면, 과학의 발전을 위해서는 창조력이 필수적일 것이다.

하지만 과학이 이렇게 우리의 호기심과 실생활에 직접적으로 관련되어 발전해 나가는 분야임에도 불구하고 흔히 중고등학교 과학이라고 하면 주어진 사실만을 배우는 것으로 인식하기 쉽다. 물론 아직 고난도의 지식을 활용해 멋진 가설을 만들어 내고 하기에는 좀 이른 시기일지 모른다. 하지만 겨우 A 레벨 단계임에도 불구하고 우리의 상상력을 자극했던 선생님이 있었다.

저썸 선생님과 함께 A 레벨에서 우리를 가르친 생물 선생님은 친절한 미소의 영국 신사 오코너 선생님이었다. 오코너 선생님에게서는 좀 더 화학적인 측면을 다룬 부분들을 배웠는데, 먼저 탄수화물, 지방, 단백질, 핵산과 같은 미립자들에 관해 공부했다. 그런데 그 선생님은 항상 우리에게 먼저 질문하기를 좋아했다.

"콜라겐을 구성하는 아미노산의 이름이 뭐죠?"

교과서를 흘끔 곁눈질하면 대답할 수 있는 명백한 사실이라도 선생님은 항상 우리가 그것을 직접 말하도록 만들었다. 단답을 요구하는 질문이 아니라 좀 더 긴 설명이 필요한 질문들은 더 흥미로웠다.

"효소가 생화학 작용을 촉진시키는 데는 어떤 원리가 있지요?"

GCSE에서 배웠던 부분에서는 어렵지 않게 '정답'을 이야기할 수 있었다.

"활성화 에너지를 낮춰줍니다."

"활성 부위에 기질이 결합합니다."

하지만 한 번도 접해보지 못한 내용에 관해서는 지금까지 알고 있던 것만으로는 정답에 도달하지 못하는 경우가 많았다.

"효소의 작용이 억제될 수 있는 경우들로는 어떤 것들이 있을까요?"

교과서를 보지 않고 각자 생각하는 바를 말하다 보면 조금 엉뚱한 대답도 튀어나왔다.

"미생물이 효소를 먹어버릴 수도 있지 않을까요?"

효소

 하지만 선생님은 그 어떤 의견도 무시하지 않았다. 엄연한 사실을 공부하는 생물 수업이 어떻게 토론 형태로 진행될 수 있을까 하겠지만 오코너 선생님과의 수업은 그랬다. 선생님과의 토론들은 과학에 있어서 창조적인 생각이 얼마나 중요한지를 부각시켜 주었다.

 실제로 과학자들도 어떤 문제에 관해 실험을 하기 전에 먼저 예측을 해야 하는데, 이 때 이미 알고 있는 과학적 지식에 '창조성'이 뒷받침되어야 한다. 실험 데이터를 분석하고 결론을 내릴 때도 마찬가지이다. '진실은 소설보다 기이하다(Truth is stranger than fiction).'라는 말도 있으니, 처음에는 엉뚱한 것처럼 보이는 아이디어들이 훗날 정말 사실로 드러날 지도 모르는 일이다.

사실 지구가 둥글다는 것도 처음에는 꽤 엉뚱한 생각처럼 보였음에 틀림없다. 지구는 당연히 편평하다는 원래의 가설이 계산과 맞지 않는 것을 보고 '둥글다'는 생각을 해내는 것은 지금 우리에겐 당연해 보이지만, 그 때는 '무(無)'에서 '유(有)'를 창조하는 것과 같았을 것이다. 굉장한 상상력을 필요로 하는 일이었다. 하지만 결국 그것이 사실임이 밝혀졌다. '엉뚱한' 생각이 실상은 전혀 엉뚱하지 않았던 수많은 경우 중 하나이다.

내 동생이 하루는 한국에서의 방학 특강 물리 강의에서 중력에 관해 배우다가 수업 시간에 이런 질문을 했다 한다.

"똑바로 떨어지는 물하고, 비스듬한 관을 통해 떨어지는 물의 속도가 다른가요?"

진도 나가기 바쁜 때, 이런 질문은 별 필요가 없기 때문에 그냥 넘어갈 수도 있다. 하지만 정말 '중요하지 않은' 질문인가?

동생의 이야기를 듣고 호기심이 발동하여 직접 그 질문을 풀어보는데, 문득 이런 생각이 들었다.

'꼭 케임브리지 인터뷰 때 풀었던 문제랑 비슷한 것 같다……'

처음에 생각했던 만큼 간단한 문제가 아니었다.

수업 시간에 번뜩 스치고 지나가는 '엉뚱한' 생각들이 정말 별 쓸모없는 생각들일까? 이런 '엉뚱한 생각' 중 하나가 과학뿐만 아니라 모든 분야의 발전을 불러오는 알짜배기 아이디어일 수도 있다.

지금은 엉뚱하다싶을 만큼 창의적인 생각을 권장하는 교육 분위기가 절실하다. 그래서 우리의 '엉뚱한' 생각을 하나라도 소홀히 여겨서는 안 된다고 생각한다. 조그마한 소리로 웅얼거릴 것이 아니라, 자신 있게 펼쳐나가야 한다. 반박이 들어온다면 오히려 반갑게 맞아야 한다. 그것을 이용해 나의 소중한 의견을 더 매끄럽게 다듬을 수 있기 때문이다.

어느 날 갑자기 퍼뜩 떠오른 생각 하나가 온 세상을 바꾸는 천재적인 아이디어일지도 모른다. 혹시 온 세상을 뒤흔들지는 못한다 해도, 우리가 사는 세상에 대한 호기심을 조금 더 충족시켜주는 유용한 아이디어일지 모른다. 당당하게 내놓고, 보완하고, 방어할 준비를 하자.

홀로 서기

학년이 높아지면, 한국처럼 교육열이 높은 나라에서는 학원이나 과외를 시작하는 것이 일반적이다. 많은 도움을 받을 수 있는 좋은 기회이긴 하지만, 조심하지 않으면 거기에도 단점이 있을 수 있다.

요즘 집중력이 떨어지고, 혼자 문제를 해결하는 능력이 없는 아이들이 많다는 우려의 목소리를 종종 듣는다. 그것은 아마도 자기 스스로 생각할 기회를 별로 활용하지 않아서가 아닐까 생각해 본다.

그렇게 본다면, 영국의 공립학교에서 스스로 공부하며 고생한 것이 나에게는 오히려 도움이 되었다고 생각한다. 그 상황에서 내게 너무 많은 도움이 주어졌다면 과연 제대로 성장할 수 있었을지 의문이다. 어쩌면 혼자 문제를 풀어나가는 능력을 기를 수 없었을지도 모른다.

결국 공부란 혼자 하는 것이 아닌가. 물론 공부라는 것을 성적을 올리는 '단기전'으로 생각할 것인지, 아니면 공부하는 방법 자체를 스스로 터득하는 '장기전'으로 생각할 것인지가 문제다. 하지만 '공부는 평생이다.'라는 말을 떠올리면, 누가 고기를 잡아서 끓여주는 매운탕을 받아먹는 것보다는 고기 잡는 법을 익히는 쪽이 더 현명하다고 생각한다.

서울대 수학과에 다니는 학생에게 공부 방법을 물었다. 그의 대답은 이랬다.

"특별한 공부 방법이라고 할 건 없고, 그냥 독학했어. 학원에 다니는 것보다 혼자 공부하는 게 어쩌면 더 많이 배우는 것 같아서. 그냥 이해될 때까지 나 혼자 씨름했지. 그러다 보니 나 혼자만의 노하우가 쌓인 것 같아."

너무 단순한가? 아니면 너무 많이 들어본 말인가? 하지만 이것만큼 효과적인 공부법은 없다는 것에 나는 동의한다.

　지금까지 다른 사람이 가르쳐주는 대로만 해왔기 때문에, 학원 선생님이 풀어주는 것만을 받아 적어 왔기 때문에 홀로서기가 무섭게 느껴진다는 친구를 만난 적이 있다. 하지만 자신에게 충분히 혼자 공부할 능력이 있다는 확신을 가져야 한다. 그 능력을 계속 활용해서 개발시켜야만 내 자신에게 무엇이 필요한 지도 알 수 있게 되고, 가장 적절한 도움을 청하여 그 필요를 충족시켜 나갈 수 있다.

영국의 교육 제도 중 바람직하다고 생각했던 것 중 하나가 코스워크라고 불리는 개인 연구 과제였다. 물론 코스워크에 짓눌려 고생한 기억이 많지만, 혼자 아둥바둥하면서 코스워크와 씨름하는 것은 정말 확실한 공부 방법이었다.

9학년 때는 아직 '코스워크'라는 명칭으로 불리지 않았지만 그래도 연구 과제가 주어졌다. 처음 받았던 연구 과제는 수학에서 있었는데, '팔각형 고리(Octagon loops)에 관한 연구'였다. 선생님은 우리에게 연구 제목과 간단한 설명이 적힌 종이 한 장과 정팔각형을 그릴 수 있도록 점이 찍혀 있는 종이 몇 장을 나누어 주었다.

Octagon Loops (팔각형 고리)	examples of octagon loops (팔각형 고리의 예)
Investigate loops made up of regular octagons(정팔각형으로 만들어진 고리에 관해 연구하라). e.g. number of edges, circumference (예 : 변의 개수, 둘레 길이)	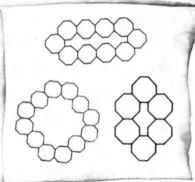

그게 전부였다. 구체적으로 무엇을 어떻게 연구해야 하는 지를 가르쳐 주지 않았고, 모든 것을 내가 스스로 정해야 했다. 어디에서부터 시작해야 할 지 그저 막막하기만 했다.

"스텔라, 뭘 어떻게 하는 거지?"

"글쎄, 나도 잘 모르겠는데?"

다른 친구들도 어리둥절해 하기는 마찬가지였다. 이런 연구 과제를 받은 것은 이번이 처음이었다. 어떻게 하나 고민을 하고 있는데, 몇몇 학생들은 벌써 여러 가지 고리 패턴을 그려본 다음 바로 보고서를 써 내려가고 있었다.

가로에 있는 팔각형 수	1개	2개	3개	4개	5개
변의 개수	28	42	56	70	84

홉스 선생님은 교실을 돌아다니면서 다들 잘하고 있다고 말했다. 아직 9학년밖에 되지 않았기 때문에 더 체계적인 것을 기대하지는 않는 것 같았다. 대부분의 학생들이 기초 연구도 없이, 또 아무런 정의도 내리지 않은 채 무작정 그림을 그리고, 변의 개수를 세고, 둘레 길이를 계산하고 있었다. 어떤 아이들은 직사각형 모양의 패턴을, 어떤 아이들은 정사각형 모양의 패턴을 연구하는 등 특별한 계획이 없이 뒤죽박죽이었다.

하지만 나는 머리가 복잡해서 도저히 시작할 수가 없었다. 과제를 받은 후 한 주 동안 이런저런 정팔각형 고리들을 만들어보고, 변의 개수와 둘레 길이 외에도 여러 소주제들을 생각해 보며 나는 전체적인 틀을 잡으려고 노력했다. 그렇게 고민을 한 후에야 비로소 본격적으로 연구 보고서를 써 나갈 수 있었다.

스텔라는 내가 한 주 동안 연습장에 끄적거리고만 있는 것을 보면서 뽀뽀뽀 웃음을 지었다. 아직 잘 이해가 가지 않아서 쓸데없이 시간 낭비만 하고 있다고 생각하는 것 같았다. 하지만 내게 그것은 절대 시간 낭비가 아니었다. 내가 연구할 대상을 확실하게 한정하고 정의하는 과정이었으며, 그 과정을 거친 후에야 어떻게 이 연구 과제를 풀어나갈 것인지에 관한 구체적인 체계가 잡혔다.

이런 식으로 연구 과제에 관한 나만의 규칙을 정한 후에는 팔각형 모양이 점점 커져 가면서 변의 개수는 어떻게 늘어가는지, 내부 모양은 어떻게 변하는지, 도형의 넓이 또 대각선 길이는 어떻게 변하는지 등의 소주제를 놓고 연구했다. 각 소주제도 우선 정확하게 정의를 내린 후에 계산에 들어갔다.

이 연구 과제에 포함된 계산들은 매우 단순했다. 똑같은 식이 여러 번 반복되는 것을 나중에 공식으로 바꾸면 되었다. 하지만 그것이 결코 쉽다고만은 할 수 없었다. 처음부터 끝까지 모든 것을 내가 구성하고, 내가 생각해 내고, 내가 평가하고, 내가 해결해야 했다. 집중하지 않고는 도저히 아이디어가 떠오르지 않기 때문에 조금만 한눈을 팔면 아예 진전이 없었다.

마무리 지을 즈음, 나는 더욱 색다른 것을 첨가하고 싶었다. 집 근처의 도서관으로 달려가서 브리태니카 고난도 지식 백과사전에서 '도형' 항목을 찾아보았다.

거기에는 어마어마한 양의 정보가 들어 있었다. 목차를 살펴보니 도형의 성질 중 내가 알지 못했던 것 하나가 눈에 띄었다. 'Compactness value(밀집도의 값)'이라고 되어 있었는데, 흥미가 생겨서 정의부터 확인해 보았다.

'도형의 넓이가 그 중심에 얼마나 밀집되어 있는가를 나타낸 값' 설명을 읽어 보니 내 연구 과제와도 어느 정도 연관성이 있는 것 같아서 공식을 받아 적었다.

$$\frac{4A}{\pi(2d)^2}$$

다음 날 홉스 선생님에게 나의 새 아이디어를 보여줬다. 선생님은 고개를 갸우뚱했다.

"그게 뭐지?"

나는 신이 나서 개념을 설명하기 시작했다. 밀집도란 한 도형의 넓이가 중심에 밀집되어 있느냐 아니면 퍼져 있느냐를 나타낸 값이기 때문에 가장 밀집도가 높은 도형은 원(circle)일 거라고 덧붙였다.

난생 처음 해보는 연구 과제인지라 힘들기도 했지만 내 노력을 통해 완성되어가는 것을 볼수록 보람을 느꼈다. 연구 내용 자체에도 많은 생각을 쏟았지만 보고서를 보기 좋게 꾸미는 데도 정성을 들였다. 큼지막하게 그린 도형들을 그대로 잘라서 보고서에 갖다 붙이는 다른 아이들과 달리, 나는 도형들을 깔끔하고 보기 좋게 축소 복사하였다.

다 완성된 보고서를 제출하던 날 얼마나 기분이 좋았는지 모른다. 내가 보기에 내 연구 보고서는 다른 친구들 것에 뒤지지 않아 보였다. 이로 인해 나도 하면 할 수 있다는 자신감이 생겼다. 비교적 단순한 수준이라 할지라도 그 안에서 어느 정도 창의성을 발휘하여 스스로 하나의 목표를 이루어낸 것이다. 결국 그 코스워크로 반에서 가장 좋은 평가를 받았던 일은 영국에서의 '스스로 하는' 공부에 자신감을 가지고 적응할 수 있게 만들어준 큰 계기가 되었다.

A 레벨로 올라가면서 코스워크는 더 깊이 있어지고, 더 길어졌다. 한 편을 완성하기 위해 쏟는 시간도 굉장했다. 하지만 그렇게 한 번 공부하고 나면 그 부분은 시험 준비할 때 다시 보지 않아도 괜찮을 정도로 머리 속에 심어졌다. 달달 외워서가 아니라 내가 하도 그 내용을 이리 저리 주물러보았기 때문이다. 혼자 붙잡고 씨름하는 사이 그것은 나도 모르게 내 일부가 되어버렸다.

대학이나 대학원으로 올라갈수록 홀로 서기의 싸움은 치열해진다. 스스로 연구하고 창작해나가는 능력이 중요해진다. 한국에서도 중고등학교 시절부터 이런 홀로 서기를 훈련해 나간다면 후일 학생들에게 큰 도움이 되지 않을까 하는 생각이 든다. 많은 학생들이 깨닫지 못하는 바이지만, 우리 모두의 안에는 훌륭한 선생님이 들어있다.

가장 좋은 공부 방법은 가르치는 것이라고 한다. 그렇게 할 때 내가 다루는 부분을 속속들이 이해하게 된다. 그런데 다른 사람을 가르치는 것도 효율적인 공부 방법이지만, 자기 자신을 가르치면서도 그만한 효과를 낼 수 있을 않을까?

내가 물리를 짧은 시간 동안 공부하고 좋은 성적을 얻은 것은 독학 때문일 수도 있다고 생각한다. 쉽게 이해되는 부분은 빨리 넘어가고, 꼭 필요한 문제만 풀고, 또 어려운 부분은 며칠을 붙들고 씨름하며 해결하는, 이른바 '맞춤 공부'가 가능했던 것이다. 시간 낭비가 훨씬 적었고, 내가 학생이자 선생님이다 보니 나의 실력을 더 확실하게 파악할 뿐 아니라 물리를 공부하는 요령도 더 빨리 생겼다.

한치 앞만 보는 것이 아니라 좀 더 멀리 내다본다면 사소한 것에서부터 홀로 서는 연습을 해야 한다고 생각한다. 과외와 학원을 통해 받는 도움도 아무 생각 없이 받아들이지 말아야 한다. 나의 판단을 거쳐 옳다고 생각되는 정보를 찾아내고, 내가 공부하기 좋은 방식을 찾아내서 재미있게 배우고, 나만의 기발한 아이디어를 활용해 보아야 한다.

이러한 과정이 계속될 때 자기만의 멋진 노하우가 생기고 진정한 실력이 생긴다. 최대한 자기 스스로 공부하려는 노력은 세계 어디에서든지 더 높은 성적 뿐 아니라 더 큰 재미를 줄 것이라고 믿는다.

3. 나로부터 시작하는 공부

내 머리와 가슴으로부터 솟구쳐
오르는 공부가 진정한 공부다

공부는 능동성이다

제대로 하는 공부의 원동력은 호기심과 성취욕을 비롯한 여러 동기에서 나오는 능동성이라고 생각한다. 하고 싶어서 자발적으로 하는 공부는 필연적으로 '이해식'으로 흐르게 되어 있다. 느낌이 오도록 '자세히' 공부하는 것은 능동성이 없으면 할 수 없다. 귀찮기 때문이다.

그러나 공부에서 재미를 느끼고, 나아가 그 재미에 푹 빠진 사람들은 남들이 귀찮아하는 것도 마다 않는다. 모르는 게 있으면 알게 될 때까지 끝까지 물고 늘어진다. 이해가 될 때까지 한다. 이런 공부를 이길 방법은 절대 없다.

비판적인 사고라는 것도 따지고 보면 능동성의 일부라고 생각한다. 머리 속에 환하게 불이 켜져 있어야 새로 얻는 지식을 나의 기존 지식과 비교하면서 능동적으로 처리하고 받아들일 수 있다. 그래서 어떤 자료이든지 비판적인 시각을 가지고 바라보는 것은 두뇌의 능동성이라고

할 수 있겠다.

 아무리 권위 있는 교과서에 나온 내용이라 해도, 아무리 유명한 사람이 한 말이라 하더라도 우리는 그것을 무조건 받아들일 이유가 없다. 이해가 가지 않거나 억지라고 생각되는 부분 때문에 머리 속에서 앞뒤가 맞지 않는다면 선생님에게 바로 질문을 하든지, 밤새 인터넷과 참고 서적을 뒤져서라도 그 의문을 꼭 풀고 넘어가야 직성이 풀리는 학생이 바로 능동적인 '이해식' 공부를 하고 있는 것이다.

 수업 시간에 선생님 말이 이해가 안 된다며 조목조목 반박하는 영국 학생들이 맞는 말만 한 것은 아니다. 오히려 그 반대인 경우가 많았다. 하지만 그렇게 습득한 지식은 '문제 제기'라는 과정을 통해 확실히 이해되기 때문에 머리에 오래 남는다.

 엉뚱하게 보일 각오를 한 용감한 학생들, 아니 질문하는 것을 당연하게 여기는 학생들에 의해 그런 의문이 제기되지 않는다면 지식 세계의 발전도 없을 것이다. 그러므로 창의적인 것을 넘어서 엉뚱하다 싶을 정

도이지만, 귀를 기울여 보면 논리적 사고력이 풍성한 질문일 수도 있는
것이다.

　제대로 된 공부를 하려면 또한 집중력이 필요하다. 집중력이란 장기
적인 능동성이라고 생각한다. 내 머리 속에 불을 계속 환하게 켜 놓고,
나에게 주어지는 지식을 최대한 효율적으로 흡수할 수 있도록 머리를
바쁘게 움직이는 것이다.

　뒤에서 언급하게 될 물리의 '단조화 운동'(307쪽)과 같은 비교적 고난
도의 지식을 이해하려면 경우에 따라 장시간의 집중력이 필요할 수도
있다. 한 내용에서 다음 내용으로 넘어가는 고리들을 하나하나 잘 이해
해야 한다. 이 때 두뇌가 능동적으로 정보를 처리하지 않으면 실마리를
놓치게 되고, 다시 원점으로 돌아가는 수가 있다.

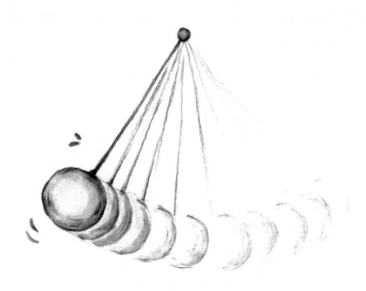

나는 소위 '귀차니즘', 귀찮아하는 병에 시달릴 때가 있다. 하지만 게으른 마음 자세로는 절대 공부를 할 수 없다. 교과서를 읽다가 모르는 사람의 이름이 나오면 그 사람은 누구길래 이런 말을 했을까 궁금하지 않은가? 백과 사전을 찾아보고, 인터넷을 뒤질 의욕이 있는가? 없다면 의욕, 더 나아가 능동성을 키우는 것이 최우선이라고 생각한다.

이해하며 하는, '제대로 된' 공부의 핵심은 능동성이기 때문에, 선생님, 과외, 교육 제도와 같은 외부적 요소보다는 나 자신이 중요하다. 교육의 중심은 가르치는 사람이 아니라 학생 자신이다. 공부는 바로 여기, 내 안에서 시작한다. 그렇지 못한 공부는 힘들 수밖에 없다. 내 머리 속에, 마음 속에 꿈이 있고 동기부여가 되어 있어야만 제대로 공부를 시작할 수 있다.

물론 영국 가기 전 청개구리였던 나는 그렇지 못했다. 하지만 나에게도 동기부여의 길이 있었다. 그리고 그것이 내 여정의 출발점이었다.

'나' 라는 아이가 왜 이렇게 많이 변했을까, 한 번 생각해 보았다. 학교에서 치마 수선을 담당하고, 거의 매일 지각을 해서 오리걸음으로 학교를 돌고, 선생님의 걱정어린 충고조차 듣기 싫어하던 구제불능의 학생이 도대체 왜, 어떤 과정을 거쳐서 변화한 것일까?

우선 첫 번째 요인은 당연히 환경의 변화였을 것이다. 하지만 처음 영국에서 나는 공부를 잘해야 한다는 부담감이 없었다. 한국에서도 공부를 못했기 때문이었다. 최선을 다하기로 다짐하고 아빠를 따라 유학을 왔지만 솔직히 스스로 많은 것을 기대하고 있지는 않았다.

9학년 내내 대부분의 과목에서 중위권 반에 속하기는 했지만 영어에 익숙하지 않아서 수업 내용을 완벽히 이해하지 못했다. 또 우리 학교는 공립학교라서 그런지 공부를 열심히 하는 학생들이 그리 많지 않았다. 게다가 난 한국에서부터 공부를 싫어하던 아이가 아닌가. 모든 것을 종합하여 보았을 때 어쩌면 내가 있는 곳에서 만족하면서 새로 만든 친구들과 놀러 다니며 편안한 마음으로 유학 생활을 보낼 수도 있었다.

그런데 정말 이상했다. 환경이 너무 생소해서 그랬는지 아니면 내가 드디어 정신을 차렸는지, 나는 적어도 내가 하고 싶은 숙제가 있을 때면 밤늦게까지 되지도 않는 영어를 쥐어짜며 정말 최선을 다하였다. 학교 갔다 온 첫날 밤 새벽녘이 되도록 했던 역사 숙제처럼 말이다.

지금 생각해 보면 그리 필수적인 과제물도 아니었고, 숙제하기가 싫으면 선생님에게 이해가 잘 안 간다고 말만 하면 그만이었는데 왜 그렇게 목숨을 걸었는지 모른다. 영국에서도 영어, 수학 그리고 과학은 한국의 국영수에 해당하는 중요성을 지니지만, 나는 역사, 지리, 종교, 프랑스어와 같은 '기타 과목' 숙제를 하느라 밤을 지새운 적이 많았다.

학교에 다니기 시작한 지 얼마 안 된 한 종교 시간이었다. 불교에 관해서 배우는 중이었는데, 환생(reincarnation)의 교리에 관하여 조사해 오라는 숙제가 있었다. 난 그 날 저녁 피곤한 아빠를 붙잡고 환생에 관해 설명해 달라고 졸랐다. 그러자 아빠는 환생뿐만 아니라 윤회를 비롯한 불교의 기본 사상들을 폭 넓게 설명해 주었다.

이런 강의를 들은 후 나는 처음으로 짤막한 '에세이' 비슷한 것을 쓰기 시작했다. 영어로 바로 쓰려니 내 영어 실력이 따라 주지 않아서 우선 대충 개요를 잡고 한글로 써 나갔다. 그랬더니 보고서 형식의 글이 나왔다. 다음에는 영어로 번역을 해야 했는데 시간이 정말 오래 걸렸다.

연습장에 썼다 또 썼다를 반복하며 적어도 내가 보기에는 흠 잡을 곳이 없도록 교정한 후, 드디어 내 첫 영문 '에세이'를 공책에 정성 들여 옮겨 적었다. 글씨가 틀리면 찍찍 긋는 대신 수정액을 써가며, 최대한 예쁘게 보이도록 했다. 아래 여백에는 부처상을 익살맞게 그려놓았다. 다 마치고 나니 새벽 2시가 다 되어갔다.

한 주일 내내 난 빨리 종교 수업 시간이 왔으면 했다. 기다리는 것이 있으면 항상 그러하듯 시간은 느릿느릿 기어갔고, 드디어 다음 수업 시간에 난 두근거리는 마음으로 공책을 꺼내어 책상에 올려놓았다. 수업이 끝난 후 선생님은 우리 공책을 검사하기 위해 다 걷겠다고 했고, 난 속마음과는 달리 덤덤한 표정으로 공책을 낸 후 교실을 빠져나갔다.

다시 한 주일이 지나서야 나는 노력의 결실을 맛보았다. 종교 수업이 시작하자마자 선생님은 우리의 공책을 되돌려 주었다. 그런데 나는 다른 아이들이 받지 못한 크레디트(credit), 즉 상점(賞點)을 선사 받은 게 아닌가! 선생님이 옆에다가 "자세하고 재미있게 조사했습니다. 참 잘했어요." 라고 쓴 것도 보였다.

솔직히 대단한 일은 아니었지만, 숙제를 열심히 해서 칭찬 받는 것은 매번 나에게 굉장한 의미가 있었다. 내가 진심으로 흥미를 느끼고 잘하고 싶어서 도전했으며 그런 나의 노력이 인정받았다는 것은 신선한 충격이었고, 그 기분은 중독성이 있었다.

영국에서 내가 공부를 쉽게 하지 못했다는 것을 알 것이다. 간단한 단어도 알아듣지 못해서 쩔쩔매고, 수업 시간의 반은 전자 사전만 들여다보고 있고, 모든 숙제를 한글로 썼다가 다시 영작하는 등 산 너머 산이었다. 내가 그 당시 썼던 것들을 읽어보면 그야말로 실수의 연발이었다.

하지만 그런 내가 희망을 가질 수 있었던 것은 선생님들의 아낌없는 칭찬과 격려를 매일같이 들었기 때문이었다. 내가 맨 처음 했던 베르사유 조약에 관한 역사 숙제는 백 퍼센트 정확하지 않았다. 그럼에도 불구하고 머리가 희끗희끗한 할머니 역사 선생님은 나에게 열심히 했다며 칭찬해 주었다. 그 한 마디로 인해 얼마나 용기를 얻었는지 모른다. 다음에는 더 잘하고 말겠다는 굳은 결심을 하게 만들었다. 공부를 싫어하던 아이에게 그것은 커다란 사건이 아닐 수 없었다.

부족하고 모자란 이 학생에게도 칭찬과 격려를 아낌없이 부어준 모든 선생님들, 그리고 부모님에게 이 자리를 빌려 진심으로 감사하다는 말씀을 전하고 싶다. 그러한 큰 사랑이 없었더라면 자꾸 주저앉았던 내가 다시 일어나 노력하기를 반복할 수 없었을지 모른다.

사람이라면 누구나 슬럼프가 있다. 아무리 상향 곡선을 타고 날고 있다 하더라도 예기치 못하는 한순간 하향 곡선으로 바뀌면서 마음이 점점 늘어지고, 목표가 흐릿해지고, 만사가 귀찮아질 수 있다.

나에게도 슬럼프는 갑작스럽게 찾아온다. 별것 아닌 것 같은 작은 일들이 쌓이고 또 쌓이다 보면 어느새 기분이 축 처져있다. 학교에 갔다 와서 가방을 열어보기도 싫다. 숙제를 하려고 해도 지긋지긋해서 참을 수가 없고, 책상에만 앉으면 가슴이 터질 것 같이 답답하다. 내가 왜 꼭 공부라는 것을 해야 하는지 회의가 든다.

이런 상황에서는 그 어떤 공부를 해도 머리에 들어올 수 없다. 할 마음이 없기 때문에 당연히 능동적일 수 없고, 공부는 나로부터 시작할 수 없다. 이때는 책상에 억지로 앉아있어야 할 때가 아니라고 생각한다. 그보다 더 시급한 것이 있다.

슬럼프에 빠져서 목표가 뚜렷이 보이지 않는다면, 그 때는 다시 한 번 동기 부여를 해야 할 때다. 내 마음 속에 다시 불을 환하게 켜야 할 때다.

당신은 어떻게 자신에게 동기를 부여하는가? 잃어버린 흥미와 관심을 어떻게 되찾을 수 있을까?

한 번은 피아노 연습이 귀찮아서 거의 한 달 동안 피아노 건반을 만져보지 않은 적이 있다. 그러다가 런던의 로얄 알버트 홀에서 있었던 마르타 아르헤리치의 피아노 협연을 보러 가게 되었다. 평소 내가 굉장히 좋아하는 피아니스트의 연주를 처음으로 직접 듣게 된 것이다. 그런데 30분 가량 이 거장의 연주를 들은 후 가장 먼저 내 머리 속에 떠오른 생각은 '앙콜을 듣고 싶다.' 가 아니었다.

'빨리 집에 가고 싶다!' 였다.

그 이유는 무엇이었을까? 바로 피아노가 치고 싶어서였다. 내가 아무리 게으르고 피아노 연습을 싫어한다 해도 굉장한 음악회에 한 번 다녀오면 그 효과가 적어도 2주일은 갔다. 런던에서 밤 기차를 타고 피곤한 몸으로 집에 12시가 넘어 도착한 후에라도 피아노가 치고 싶어서 몸이 근질거리는 것이다.

공부하기가 귀찮아서 좀이 쑤시다가도, 바람을 쐴 겸 서점에 한 번 가서 참고서를 뒤적여보고, 이런저런 책도 읽어보고 하면 어느새 180도 바뀌어 있는 내 자신을 발견한다. 공부해야 할 재미있는 것들이 이렇게 많은데, 이 친구는 이렇게 열심히 공부하는데, 하면서 자극을 받다 보면 지금 내가 이러고 있을 때가 아니라는 생각이 퍼뜩 든다. 그래서 결국 손에 들고 있던 책을 내려놓고 발걸음을 재촉해서 집에 돌아오게 된다.

프랑스어를 그렇게 열심히 공부했던 것도 하쉘 선생님과 선생님의 친구들을 만난 것 때문이 아닐까 생각한다. 프랑스어를 잘하는 사람들이 옆에 있으니, "봉주르! 싸바(안녕! 잘 지내)?" 이상의 프랑스어를 배우고 싶은 욕심이 생기는 것은 자연스러운 현상이었다. 그 기세를 타고 계속 열심히 매진한 것이 좋은 성과를 거둔 비결이었다.

내가 뒤늦게 A 레벨 물리를 시작하게 된 배경도 그렇다. 원래 물리에 그다지 큰 흥미가 없었지만, 물리를 재미있어 하는 아이들을 자주 만나다 보니 자연히 물리를 공부해보고 싶어졌다. 또한 『뉴 사이언티스트』지를 매주 구독하며 최첨단 연구를 접하다보니 지속적으로 흥미가 유발되었다. 그러니 슬럼프가 찾아올 겨를조차 없었다. 후에 대학 전공과목으로 과학을 선택하는 것은 거의 당연한 것처럼 느껴졌다.

A 레벨을 공부하는 2년 동안 공부가 재미없게 느껴지기 시작할 때면

나는 컴퓨터를 켰다. 게임을 하거나 메신저로 채팅을 하면서 스트레스를 풀 때도 있었지만, 정말 공부가 필요하다고 생각될 때는 내가 자주 찾는 웹 사이트로 향했다. 그것은 바로 케임브리지와 옥스퍼드를 비롯한 영국의 명문 대학 홈페이지들이었다.

　각 대학의 역사, 전통, 교수진, 전공과목들, 입학 조건 등을 읽다보면 너무 흥미진진해서 나도 모르는 사이 긴 시간이 흘러가 있었다. 하지만 나는 그것을 시간 낭비로 생각해 본 적이 없다. 컴퓨터에서 눈을 뗄 즈음이면 새로운 의욕에 불타는 가슴을 어떻게 해야 할지 모를 정도가 되었기 때문이다.

아무리 쉬운 일이라도 마음이 따라주지 않으면 할 수 없다. 반대로, 마음 자세가 바뀌면 아무리 불가능해 보이는 일이라도 해낼 수 있다. 참을 만큼 참아서 더 이상 못 참겠다고 생각될 때, 하지만 포기해서는 안 될 때, 마음 자세를 바꾸려고 노력해보는 건 어떨까. 참아야 하니까 억지로 참으면서 하는 수준의 공부가 아니라 정말 하고 싶어서 하는 최상의 공부를 하게 될 것이다.

좋은 것을 많이 보고 접할수록 그 쪽을 지향하게 되고 자연스럽게 목표가 뚜렷해진다. 그리고 목표가 뚜렷할수록 더 구체적이고 적극적인 노력을 쏟으며 발전하게 된다. 사람은 바라보는 대로 변한다는, 어렸을 때 들었던 큰 바위 얼굴 이야기가 맞는 것 같다. 우리 마음 속의 그 큰 바위 얼굴은 그 어떤 슬럼프도 산산조각 낼 수 있는 어마어마한 힘을 가지고 있다.

처음에 영국 선생님들이 내게 큰 기대를 걸지 않았다는 것을 기억할 것이다. 9학년 말에 패어런츠 이브닝에서 나에게 영문학은 무리일거라고 했던 존스 선생님, 역사를 선택하지 않는 편이 좋을 것이라고 조언했던 역사 선생님, 그리고 독일어 배우는 것을 허락하지 않은 외국어 담당 선생님 모두 현실적인 판단을 한 것이었다.

이전의 나였다면 그런 부정적인 말에 사로잡혀서 포기해버렸을지도 모를 일이다. 하지만 그 때 그렇게 하지 않았다는 것에 정말 감사하다.

차가운 물체에 맞닿아 있으면서 뜨거워진다는 것은 불가능한 일 같아 보인다. 그러나 주위에서 낙담되는 말을 할 때 오히려 더 뜨겁게 달아오르는 사람들이 있다. 100미터를 수영하지 못할 거라고 하면 200미터를 수영해보이고, 시험을 잘 못 볼거라는 소리에 일등을 해 보인다. 우리는 이 신기한 능력을 '오기'라고 부른다.

"좋은 생각이긴 한데, 현실적으로는 불가능해."

"노력은 가상하지만, 너무 큰 기대는 하지 마."

"목표를 지금보다 조금 낮춰야 하지 않겠어?"

나는 이런 말을 들었을 때 주저앉는 대신 활활 타오르는 멋진 사람이 되고 싶다. 누군가가 자신을 과소평가한다는 것이 그렇게 나쁜 일만은 아니다. 만약 그들의 기대를 뛰어넘게 된다면 그 성취감은 훨씬 더 클 테니까. 아마도 그런 생각에 나는 부담 없이 용기를 내서, 더 신나게 도전하기로 마음먹었던 것 같다.

선생님들로부터 부정적인 평가를 들은 9학년 패어런츠 이브닝으로부터 2년 후, GCSE 성적표를 받아든 나를 쳐다보는 선생님들의 놀란 눈

을 보며 나는 내 작은 목표를 드디어 이루어냈다는 것을 알았다. 선생님들의 친절하면서도 현실적인 기대를 뛰어넘을 수 있었던 것은 내 기대, 내 목표가 더 높았기 때문이라고 생각한다. 나 자신의 당찬 기대를 내 스스로 조금씩 실현해 나가는 것이었기에, 쉽지 않은 과정이라도 즐길 수 있었다.

객관적으로 낙담이 되어 보이는 상황이라도 내가 열심히 노력하여 만족할 만한 성과를 이루면 더 노력하고 싶어지는 것이 사람이다. 그렇게 해서 조금 더 큰 성과를 이루게 되고, 또 더 노력을 하고픈 마음이 생기고 하는 것이다. 이 상승 기류에 한번 휘말려 들어가면 걷잡을 수 없이 위로, 위로 올라가게 된다. 날개가 돋아나는 것이다. 그 날개로 어디까지 날아오를 수 있을지는 각자의 상상에 맡긴다.

한국의 꼴찌 소녀 케임브리지 입성기

ii. 에스더의 노트 필기를 소개합니다

1. 암기식 노트 필기, 이해식 노트 필기

한국에서 중학교에 다닐 때, '노트 검사'라는 말만 들으면 가슴이 철렁 내려앉았다. 평소에 착실하게 노트 정리를 해 왔으면 좋았을 텐데, 난 그렇지 못했다. 노트 검사가 내신 성적에 반영될 수 있다는 말에 친구의 공책을 빌려서 쉬는 시간이고 점심시간이고 베꼈다. 그래도 마치지 못하면 그 고생이 집으로까지 이어졌다. 몇 주, 혹은 몇 달치 필기를 하룻밤에 써야 하는 '중노동'에 시달리고 나면 손은 물론 팔까지 후들거릴 지경이었다.

그런데 팔에 알까지 배겨가며 힘들여 한 노트 정리가 내 공부에 얼마나 도움이 되었을까? 보기에 깔끔할지는 몰라도 그 내용이 머리 속에 잘 입력될 리 없다. 물론 나의 무관심과 게으름이 가장 큰 원인이었지만, 나름대로 시간과 노력을 투자했음에도 불구하고 별다른 도움이 안 된다고 생각하니 공부에 대한 회의만 더 깊어졌다.

한국에서 내가 중학교 때 쓴 공책들을 보면 어떤 과목이든 다 비슷하다. 빈 공간이 거의 없이 글씨만 빽빽하다. 간혹 생물이나 수학 같은 과목은 그림이 들어갈 때도 있었지만 그리 큰 비중을 차지하지는 않았다.

물론 큰 제목, 소제목 등을 단정하게 나누고 똑바로 줄을 맞추고 글자도 또박또박 써서 보기에는 굉장히 깔끔했다. 그도 그럴 것이, 나는 필기를 할 때 웬만한 참고서만큼 보기 좋게 '편집'하는 것을 목표로 했다. 정작 내용에는 신경 쓰지 않고, 그저 칠판의 내용을 체계적으로 베껴 놓으면 뭔가 될 것이라는 생각이었다. 그런데 영국 학교에 다니면서 나의 이런 틀이 깨어지기 시작했다.

영국에서는 11학년까지 공책을 학교에서 제공한다. 엑서사이즈 북(Exercise Book)이라고 불리는 이 공책들은 한국의 예쁜 공책들과는 거리가 멀다. 처음에는 주워온 것처럼 초라해 보이는 엑서사이즈 북이 정말 맘에 들지 않았다. 그래서 한국에서 가져온 예쁜 공책들을 사용해보기도 했다. 그런데 이상하게, 시간이 지날수록 그 못생긴 엑서사이즈 북이 한국 공책보다 필기하기에는 훨씬 편하다는 사실을 알게 되었다.

9학년 화학 시간은 이 점에 있어서 특히 기억에 남는다. 수업 시간마다 실험을 한 후에는 공책에다가 짤막하게 실험 보고서를 쓰는 숙제가 항상 있었는데, 그 중 실험 과정을 설명할 때는 언제나 실험 도구 등을 직접 그림으로 그려야 했다. 이것은 나에게 조금은 충격이었다. 우선 그 그림들은 전혀 '과학적'으로 보이지 않았다. 명색이 중학교 3학년인데 좀 더 복잡하고 '어른스러운' 학문을 배우지 못할망정 수업 시간마다 공책에 그림 공부를 하고 있으려니 유치하다는 생각까지 들었다.

그래서 대충 넘어갈 수도 있었겠지만, 어쨌든 난 색연필까지 동원해가며 열심히 그림을 그렸다. 그런데 정말 신기한 점은, 그렇게 '유치찬란한' 공책을 내가 자꾸 들여다보게 되었다는 것이다. 한국에서처럼 예쁘게 줄이 맞춰진 노트 정리가 아니라 어떻게 보면 좀 지저분하다는 느껌이 들 정도였지만, 오히려 더 마음에 들고 머리 속에 오래 남았다.

진정 유용한 노트 필기는 많은 생각을 요구한다. 가장 중요한 것은 노트 필기를 하는 이유를 스스로 깨닫는 것이다. 선생님에게 검사를 받으려고 반 강제로 해왔던 한국에서의 내 노트 정리가 잘못됐던 이유도 거기에 있었다고 생각한다. 내가 그 일을 함으로써 무엇을 얻고 싶은지 뚜렷한 목표가 부족했던 것이다.

게다가 나는 노트 필기라고 하면 글씨만 깨끗하게 줄 맞춰 써 놓을 줄 알았지, 그 밖의 다양한 테크닉들에 대해 전혀 아는 바가 없었다. 이러한 이유들로 인해 나는 내가 투자한 시간만큼의 성과를 얻지 못했던 것이다.

한국에서와 마찬가지로 영국에서도 수업 중에 받아 적는 필기나 교과서 내용을 정리하는 필기가 많았다. 그런데 그 형식이 한국에서와 크게 다르지 않았는데도 전과 달리 나에게 매우 큰 도움이 되었다. 무엇이 달라서 그랬을까?

아무 생각 없이 받아쓰는 것이라면 시간 낭비겠지만, 칠판의 필기를 받아 적거나 교과서의 내용을 다시 한 번 정리해서 쓰는 것은 경우에 따라 단순한 복사본 만들기 이상의 효과를 낼 수 있다.

교과서를 여러 번 읽는다고 해서 그 내용이 머리 속에 체계적으로 정리된다는 보장은 없다. 그런데 이 '정리'의 과정을 가속화시킬 수 있는 방법이 필기이다. 교과서가 완곡한 서술식이라면 그것을 간결하게 다듬어서 전체적인 흐름을 볼 수 있게 하거나, 혹 교과서의 설명이 부족하다면 필요한 부분에 해설을 덧붙여서 이해를 돕는 것이다.

너무 당연한 이야기 같지만, 필기 내용을 공책에 쓰기 전에 그것을 정확히 이해하고 넘어가는 일이 꼭 필요하다. 아무리 지루하고 피곤해도 모든 단어와 구절은 확실히 이해되었는지, 지금까지 적은 내용들의 전체적인 흐름을 잘 파악할 수 있는지 등을 계속 생각하면서 필기를 해야 한다.

형광펜을 옆에 놓고 중요한 부분이다 싶으면 바로 표시를 하면서 필기 하는 것도 좋은 방법이다. 그러기 위해서는 내가 지금 쓰는 내용이 상대적으로 얼마나 중요한지 계속 평가해야 하기 때문에 그 지식이 자연스럽게 내 머리 속에 등록되고 정리될 수 있다.

선생님의 필기를 받아 적는 것에는 또 다른 장점이 있다. 이해가 되지 않는 부분이 있으면 그때그때 질문해서 의문을 풀 수 있다. 속 시원한 해답을 듣고 완전히 이해가 될 때까지 선생님의 설명을 듣지 않는다면 나중에 혼자 오랜 시간 고생하기 십상이다.

지식은 연관성이 있기 때문에 한 부분을 놓치면 그 다음 내용도 이해하기 힘든 경우가 많다. 따라서 혼자 공부하느라 고생하지 말고 기회가 될 때 모든 의문을 풀어놓는 것이 현명하다. 필기 도중 어려운 부분이 있거나 설명이 더 필요하다고 느끼면 무조건 손을 들고 질문을 해야 한다. 그리고 질문하여 깨우친 내용을 내가 이해할 수 있는 언어로 옆에 덧붙여 적어놓아야 한다. 어려운 내용을 한 번 듣고 바로 내 것으로 만들기란 힘들기 때문이다.

물론 수업 시간에 필기한 내용을 그 날 안에 여러 번 읽어보고 이해력을 보강하는 것도 중요하다. 그래도 완전히 이해가 되지 않는 부분이 있다면 교과서나 참고서, 혹은 사전, 논문, 인터넷 등 다양한 자료를 이용해 집중적으로 보충하면서 별도로 정리해 놓는다면 두고두고 큰 도움이 될 것이다.

파일을 사용하는 것도 좋은 방법일 수 있다. 실제로 A 레벨에서는 공책 대신 A4 용지를 파일에 철하여 보관했다. 이것은 융통성 있는 노트 정리를 하는 데 큰 도움이 된다. 한 페이지를 망치면 뜯어내야 하는 공책과 달리 낱장을 쓰다가 맘에 안 들면 빼버릴 수 있어서 부담이 없다. 새로 필기한 내용을 언제든지 적절한 부분에 끼워 넣을 수 있고, 내가 원하는 부분만 따로 꺼낼 수 있으며, 필기 내용의 차례도 마음대로 조정할 수 있어서 에세이나 보고서를 쓸 때 특히 유용하다. 이렇게 공책을 자신만의 맞춤형 교과서로 만들어 놓는다면 들인 시간에 비해 훨씬 높은 효과를 낼 수 있다. 그래서 이제 노트 정리는 나에게 있어 제일 중요한 공부 방법 중 하나이다.

누구나 노트 필기에 관해 약간의 결벽증은 있는 것 같다. 그러나 '큰 제목은 이렇게 써야지', '앞의 몇 칸은 이럴 때 비워두어야지', '이런 펜은 이럴 때 써야지' 하는 자질구레한 틀을 머리 속에 한번 만들고 나면 어느새 거기에 연연하게 되어 금방 노트 필기가 피곤해진다.

나의 경우, 가끔 애매한 부분이 있을 때는 어떻게 해야 더 '형식'에 맞게 일관성 있는 필기를 할 수 있을까 하는 생각 때문에 한참 진행이 되지 않을 때도 많았고, 생각대로 깔끔하게 정리되지 않으면 답답하고 귀찮은 생각에 아예 얼마 동안 노트 정리에서 손을 떼는 경우도 있었다.

노트 정리를 지겹지 않게 하는 비결 중 하나는 바로 형식에 얽매이지 않는 것이다. 물론 어느 정도의 틀을 잡아 놓는 것은 도움이 되지만 그 틀 때문에 나처럼 시간 낭비가 있으면 안 된다. 구태여 형식을 갖추려고 한다면 융통성 있고 단순한 형식일수록 좋다. 그리고 필요하다면 언제든 그 형식에서 벗어나야 한다. 이렇게 틀에서 벗어나 정리한 내용은 눈에 확 띄고 기억도 더 잘 난다.

다음은 12학년 때 이탈리아의 독재자 무솔리니에 관해 배우기 시작할 때의 노트이다. 첫 번째는 수업 시간에 공부한 내용을 한 줄로 적어 놓은 것으로, 매우 무난한 방식이다. 그 다음은 내가 집에 와서 그려본 스파이더 다이어그램(spider diagram)인데, 다섯 가지 항목을 각기 다른 색깔로 표현하여 자유롭게 정리했다. 다른 사람들에게는 어떨지 모르지만, 나에게는 두 번째 방법이 더 기억에 남았다.

<u>c/w</u>   <u>Mussolini's Early Life</u> p36-39

a) <u>Background</u>
   • Revolutionary father.   • 'I am a man of people'
   • Romagna - class conflict, anarchist, republican.

b) <u>Most significant experiences</u>
   • expelled from school.   • military. invalided.
   • teacher. 'petty bourgeoisie'. • expelled from socialist party
   • Switzerland (dept. foreign)   • journalist.
     → contempt for Italians.

c) <u>Character</u>
   • dreamer.   • forceful.
   • disobedient, self-willed, quarrelsome, moody.

d) <u>Abilities</u>
   • highest marks in history, literature, singing.
   • good journalist
   • forceful, authoritative speaker.
   • responded well to military discipline.

e) <u>Views</u>
   • extreme left wing   • no emphasis on class (after accident)
   • supported violence / revolutions (Socialist takeover)
   • for the involvement of Italy in WW1.

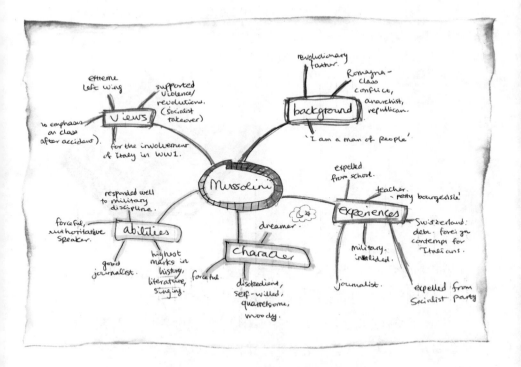

내가 영국에서 노트 필기에 관해 배운 가장 중요한 점은, 내가 내 필기를 보고 스스로 이해할 수 있으면 그만이라는 것이다. 이것이 바로 노트 정리의 핵심이어야 하는데, 한국에서의 나는 깔끔하고 보기 좋게 하려는 생각 때문에 정작 결정적인 부분을 놓쳤다. 교과서가 모든 학생들을 위해 쓰여진 것이라면, 공책은 개인적인 필요를 적절히 충족시켜 줄 수 있는 '나만의 교과서' 가 될 수 있다.

2. 생물은 그림 이야기이다

9학년 때의 생물 수업 시간은 거의 색칠 공부일 때가 많았다.

"생물에서는 그림(diagram)이 정말 중요해요."

저썸 선생님은 그 날 배울 내용이 담긴 프린트물을 나누어 주고 색칠을 하게 하거나 선생님이 설명하는 내용을 그림으로 그리게 했다. 예쁘게 색칠할수록 더 높은 점수를 받았기 때문에 우리는 화학 시간보다 색연필을 더 많이 썼다.

9학년 생물에는 어려운 개념들이 별로 없었고, 대신 용어를 암기하는 것이 큰 비중을 차지했다. 그래서 뼈 이름, 각 영양소를 분해하는 효소의 이름, 심장 구조 등을 외워두면 공부의 반은 끝이라고 할 수 있었다. 생물 용어들은 나에게만 낯선 것이 아니라 다른 친구들에게도 마찬가지였기 때문에 영어 실력의 차이에서 오는 불리함이 비교적 적었다.

물론 이런 단순한 용어 암기보다 훨씬 더 흥미로웠던 것은 바로 생체작용의 원리를 배우는 부분이었다. 숨을 들이쉬고 내쉴 때 폐와 갈비뼈, 횡격막이 조화롭게 움직이는 것, 또한 심장의 각 부위들이 완벽한 순서를 이루어 피를 순환시키는 것 등 하나의 생명체에서 일어나는 일들이 어쩌면 그렇게 효율적이고 이치에 타당한지, 비록 간단한 원리만 배웠지만 모든 것이 너무 신비로웠다.

이렇게 조금씩 메커니즘을 이해해 나가면서, 나는 생물이라는 과목이 사실은 재미난 이야기와 같다는 것을 깨달았다. 이런 일들이 내 몸 속에서 실제로 일어나고 있다는 것을 생각하면 외우는 것도 외우는 것으로 느껴지지 않고 오히려 재미있었다.

점점 학년이 높아질수록 과학은 세상을 바라보는 나의 시각을 새롭게 정립하는데 커다란 영향을 미쳤다. 특히 생물은 공부를 하면 할수록 더욱 신기하고 경이롭게 느껴졌다.

저썸 선생님이 가르친 12학년 첫 생물 수업에서 우리는 전자 현미경으로 본 세포의 구조에 관해 배우기 시작했다. 지금까지는 세포막, 핵, 미토콘드리아, 세포질 등 밖에 몰랐던 내 눈앞에 또 다른 세계가 펼쳐졌다.

"리보솜보다 더 작은, 전자 현미경으로도 보이지 않는 구조가 있을지 모르죠. 하지만 그런 구조들을 볼 수 있는 기술을 개발하기란 현재로서는 불가능합니다."

그것은 내 시야를 확 트이게 하는 공부의 시작이었다. 계속해서 우리는 저썸 선생님과 함께 세포의 구조에 대해 더 자세히 파고 들어갔고, 그후 유전학과 세포 분열 등에 관해서도 배워 나갔다. 나에겐 이 모든 것이 신선한 놀라움이었다. 이렇게 많은 것이 기다리고 있을 줄은 몰랐다.

교과서는 모든 내용을 다양한 각도의 총천연색 삽화로 보여주었고, 저썸 선생님이 강조했던 그림의 중요성은 A 레벨에서도 여전히 적용되었다.

"감수 분열(meiosis)을 글로만 설명하려면 매우 길어질 뿐 아니라 복잡하고 혼란스러워질 수 있겠죠. 하지만 그림을 통해 설명하면 한눈에 보기 쉽게 정리가 되지요."

선생님은 수업을 이야기 형식으로 진행하면서 칠판에 보기 쉬운 그림들을 그렸다. 생생한 그림들과 함께 선생님의 설명을 집중해서 들으면 DNA의 복제 과정이나 삼투압 작용과 같은, 매우 복잡하지만 논리적인 과정들이 머리 속에 쏙쏙 들어왔다.

"7학년 취급한다고 기분 나빠하지 마세요. A 레벨에서도 이 방식이 먹히니까요."

선생님은 장난스럽게 말하며 그림이 나올 때마다 '색칠 공부'를 장려했다. 그래서 저썸 선생님의 수업 시간에 한 노트 정리는 더 자세하다는 점을 제외하면 저학년 때와 흡사할 때가 많았다.

감수분열

MEIOSIS I

Early prophase I
chromosomes condense & become visible.

Middle prophase I

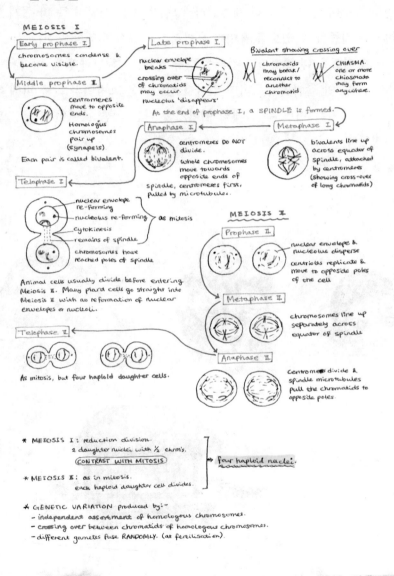

centromeres move to opposite ends.

Homologous chromosomes pair up (synapsis)

Each pair is called bivalent.

Late prophase I

nuclear envelope breaks

crossing over of chromatids may occur.

nucleolus 'disappears'

At the end of prophase I, a SPINDLE is formed.

Bivalent showing crossing over

chromatids may break / reconnect to another chromatid

CHIASMA. one or more chiasmata may form anywhere.

Metaphase I

bivalents line up across equator of spindle, attached by centromeres (showing cross-over of long chromatids)

Anaphase I

centromeres DO NOT divide.

Whole chromosomes move towards opposite ends of spindle, centromeres first, pulled by microtubules.

Telophase I

nuclear envelope re-forming
nucleolus re-forming
cytokinesis
remains of spindle
chromosomes have reached poles of spindle

as mitosis

Animal cells usually divide before entering Meiosis II. Many plant cells go straight into Meiosis II with no reformation of nuclear envelopes or nucleoli.

Telophase II

As mitosis, but four haploid daughter cells.

MEIOSIS II

Prophase II.

nuclear envelope & nucleolus disperse

centrioles replicate & move to opposite poles of the cell

Metaphase II

chromosomes line up separately across equator of spindle

Anaphase II.

Centromeres divide & spindle microtubules pull the chromatids to opposite poles.

---

* MEIOSIS I : reduction division.
2 daughter nuclei with ½ chrm's.
(CONTRAST WITH MITOSIS)
→ four haploid nuclei.

* MEIOSIS II: as in mitosis.
each haploid daughter cell divides.

* GENETIC VARIATION produced by:-
- independent assortment of homologous chromosomes.
- crossing over between chromatids of homologous chromosomes.
- different gametes fuse RANDOMLY. (at fertilisation).

그림이 있는 전래동화와 없는 전래동화 중 어느 쪽에 더 눈길이 갈까? 어느 쪽을 더 쉽게, 재미있게 읽을 수 있을까? 같은 내용이라면 당연히 그림이 있는 쪽이 더 재미있다. 그림은 보는 사람이 좀 더 쉽게 이야기에 집중할 수 있도록 흥미를 유발시키는 중요한 역할을 한다.

내가 어렸을 때 좋아했던 전래동화 중 하나가 '해님과 달님'이다. "떡하나 주면 안 잡아먹지." 하며 엄마를 잡아먹은 호랑이와 그를 피해 하늘로 올라가는 어린 두 남매의 이야기를 나는 가슴 졸이면서 읽고 또 읽었었다.

그 이야기 속에는 오누이의 엄마, 호랑이, 두 남매 등의 인물들이 등장한다. 그리고 엄마가 떡을 이고 오다 호랑이를 만나는 산 고개를 시작으로 오누이의 집, 우물, 나무, 밧줄 등 배경이나 도구 혹은 소품 역할을 하는 것들도 있다.

나는 생물을 공부하면서 '해님과 달님' 같은 이야기를 읽는다는 상상을 했다. 한 예로, 우리 몸 속의 혈당 수치가 올라갔을 때 인슐린을 분비해 정상 수치로 되돌려 놓는, 췌장에 있는 베타 세포의 '이야기'를 들어보자. 이 이야기 속에도 등장 인물, 배경, 소품 등이 필요하다.

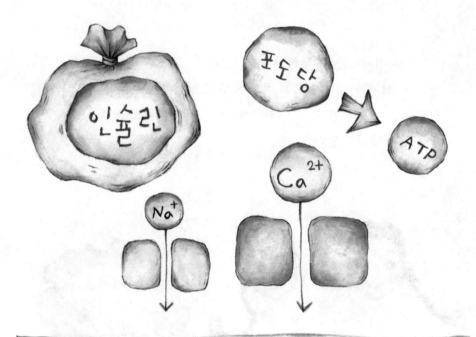

간추린 베타 세포 이야기

1. 핏속에 포도당이 많아졌다. 피는 세포로 공급이 되니까 당연히 세포 속으로도 포도당이 많이 들어간다.

2. 포도당이 활용되어 APT가 생긴다. 이제 APT가 많아졌기 때문에 K^+ 채널(channel)이 닫힌다.

3. 그러면 K^+ 이온이 나가지 못하게 되고 K^+ 이온이 세포 안에 쌓이기 시작한다.

4. 그러면 막 전위(membrane potential)의 음성도가 약해진다 (becomes less negative).

5. Ca^{2+} 채널이 열린다. Ca^{2+} 이온이 세포 안으로 마구 들어온다.

6. 소포(vesicle) 주머니들이 열려서 인슐린이 세포 바깥으로 방출된다.

7. 인슐린으로 인해 우리 혈당 농도는 다시 정상을 되찾는다.

설명은 거창하지만, 줄거리는 간단하게 생각할 수 있다. 핏속에 설탕이 많아지면 베타 세포가 인슐린을 내보내서 다시 정상으로 되돌린다는 것이다. 그런데 복잡한 세부 사항도 쉽게 요약해서 외울 수 있다. 그림은 훌륭한 요약 방법이기 때문이다.

'해님과 달님 이야기'를 일일이 다 글로 쓸 필요 없이 떡, 호랑이, 오누이, 나무, 밧줄만 그려놓으면 모든 이야기가 순식간에 머리 속에 펼쳐질 수 있다.

생물에서 그림이나 도표의 역할은 바로 이와 같은 것이다. '베타 세포가 어떻게 혈당 농도를 조절하는 데 도움을 주는가.'를 설명하는 긴 이야기를 한 개의 그림으로 요약할 수 있다.

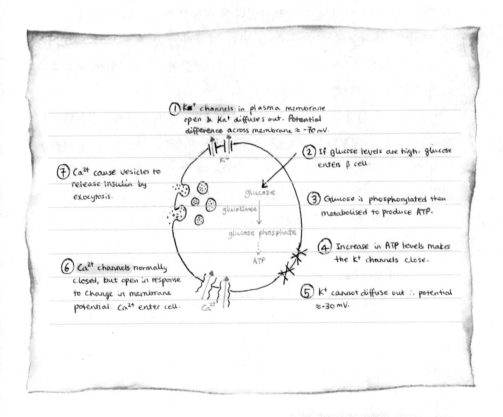

이 그림은 그 이야기, 그 경험들을 상기시켜 주는 사진과 같은 것이다. 사진을 보면 그 사진을 찍을 당시의 풍경, 날씨, 냄새, 모든 것들이 떠오르는 것처럼, 이것을 보는 순간 머리 속에서는 이 그림 자체보다 훨씬 자세한 이야기가 펼쳐진다.

복잡한 내용이 많을수록 그림은 더 큰 도움이 된다. A 레벨 교과서에는 그림이 정말 많았다. 심지어 그림이 글씨보다 더 많은 부분도 있었다. 그런데 나는 교과서에 나오는 웬만한 그림은 다 그려보았다. 대충 스케치 한 정도가 아니라, 색깔을 동원하여 최대한 멋있고 깔끔하게 해서 하나의 작품을 만들었다.

만일 여러분이 지금 읽고 있는 이 책에 그림이 하나도 없었다면 어땠을까? 아니면 흑백, 혹은 2도 인쇄였다면 어땠을까? 흑백과 2도의 차이도 크지만, 총천연색 그림이 우리 뇌를 자극하는 효과는 그와 비교도 되지 않을 만큼 어마어마하다. 그림, 특히 색깔이 있는 그림은 우리의 뇌리에 깊숙이 박힌다.

아래는 내가 신장의 기능에 관해 배울 때 만든 노트이다. 글씨가 많긴 하지만, 나는 글씨보다는 그림을 익히려고 노력했다. 그림을 그려 나가면서 다른 사람에게 이 '신장 이야기'를 해 줄 수 있을 때까지 연습했다. 글씨를 모두 외우려고 했다면 쉽지 않았겠지만, 그림을 통해 공부했을 때 줄거리가 물 흐르듯 막힘없이 이어져 나가는 것을 알 수 있었다.

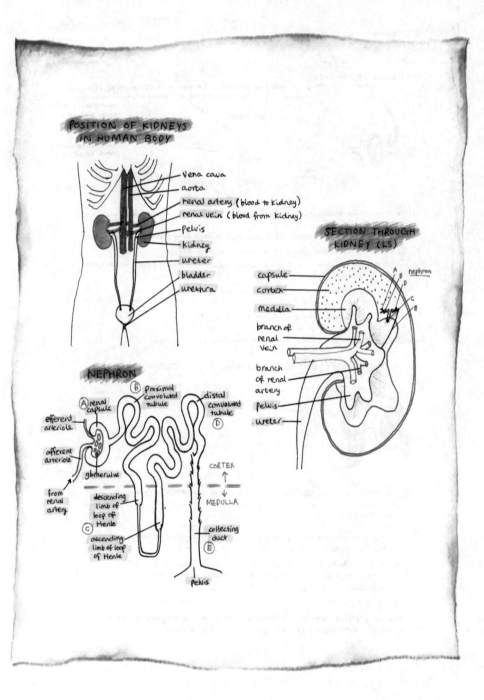

POSITION OF KIDNEYS
IN HUMAN BODY

- vena cava
- aorta
- renal artery (blood to kidney)
- renal vein (blood from kidney)
- pelvis
- kidney
- ureter
- bladder
- urethra

SECTION THROUGH
KIDNEY (LS)

nephron

- capsule
- cortex
- medulla
- branch of renal vein
- branch of renal artery
- pelvis
- ureter

NEPHRON

(A) renal capsule
(B) Proximal convoluted tubule
(D) distal convoluted tubule
efferent arteriole
afferent arteriole
glomerulus
from renal artery
descending limb of loop of Henle
(C)
ascending limb of loop of Henle
(E) collecting duct

CORTEX
↑
↓
MEDULLA

pelvis

ULTRAFILTRATION

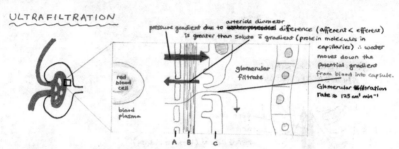

pressure gradient due to ~~hydrostatic~~ arteriole diameter difference (afferent < efferent) is greater than solute ɀ gradient (protein molecules in capillaries) ∴ water moves down the potential gradient from blood into capsule.

Glomerular ~~e~~filtration rate ≈ 125 cm³ min⁻¹

red blood cell

blood plasma

glomerular filtrate

A   B   C

• The blood in the glomerular capillaries is separated from the lumen of the renal capsule by :-

   Ⓐ endothelium of the capillary. far more gaps than in other capillaries. (1000 cell⁻¹)

   Ⓑ basement membrane. network of collagen & glycoproteins.

   Ⓒ epithelium, podocyte cells of renal capsule wall. Have many finger-like projections, with gaps between them.

• Holes in A (endothelium) & gaps in C (epithelium) are quite large ∴ dissolved substances in blood plasma can get through from blood into capsule. (water, a.a's, glucose, urea, inorg. ions...)

• HOWEVER, B (basement membrane) acts as a filter: large protein molecules (RMM ≈ 69000) & red/white blood cells cannot escape from glomerular capillaries.

• Glomerular filtrate is identical to blood plasma minus plasma proteins.

REABSORPTION IN THE PROXIMAL CONVOLUTED TUBULE

blood plasma

capillary endothelium

proximal convoluted tubule wall

proximal tubule lumen

mitochondria

nucleus

active →
passive ⇢

Na⁺ → ADP + Pᵢ / ATP → K⁺

Na⁺
glucose a.a's

① Na⁺-K⁺ pump in proximal tubule cell membrane uses ATP to actively pump out Na⁺.

② This lowers Na⁺ ɀ within cell & Na⁺ passively diffuse into it down ɀ gradient, via carrier proteins in the membrane. The ɀ gradient for Na⁺ provides enough E to pull in glucose molecules, etc, into cell & blood. Microvilli increases S. area.

③ Very closely near. the blood plasma rapidly removes absorbed solutes, which helps further uptake from the tubule lumen.

• actively absorbed: all glucose (none in urine), a.a's, vitamins, Na⁺, Cl⁻ ...
• diffusion: water (osmosis, 65%. overall ɀ of filtrate remains same), urine (½).
• NOT reabsorbed: other two nitrogenous excretory products, uric acid & cretinine.
        (cretinine actively secreted by cells of proximal tubule into lumen.)

• Volume of liquid remaining is greatly reduced due to reabsorption of much water & solutes from filtrate in proximal convoluted tubule.

REABSORPTION IN LOOP OF HENLE & COLLECTING DUCT

• Loop of Henle allows water to be conserved in the body, by creating a very high $\bar{c}$ of salts in tissue fluid in medulla of kidney. ($\bar{c}$ urine made)

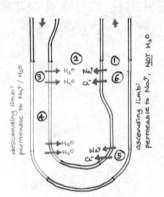

① Na⁺ & Cl⁻ actively transported out of fluid in the tube (ascending limb) into tissue fluid between two limbs.

② This raises the Na⁺ & Cl⁻ $\bar{c}$ around the descending limb.

③ Water from descending limb is drawn out by osmosis, and Na⁺/Cl⁻ diffuse into tube.

④

⑤ Na⁺/Cl⁻ diffuse out of $\bar{c}$ fluid into less $\bar{c}$ tissue fluid, in lower part of ascending limb.

⑥ Higher parts of ascending loop contains less $\bar{c}$ fluid, but tissue fluid around them is also less $\bar{c}$ ∴ relatively easily active transport of Na⁺/Cl⁻ out of fluid.

• counter-current multiplier mechanism: maximum $\bar{c}$ build up in/outside the tube at bottom of the loop, due to two limbs side by side & fluid flowing up/down.

• Collecting duct allows further reabsorption of water.

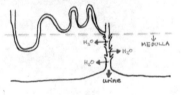

  – It runs down into medulla, region of high solute $\bar{c}$.
  – Fluid inside the duct is more dilute (having lost Na⁺/Cl⁻ in loop of Henle).
  – Water moves down the water potential gradient out of the duct by osmosis, until ψ (urine) = ψ (medulla tissue fluid).
  – ADH (antidiuretic hormone) controls the degree of reabsorption.

REABSORPTION IN DISTAL CONVOLUTED TUBULE & COLLECTING DUCT

• distal convoluted tubule → first part: same as ascending limb of loop of Henle.
  → Second part: same as ~~di~~ collecting duct.
    – Na⁺ actively pumped from fluid in tubule to tissue fluid (then to blood).
    – K⁺ actively transported INTO tubule.
    – The rate of ion movement in/out of fluid in nephron can be varied & helps regulate amount of these two ions in the blood.

291

'Graphic representation' 다시 말해 '그림으로 나타내는 것'은 유치해 보일 수도 있지만, 그림 이야기의 비결은 바로 거기에 숨어 있는 것 같다. 어려운 문제도 그만큼 쉬워지는 것이다.

우리 뇌는 '글씨'로 생각하지 않는다. '글씨'보다는 '그림'이 우리의 생각 언어에 훨씬 더 근접하다. 그래서 글씨보다는 그림에 더 적극적으로 반응하며, 그림을 더 쉽게 흡수한다. 그림 속에는 우리가 흔히 생각하는 것 이상의 엄청난 힘이 있다.

3. 숲을 보게 해주는 필기 방법

A 레벨 화학은 지금까지 쭉 우리를 가르쳐온 크랩추리 선생님과 12학년에서 처음 만나게 된 하퍼 선생님이 맡았다. 하퍼 선생님에게서는 금속 혼합물을 배우면서 무기 화학의 기초를 세웠고, 크랩추리 선생님에게서는 유기 화학을 배웠다.

우리는 우선 실험을 해서 결론을 내는 것에서부터 화학 공부를 시작했다. 조금 어수선하긴 했지만, 우리가 자발적으로 무언가를 찾아가는 실험에서 학습을 시작하는 것은 나름대로 장점이 있었다. 세부 사항부터 차근차근 쌓아나가다가 나중에 가서야 큰 뼈대를 세워서 이해하는 사람에게는 이렇게 실험으로 접근하는 것이 좋은 방식이다.

그 반면에 나는 교과 내용의 전체적인 구조를 먼저 알고 있어야 생각이 더 쉽게 정리되는 편이었다. 그래서 금속 혼합물에 대해 공부한 맨 처음 장은 내게 결코 쉽지 않았다. 무기 화학의 기본에 관한 내용이다 보니 이것저것 잡다한 것이 많았다. 탄산염, 질산염, 황산염 등의 연소 패턴부터 시작해서, 침전 반응, 산화 환원 반응 등 이해해야 하는 부분보다는 우선 외울 것이 더 많았다.

그런데 단원 마지막에 이런 과제가 주어졌다.

"이 단원의 내용을 마인드맵(mind map) 형식으로 정리해 보세요."

그게 도움이 된다고 해봐야 얼마나 될까, 솔직히 반신반의했다. 마인드맵이라고 해봐야 가운데에 제목을 쓰고, 몇 갈래로 나누고, 다시 소제목으로 몇 갈래 나누면 끝인데……. 완성하고 나니 매우 초라해 보였다. 그리는데 채 10분도 걸리지 않았다.

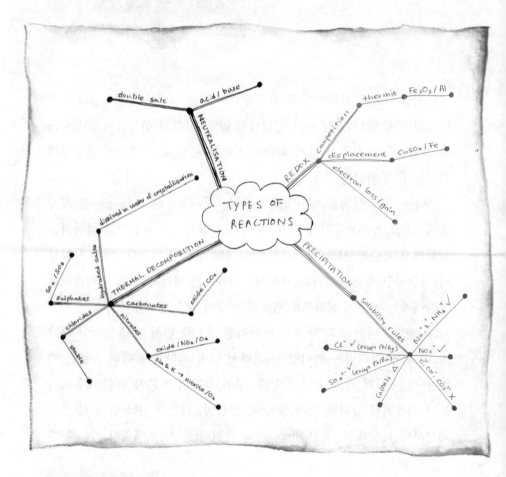

아니, 그런데 이게 웬걸? 그 10분이 낸 효과는 상상한 것 훨씬 이상이었다. 지금까지 배운 복잡한 내용들이 전체적인 교과 구조에서 각각 어떤 위치와 역할을 차지하는지 쉽게 이해가 되었다. 어떤 반응이 어느 작용에 해당하는지 더 이상 헷갈리지 않았다.

할로겐에 관해 배운 제 6장, 공유 결합에 관해 배운 제 7장, 분자 간에 작용하는 힘에 관해 배운 제 8장, 또 13학년에서 제일 처음 배웠던 반응 속도(rate of reaction)에서도, 전체적인 내용과 그 상관관계를 한눈에 볼 수 있도록 그려진 마인드맵이나 스파이더 다이어그램은 조각조각 떠다니는 지식을 하나로 엮어주었다. 그것들은 전체적인 구조를 보여주는 '목차'와 같은 역할을 함으로써 자칫 복잡한 내용에 휘말려 어지러워질 수 있는 생각을 정리해준 것이다.

유기 화학도 쉽다고 할 수 없었다. 우선 무기 화학보다 훨씬 복잡한 실험들이 많이 나와서 매번 실험 도구를 챙기는 것부터가 번거로웠다. 유기 화학을 가르친 크랩추리 선생님은 다행히 학생들이 궁금해 하는 부분이 있으면 충분히 폭넓게 설명을 해주어서 이해가 더 쉽게 되긴 했다. 하지만 실험 결과가 항상 공식대로만 나오지는 않았기 때문에 역시 좀 어지럽게 느껴지는 것은 어쩔 수 없었다.

이 문제를 깔끔하게 해결한 것이 바로 흐름 도표(flow chart)였다. 나에게는 글씨로만 정리한 것보다 흐름 도표 식으로 정리한 것이 더 보기 편하고, 따라하기 쉽고, 외우기 편했다.

이제는 '알켄(alkene)의 반응'을 예로 들어서 유기 화학 흐름 도표를 영국 아이들이 어떻게 그리는지 보여주려고 한다. 흐름 도표는 마지막 총 정리용 필기라고 할 수 있다. 흐름 도표를 그릴 때는 이미 도표에 나타난 여섯 가지 반응을 실험하고 보고서를 작성한 뒤였다. 이제는 지금까지 배운 내용을 정리하는 단계였다.

1. 우선 **뼈**대를 세운다. 화학물이 들어갈 곳에 테두리를 그리고, 이어져야 할 박스들은 선으로 연결한다.

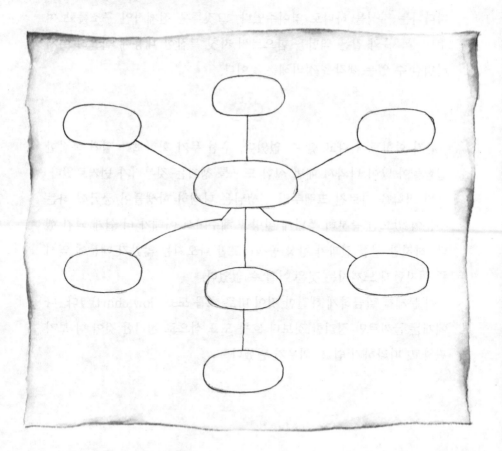

2. 박스 안에 올바른 화학물질을 그려넣는다. 예를 들어, 가운데 박스에는 알켄의 하나인 프로펜(propene)이 들어갈 것이다. 그러면 프로펜을 그려넣고, 그 위에 '프로펜'이라는 특정 이름과 '알켄'이라는 일반 이름을 쓴다.

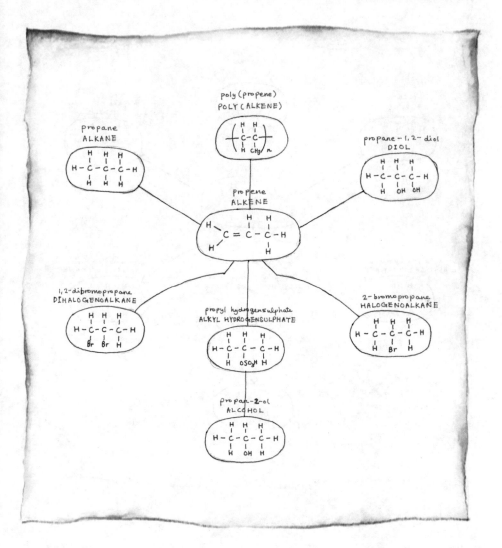

3. 이제는 박스들을 연결한 선이 반응물질(reactant)에서 생성물
(product)로 향하도록 화살표를 그린다.

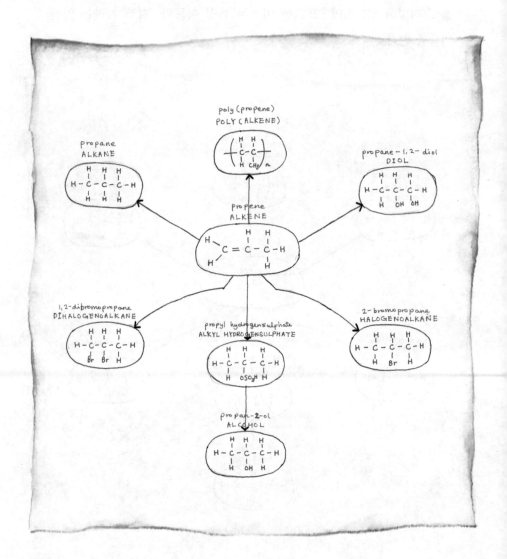

4. 화학 반응의 종류를 선 위에 쓴다.

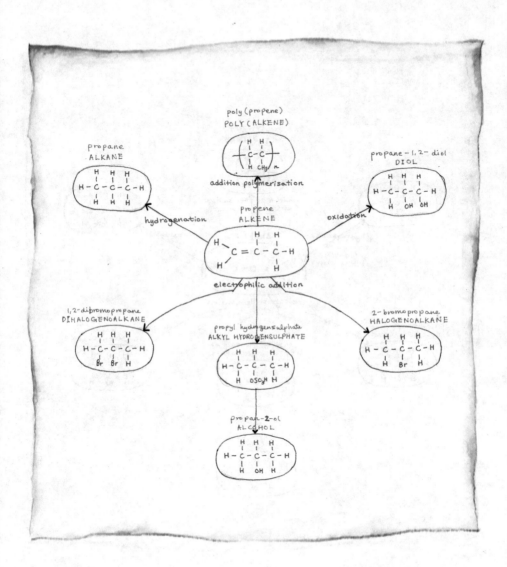

5. 실험 환경, 촉매 등 실험할 때 필요한 사항들을 쓴다.

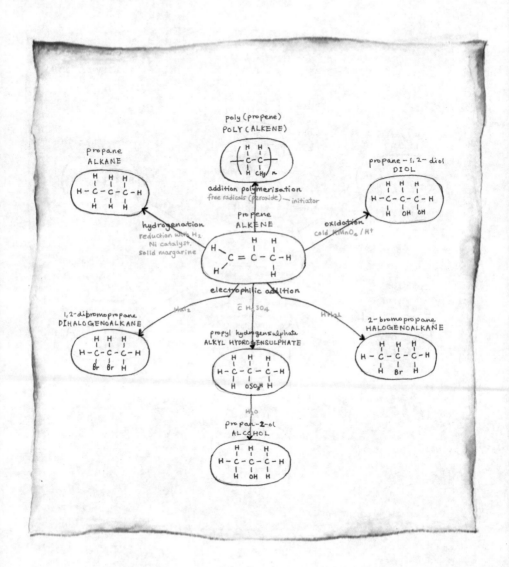

6. 그 밖에 더 자세한 원리, 분자 레벨에서 일어나는 일, 실험 다이어 그램 등 알아두어야 할 사항을 빈 공간에 적절히 배치한다.

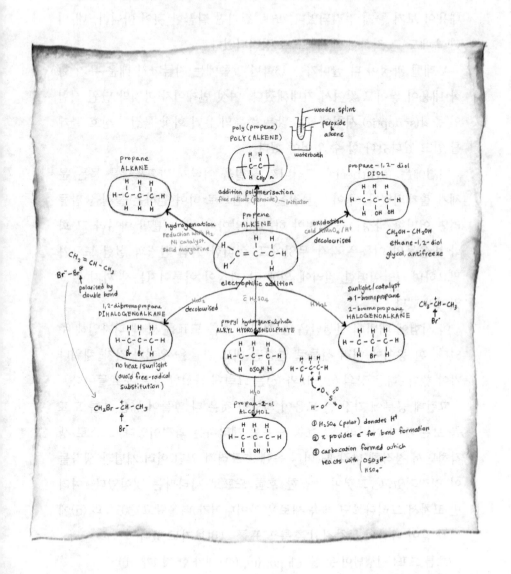

이 흐름 도표를 여러 차례 보완하고, 더 깔끔하게, 더 예쁘게 하려고 노력하면서 완전히 내 것으로 만들었더니, 몇 주 간에 걸쳐 배운 많은 내용이 보기 좋게 정리되었다. 노트 필기만 깔끔한 것이 아니라, 내 머리 속에도 그 지식이 체계적으로 정리되었다.

A 레벨 과정이 다 끝나가는 13학년 말쯤에는 지금까지 배운 유기 화학 내용이 쌓이고 쌓여서 거대해졌다. 여섯 번째이자 마지막 단원 시험인 종합(synoptic) 시험에서는 많은 종류의 유기 화학 물질의 상호 관계를 알고 왔다갔다 할 수 있어야 했다.

시험에는 'synthesis' 그러니까 물질을 어떻게 만드느냐를 묻는 문제가 출제되었다. 주어진 물질을 시작점으로 하여 원하는 물질을 만들려면 어떠한 과정들을 거쳐야 하는지 알아야 했다. 뿐만 아니라 그 화학 반응들의 이름은 각각 무엇이고, 어떠한 실험 환경과 실험 도구가 필요하며, 또 어떠한 원리에 의해 각 과정이 이루어지는지 까지 알고 있어야 했다.

이 시험에 대비해 선생님은 총 정리용 흐름 도표를 세 개 디자인해 주었다. 흰 종이에 여러 선들로 연결된 네모 칸들을 우리가 각자 채워나가야 했다. 다음 장의 (a), (b)와 (c)는 그렇게 완성한 흐름 도표들이다.

그런데 공부에 가장 큰 도움이 되었던 것은 다 만들어 놓은 흐름 도표를 보는 것이 아니라, 그 흐름 도표를 제작하는 과정이었다. 스스로 생각하면서 창작해 나갈 때 머리 속에 흐트러져 있던 여러 개념과 생각들이 정리되었고, 그것이 깔끔한 흐름 도표로 나타나는 것이었다. 여러 번 고쳐서 그리다보면 계속 새로운 아이디어가 떠올랐고, 305쪽의 (d)에서와 같이 나만의 독창적인 흐름 도표를 그려보기도 했다.

(흐름 도표: 선생님이 준 틀 3개 (a), (b), (c), 내가 한 것 1개 (d))

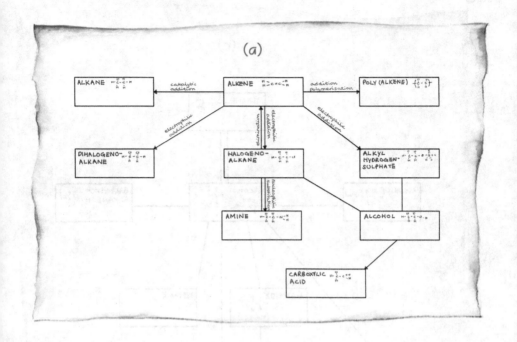

(a)

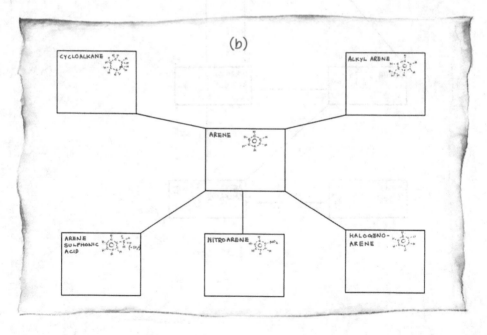

(b)

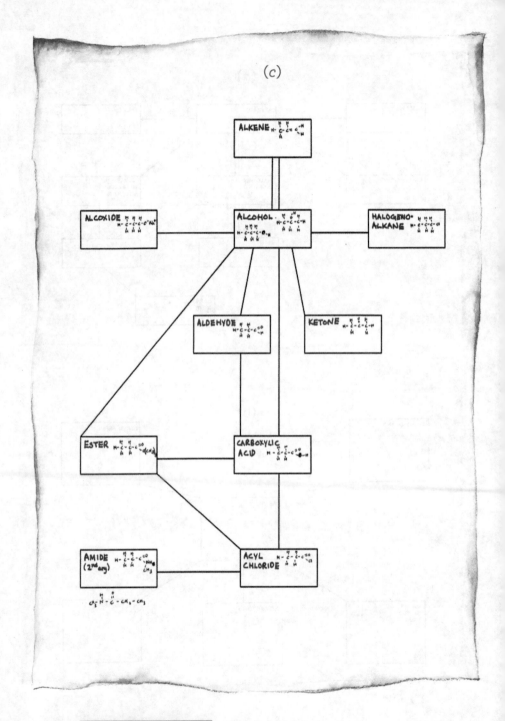

(d)

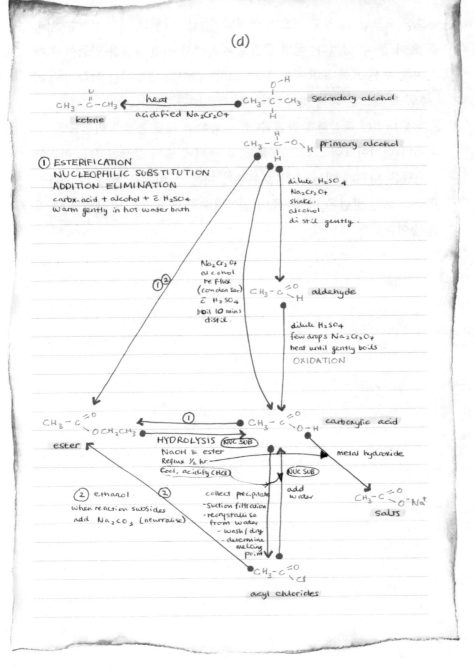

흐름 도표만 잘 알고 있으면 마지막 '종합' 단원의 시험 문제는 어려움 없이 풀 수 있었다. 어떤 물질로 시작해서 어떤 물질을 만들어야 하는지를 우선 흐름 도표에서 찾고, 그 둘 사이를 연결하는 화학 반응의 '통로'를 찾으면 되는 것이었다.

자칫 머리를 복잡하게 만들 수 있는 화학 A 레벨 공부가 마인드맵, 스파이더 다이어그램 그리고 흐름 도표 덕택에 훨씬 깔끔해졌다. 이러한 도표들은 나무가 아닌 숲을 보여주기 때문에, 이들을 통해 더 커다란 구조를 보는 방법은 지식수준이 높아질수록 더 유용하게 사용될 수 있을 것이다.

4. 나만의 물리 노트

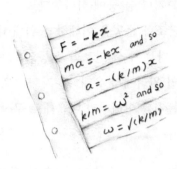

물리는 생물이나 화학에 비해 훨씬 더 복잡한 개념과 공식 투성이인 게 사실이다. A 레벨 시험을 두 달 앞두고 시간이 많지 않았지만, 나는 내가 접하는 모든 물리 공식이 어떻게 해서 나온 것인지 최대한 꿰뚫어 이해하고 싶었다. 그러기 위해서는 단순히 교과서에 나오는 내용을 정리하고 넘어가는 것으로는 부족했다.

단조화 운동(SHM, Simple Harmonic Motion)이 그러했다. 교과서에는 그리 자세히 설명이 되어 있지 않았는데, 핵심만 말하자면 다음과 같은 내용이었다.

변위(displacement) = $x_0 \cos(wt)$

속도(velocity) = $dx/dt = -wx_0 \sin(wt)$

가속(acceleration) = $dv/dt = -w^2 x_0 \cos(wt)$

하지만 나는 아무런 설명 없이 이 공식들을 모조리 이해하고 받아들일 능력이 되지 못했다. 그냥 통째로 달달 외우거나, 내가 직접 나서서 파보거나 둘 중에 하나였다.

단조화 운동을 이해하기 위해 내가 소비한 종이는 열 장도 넘을 것이다. 나는 우선 단조화 운동의 그림을 그려놓고 어떤 공식이 어떤 물리적인 원리에서 유래하는지, 또 그것들을 종합했을 때 어떤 결론에 도달하는지를 이리저리 마음대로 구상해 보았다.

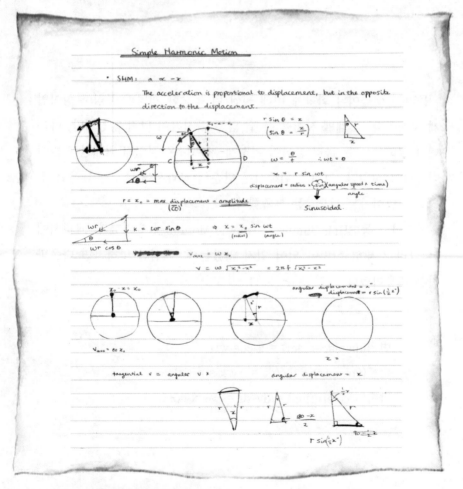

이렇게 한 번만 한 것이 아니라, 처음부터 다시 해보고, 또 다른 방식으로 접근해보고, 다시 깔끔하게 정리하기를 여러 번 반복했다.

나는 모든 '연결 고리'를 스스로 설명할 수 있을 때까지 공부했다. 하나하나를 정확히 이해할 수 있을 때까지 집중력을 가지고 모든 흐름을 따라가려고 노력했다. 이 때 필요하다면 온갖 자료와 수단을 동원했다. 예를 들어, 위에 하이라이트 된 부분의 증명이 잘 안 될 때는 수학 교과서의 삼각함수 단원을 찾아서 공식을 다시 찬찬히 살펴보며 힌트를 얻었다.

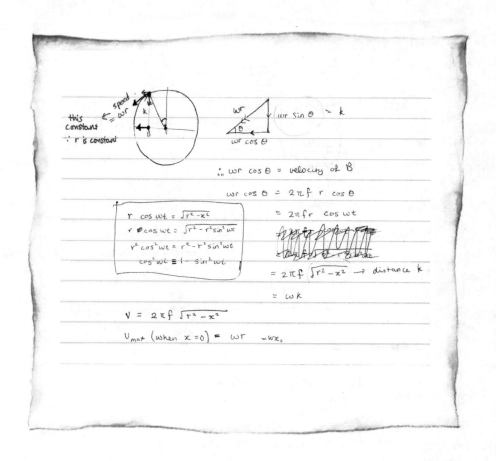

나는 모든 것이 앞뒤가 맞는다는 것을 확인하지 않고서는 마음 편히 다음 단계로 넘어갈 수 없었다. 그래서 학교 교과서뿐만 아니라 다른 교과서, 인터넷 등 여러 자료들을 동원하여 다양한 각도에서 접근하기 위해 노력했고, 얼마 후에는 단조화 운동에 관한 완성된 개념이 머리 속에 자리잡기 시작했다. 그리고 이 부분에 관한 어떤 문제라도 풀 수 있다는 자신감이 생겼다.

어느 정도 개념이 잡혔다고 생각했을 때 나는 내가 어지럽게 써 놓은 종이들을 모두 모아 깨끗이 정리해서 한 페이지의 노트로 만들었다.

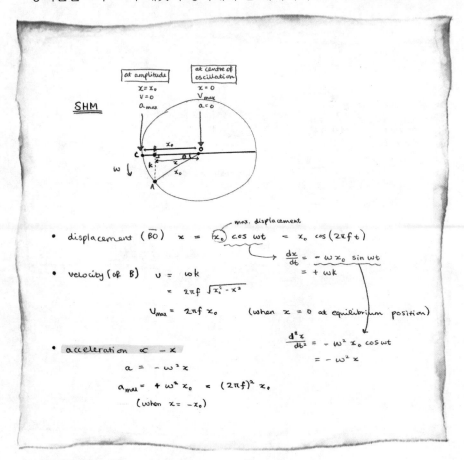

이것을 보면 내가 단조화 운동을 이해하기 위해 지금까지 쏟아온 '노력'이 모두 떠올랐기 때문에 나에게 있어서 기념사진과 같았다. 다른 사람은 이해할 수 없을지 모르지만, 이 지식이 내 머리 속에 입력된 과정을 적어도 나에게는 정확히 보여주었기 때문이다.

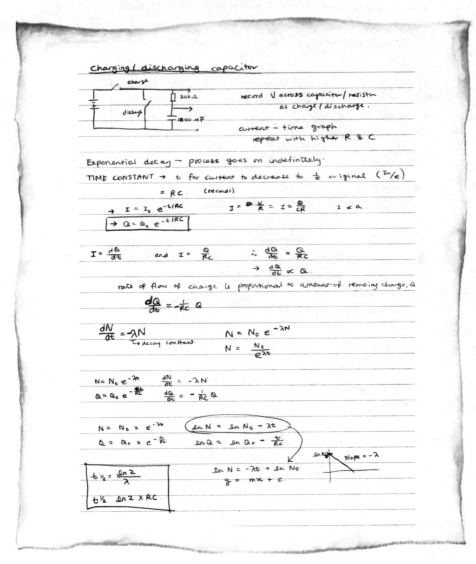

$$p = \tfrac{1}{3} Nm \langle c^2 \rangle / V = \tfrac{1}{3} \rho \langle c^2 \rangle$$
$$pV = \tfrac{1}{3} Nm \langle c^2 \rangle$$

average $F = mu^2 / x$
(single molecule)

$P = mu^2 / V$
(single molecule)

Kinetic Theory of an Ideal Gas

* **Assumptions**

- Brownian motions → gases consist of identical molecules in (continuous random motion).
- molecules never stop & settle at bottom → molecular collisions are (elastic) on average.
- compressibility → (V of molecules negligible) c/f V of container.
- ∴ molecules relatively long way apart → (no forces) on molecules except during collisions.

- (initially : momentum = $-mu$
  finally : momentum = mu
  ∴ change of momentum = $mu - (-mu) = $ (2mu)

- time b/w collisions = $\dfrac{distance}{speed} = \dfrac{2x}{u}$

- **average force** = $\dfrac{change\ of\ momentum}{time} = \dfrac{2mu}{2x/u} = mu^2/x$
  (NOT instantaneous!)

- pressure exerted by a (single) molecule on shaded face
  $= \dfrac{force}{area} = \dfrac{mu^2/x}{yz} = mu^2/(xyz) = \dfrac{mu^2/V}{\text{volume of box!}} = $ pressure.

- In a real box, there are N molecules moving randomly. Assume, on average, $\tfrac{1}{3}$ collide with shaded face & opposite, etc. Molecules do not move at same speed u, but have range of speeds → mean square speed $\langle c^2 \rangle$
  ⇒ total pressure = $\tfrac{1}{3} Nm \langle c^2 \rangle / V$ $p = \tfrac{1}{3} \rho \langle c^2 \rangle$
  ∴ $pV = \tfrac{1}{3} Nm \langle c^2 \rangle$ $pV = \tfrac{1}{3} Nm \langle c^2 \rangle$

- $p = \tfrac{1}{3} \langle c^2 \rangle \times \dfrac{Nm}{V} = \tfrac{1}{3} \langle c^2 \rangle \times \rho$ → density
  $\langle c^2 \rangle = \dfrac{3p}{\rho} = 3 \times 100\ 000\ Pa\ /\ 1\,kg\,m^{-3} = 300\ 000\ m^2\,s^{-2}$

- **root mean square** (r.m.s.) speed ⇒ $\sqrt{\dfrac{\Sigma c^2}{N}}$ (sum of square of molecular speeds divided by no. of molecules → square rooted!)
  r.m.s. speed = $\sqrt{300\ 000\ m^2 s^{-2}} = 550\ ms^{-1}$

- For one mole of gas, $pV = \tfrac{1}{3} N_A m \langle c^2 \rangle$ ← Avogadro constant
  $pV = \tfrac{2}{3} N_A \times \left(\tfrac{1}{2} m \langle c^2 \rangle\right)$ ← mean k.E. of a molecule
  $pV = RT$ ⇒ $RT = \tfrac{2}{3} N_A \times \tfrac{1}{2} m \langle c^2 \rangle$
  $\tfrac{1}{2} m \langle c^2 \rangle = \tfrac{3}{2} \left(\dfrac{R}{N_A}\right) T$ ← Boltzmann constant $k = \dfrac{8.3\ J\,K^{-1}\,mol^{-1}}{6.02 \times 10^{23}\,mol^{-1}} = 1.37 \times 10^{-23}$ JK^{-1}

위 두 그림은 이상기체의 운동이론(Kinetic Theory of an Ideal Gas) 그리고 축전기(capacitor)에 대해 공부할 때 만든 '기념사진' 들이다. 지금까지 혼자 고생하며 이해한 것을 한 장의 종이에 나타낸 것이다. 이것은 그 어떤 교과서나 참고서에 나오는 설명보다도 내게 유용한 자료였다.

나는 또한 다양한 자료를 종합하는 노트 필기도 자주 해 보았다. 다음에 나오는 그림은 방사선에 관해 공부할 때였는데, A 레벨 교과서에서는 그 부분이 잘 다루어지지 않은 것을 발견했다. 아직 자세히 알 필요는 없는 모양이었다. 하지만 나는 내 호기심을 충족시키기 위해 서너 종류의 교과서와 인터넷을 활용하여 조금 더 완성된 그림을 이해하려고 노력했다. 결국 이런 능동성은 시험에서도 더 좋은 결과를 가져왔다.

Nuclear Fission

- Split nuclide into smaller nuclides & particles.
- High-E neutron hits nucleus.
- E emitted ∵ product mass < starting mass.
- e.g. $\boxed{^1_0 n}$ + $^{235}_{92}U$ → $^{92}_{36}Kr$ + $^{141}_{56}Ba$ + $\boxed{3\,^1_0 n}$ + E
- Chain reaction when rad-substance > critical mass ⇒ LOTS of E.
- Atomic power (e.g. electricity) under controlled conditions.

Nuclear Fusion "thermonuclear reaction"

- Build up elements from smaller particles.
- e.g. $^1_0 n + ^1_1 p$ → $\boxed{^2_1 H}$ → deuterium + E

  $2\,^2_1 H$ → $\boxed{^3_1 H}$ → tritium + $^1_1 p$ + E

  $^3_1 H + ^2_1 H$ → $^4_2 He + ^1_0 n$ + E
- Little rad-waste / larger E / $^2_1 H$ & $^3_1 H$ (fuel) supply from sea.
- But high temp. needed to overcome repulsion btw positive nuclides & collide.

* <u>MASS DEFECT</u>: $\overset{J}{E} = \overset{kg}{m}c^2$ = binding E. $\boxed{c = 3.0 \times 10^8 \text{ ms}^{-1}}$

Nuclear Equations

- $^{238}_{92}U$ → $^4_2 He$ + $^{234}_{90}Th$ ⇒ α
- $^9_4 Be$ + $^4_2 He$ → $^{12}_6 C$ + $^1_0 n$ ⇒ neutron
- $^{212}_{82}Pb$ → $^{212}_{83}Bi$ + $^0_{-1}e$ ⇒ β^-
- $^{30}_{15}P$ → $^{30}_{14}St$ + $^0_{+1}e$ ⇒ β^+ (positron)

- $^1_0 n$ → $^1_1 p$ + $^0_{-1}e$ + $\bar{\nu}$ ⇒ β^- with anti-neutrino
- $^1_1 p$ → $^1_0 n$ + $^0_{+1}e$ + ν ⇒ β^+ with neutrino.

- γ → $^0_{-1}e$ + $^0_{+1}e$ ⎫ ⇒ mass-energy conversion
- $e^+ + e^-$ → 2γ ⎭ $E = hf$

Radioactive Decay

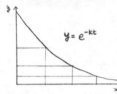

$$y = e^{-kt}$$

- random process.
- in large no's, half life, $t_{1/2}$, constant.
- exponential decay.
- units: 1 becquerel (Bq) = 1 decay/sec
  1 curie (Ci) = 3.7×10^{10} Bq.

Decay Equation

$$N = R t \quad \rightarrow \quad R = \frac{dN}{dt}$$

no. of undecayed atoms ← N ; rate → ; time → t ; decreasing rate.

$$-\frac{dN}{dt} \propto N \quad \text{rate proportional to no. of undecayed atoms}$$

$$\rightarrow \quad -\frac{dN}{dt} = \lambda N$$

↳ decay constant

$$\frac{dN}{dt} = -\lambda N$$

$$\frac{dN}{N} = -\lambda \, dt$$

integrate both sides: $N \rightarrow N_0$, $t \rightarrow 0$ when $t = 0$

$$\int_{N_0}^{N} \frac{dN}{N} = -\lambda \int_0^t dt$$

$$\rightarrow \quad \left[\ln N \right]_{N_0}^{N} = -\lambda \left[t \right]_0^t$$

$$\ln N - \ln N_0 = -\lambda (t - 0)$$

$$\ln \frac{N}{N_0} = -\lambda t$$

taking anti-logs $\frac{N}{N_0} = e^{-\lambda t}$

$$\boxed{\therefore \ N = N_0 \, e^{-\lambda t}}$$

no. of atoms @ $t = 0$

Also, $R \propto N \Rightarrow R = \lambda N$

$$\therefore \ R = R_0 \, e^{-\lambda t}$$

The unit of λ (decay constant) is s^{-1}, because '$-\lambda t$' is the power of a number $\therefore$ cannot have a unit.

Half-life Equation

no. of undecayed atoms

decay constant

$$N = N_0 e^{-\lambda t}$$

time

no. of undecayed atoms $(t=0)$

At $t_{1/2}$, $N = \frac{1}{2}N_0$

$\therefore \frac{1}{2}N_0 = N_0 e^{-\lambda t_{1/2}}$

$\frac{1}{2} = e^{-\lambda t_{1/2}}$

$2 = e^{\lambda t_{1/2}}$

taking natural logs $\ln 2 = \lambda t_{1/2}$

$0.693 = \lambda t_{1/2}$

$$\therefore t_{1/2} = \frac{0.693}{\lambda}$$

Types of Radiation

	Alpha (α)	Beta-minus (β^-)	Beta-plus (β^+)	Gamma (γ)
nature	$^4_2\alpha$ (He nucleus)	$^0_{-1}\beta^-$ (electron)	$^0_{1}\beta^+$ (positron)	photons of e.m. radiation
charge	+2	-1	+1	no charge
mass	4u	$\frac{1}{1800}$ u	$\frac{1}{1800}$ u	0
speed	5% c	90% c	90% c	c
absorption	5-6cm of air. a sheet of paper	10-30cm of air. 2mm aluminium	annihilated on interaction with an electron	many cm of air 5 cm lead
deflection by fields				
example	$^{241}_{95}Am \rightarrow ^{237}_{93}Np + ^4_2\alpha$	$^{90}_{36}Sr \rightarrow ^{90}_{39}Y + ^0_{-1}\beta^-$	$^{11}_{6}C \rightarrow ^{11}_{5}B + ^0_{1}\beta^+$	
spark counter	sparks produced	no effect		no effect
electroscope	rapid discharge	slow discharge		no effect (except with powerful source)
GM tube	source must be close. thin window.	thin-walled tube records particle passage		All tube responds
cloud chamber	straight thick short	irregular thin longer		(very faint trails of ejected electrons)

5. 역사 속으로 빨려 들어가기

　GCSE 역사에서 히틀러의 등장을 배울 때였다.

　"히틀러가 내세운 공약들을 이용하여 선거 포스터를 만들어 보세요."

　체임벌린 선생님은 우리에게 30분을 주었다. 우리는 재잘거리며 히틀러의 얼굴과 나치 당의 깃발을 그리고 색칠도 했다. 히틀러의 입장에서 어떤 공약들을 어떤 식으로 내세울 것인지 고민하면서 A4 크기의 포스터를 만들었다. 나는 특히 히틀러의 얼굴을 그리는 데 큰 공을 들였는데, 다 그리고 보니 실물과 정말 닮은 것 같았다.

　잠시나마 히틀러의 입장에서 본 역사는 지금까지 '영국'의 입장에서 본 역사와는 매우 다르게 느껴졌다. 물론 히틀러의 주장에는 동의하지 않았지만, 그가 어떻게 자신의 주장을 정당화했는지 이해하게 되었다. 그리고 히틀러의 얼굴 캐리커쳐 때문인지 그 포스터를 그린 수업은 아직도 내 기억에 생생하다.

　이때부터 쭉 우리를 가르친 체임벌린 선생님은 내가 가장 좋아하는 선생님 중 한 분이다. 12학년 때도 선생님이 우리를 맡게 된 것을 알게

ADOLF HITLER

Author of the best-seller, 『mein kampf』, Mr Adolf Hitler is the only one who can make Germany great once again!

He proposes the following things that he will do if he is elected:

1. ABOLISH THE TREATY OF VERSAILLES!

Even the Allies agree that this was unjust. Our disgraceful leaders in the past, 'The November Criminals', should certainly be punished.

2. EXPAND GERMAN TERRITORY!

Our German minorities in Czechoslovakia should come back to their homeland - Germany. They should have right to live in their own country!

3. DEFEAT the COMMUNISM!

Communism is one of the worst enemies of ours. They brought about our defeat in the first World War... and yet again want to take over Germany!

VOTE 4 HITLER

되자 모두들 기뻐했다. 그런데 A 레벨 역사 교과서에는 어려운 전문 용어들이 많이 나올 뿐 아니라 설명 자체도 복잡할 때가 많아서, 교과서를 여러 번 읽어도 머리 속에 쉽게 들어가지 않았다.

역사가 점점 어렵게 느껴지던 12학년 시절, 체임벌린 선생님은 교과서 속의 많은 내용 중 가장 핵심적이 부분만 뽑아서 이야기로 풀어 설명하며 전체적인 구조를 잡아 주었다. 멀게만 느껴지는 옛날 일들을 우리가 공감할 수 있는 언어와 재미있는 비유로 이해시키기 위한 준비 단계였다.

한 예로, 19세기 중반에 이루어진 영국의 복지 제도 개혁에 관해 배울 때였다. 1906년의 무료급식 제도(Free School Meals Act), 1907년의 의무 건강검진 제도(Compulsory Medical Inspection Act), 1908년의 청소년 보호 감호소 제도(Children's Act)와 연금제도(Old Age Pensions Act) 등의 안건들이 있었다.

우리는 이것을 실제 서민의 삶에 적용시켜서 공부했다. '빌리(Billy)'라는 가상의 인물을 설정하고, 이 평민의 입장에서 주요 개혁안들의 성취와 한계들을 하나하나 평가하면서 과연 우리라면 어느 정도 만족했을 지에 관해 토론했다.

예를 들어 1906년의 무료 급식 제도에서는 빌리의 쌍둥이 자녀들이 학교에서 점심을 굶지 않게 된 것을 상상했다. 그러나 이 제도는 모든 지방 교육청에서 필수적으로 채택해야 하는 것이 아니었기 때문에 그래도 점심을 굶는 아이들이 있었을 것이라는 사실도 배웠다.

그렇게 토론한 내용은 앞서 짜놓은 전체적인 골격 안에 알기 쉬운 용어로 각자 필기해 나갔다. 중요한 부분이나 꼭 필요한 전문 용어들은 글씨체와 크기를 바꾸고 여러 가지 색상을 써가며 눈에 잘 띄게 표시했다.

THE LIFE

Billy & Victoria

* Billy (21, railtrack operative)
  needs: food !! [主] money,
       Love, job, education,
       pension.
* Victoria (Seamstress in
   "sweated" industry)
  — mum very old !

1899
born

Born to them are **TWINS**
George & Evie !!

1906 – 7 years old

Kids @ School…
FREE SCHOOL MEALS ACT

NOT compulsory!
* Up to local LEA.
* ½d on the <u>rates</u> to pay for it.
      local property tax.
(1914: less than ½ LEA
   in GB!)

OF BILLY...
"fictional Edwardian character"

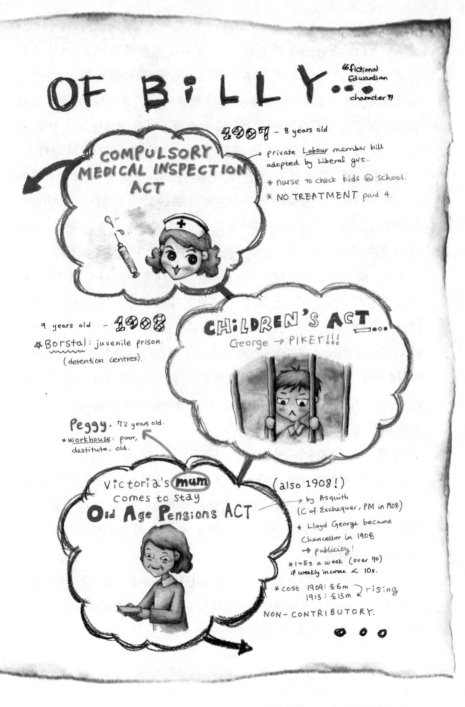

1907 - 8 years old
→ private Labour member bill adopted by Liberal gvt.
* nurse to check kids @ school.
* NO TREATMENT paid 4.

COMPULSORY MEDICAL INSPECTION ACT

9 years old - **1908**
* Borstal: juvenile prison. (detention centres).

CHILDREN'S ACT...
George → PIKEY!!!

Peggy. 72 years old.
* workhouse: poor, destitute, old.

Victoria's (mum) comes to stay
Old Age Pensions ACT

(also 1908!)
→ by Asquith (C of Exchequer, PM in 1908)
* Lloyd George became Chancellor in 1908 → publicity!
* 1~5s a week (over 70) if weekly income < 10s.
* cost 1909: £6m } rising
   1913: £13m
NON-CONTRIBUTORY.

더욱 흥미로웠던 점은 우리의 서민 빌리가 어떻게 생겼고, 어떤 직업을 가졌으며, 가족 사항은 어떻게 되는지 등을 정하면서 참 많이 웃고 재미있었다는 거였다. 안 그래도 온갖 색깔의 글씨로 현란한 종이 위에 빌리의 모습과 생활사를 이곳저곳에 우스꽝스럽게 그려넣으니 언뜻 보아서는 A 레벨 역사 필기인 줄 모를 정도로 유치해 보이기까지 했다.

　　하지만 그런 '깔끔' 하지 못한 노트 필기를 내가 몇 년 후인 지금까지도 기억한다면, 그 방식을 결코 유치하다고 볼 수만은 없는 게 아닐까. 복잡한 내용을 공부한다고 해서 노트 필기가 지루할 필요는 없다. 오히려 그러한 부분을 더 재미있게 만들기 위해 아이디어를 내야 한다.

　　그런데 재미있게 웃으며 이해하고 넘어간 내용들을 다시 좀 더 학문적으로 진지하게 정리하는 시간도 필요했다. 이 때 큰 도움이 된 필기 방식은 큰 제목을 가운데 두고 세부 사항으로 가지를 쳐나가는 스파이더 다이어그램(spider diagram)이었다. 이 테크닉은 요점을 파악하거나 연대순으로 사건들을 배열하여 흐름을 익히는 데 효과적이었다. 우리는 큰 글씨의 제목들이 갖가지 모양의 그 상자속에 써있는 A3크기의 종이를 받곤 했다.

　　"이 별 모양은 또 어디서 구하신 거죠?"

　　너무 어린아이 놀이(?) 같다고 농담을 하며 웃음을 터뜨렸지만, 그 종이에 요점을 정리하는 것은 정말 훌륭한 필기법이었다. 우리가 할 일은 지금까지의 노트 정리를 참고하여 가장 중요한 사항들을 알맞은 상자에 써넣는 것이었다.

　　옆은 레닌 정권 당시 일어났던 러시아 내란(Civil War)에 관한 정리 도표이다. 스파이더 다이어그램 형식으로 요점을 종합하여, 이 때까지 배운 내용을 한눈에 볼 수 있게 만들었다.

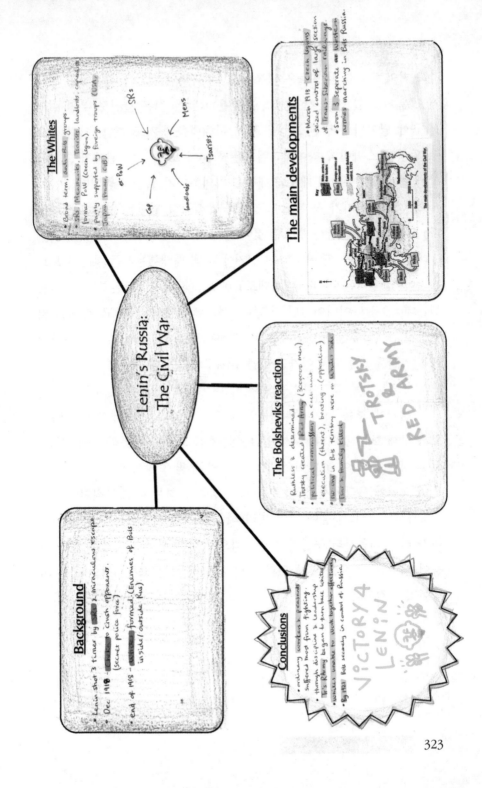

Lenin's Russia: The Civil War

The Whites
- Broad term, anti-Bols groups
- SRs, Mensheviks, Tsarists, landlords, capitalists (former PoW (Czech Legion)
- Partly supported by foreign troops (USA, Japan, France, GB)

SRs • Mens • Tsarists • landlords • Cap • ex-PoW

The main developments
- March 1918 - Czech Legion seized control of large section of Trans-Siberian railways
- Soon 3 separate White armies marching in Bols Russia

The main developments of the Civil War.

The Bolsheviks reaction
- Ruthless & determined
- Trotsky created Red Army (conscripted men)
- political commissary in each unit
- execution (threat), beating - (opposition)
- tho was in Bols territory were on Whites side
- Tino - heavily killed

TROTSKY & RED ARMY

Background
- Lenin shot 3 times by SRs & miraculous escape
- Dec 1918 - Cheka to crush opponents (secret police force)
- end of 1918 - Whites formed (Enemies of Bols inside/outside Rus)

Conclusions
- ordinary workers & peasants suffered most from fighting
- through discipline & leadership
- It's Rkmy began to turn bolt better
- whites unable to work together effectively
- By 1921 Bols securely in control of Russia

VICTORY 4 LENIN

꼭 기억해야 할 내용들은 필통에 있는 색색의 펜들을 활용하여 멀리서도 눈에 뜨일 만큼 강조했고, 어려운 부분은 작은 글씨로 부연 설명을 옆에 달거나 관련된 그림을 넣어 이해력을 돕기도 했다. 이런 식으로 완성한 스파이더 다이어그램들은 한눈에 모든 것의 관계와 흐름을 알기 쉽게 보여주었기 때문에 내용을 기억하기가 훨씬 수월했다.

모든 노트 필기가 꼭 칼같이 정확하고 깔끔할 필요는 없다고 생각한다. 오히려 자유분방하게 그린 것이 때에 따라 더 공부에 도움이 된다.

다음은 영국 보수당이 1906년 선거에서 왜 패배했는지를 분석한 노트 필기이다. 우리는 이 때 '대차대조표(Balance sheet)'라는 형식을 사용했는데, 좋은 아이디어였던 것 같다. 선거에서 몇 석을 따고 몇 석을 잃었는지, 그 이유는 무엇이었는지, 또 1902년부터 1906년까지 보수당의 행적에 관해 그림도 넣어가면서 큰 글씨로 필기했다.

어떤 과목이든 교과 내용을 완전히 내 것으로 만들려면 다양한 방식으로 필기해 보는 것이 좋다. 눈앞에 주어진 지식을 여러 가지 모양으로 조작해 보는 것이다. 앞서 언급했던 흐름 도표를 비롯하여 표, 산문, 요점 정리, 스파이더 다이어그램 등 다양한 필기 방식을 오고 가는 것은 A 레벨에 올라와서 좀 더 수준 높은 공부를 하는 데 효과적이었다.

교과서나 참고서 등에 남이 미리 해놓은 것을 따라하는 것이 아니라 내가 직접 처음부터 구상하여 창조적으로 만든 필기가 이해에 훨씬 도움이 되었다. 지식을 '흔들었다가 다시 정리'하는 고차원적인 공부 과정이었던 것이다.

Conservative Balance Sheet 1902-6

" The conservatives were defeated in 1906 for good reasons but largely over the wrong issues."
(L.C.B. Seaman)

<1906 election>
157 Conserv's, Unionists
}377 Lib
+ 83 Irish national
+ 53 Labour
‾‾‾‾‾‾‾‾
513 → WHY?

① Disillusionment over Boer War
(1899 - 1901)

a) tactics used, e.g. barbed wire, concentration camps.

b) bad publicity.

c) 3-year war (initially told of quick/ easy victory).

⇒ Elgin Committee said war was fought with "incompetence."

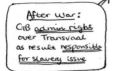

Suez Canal
AFRICA
Boers (Dutch settlers)
Trans-Vaal.
"Rand" (S. Africa) diamond/gold

After War:
GB admin right over Transvaal as result responsible for slavery issue

② Chinese Slavery

Thousands brought into Transvaal as cheap labour. (mind diamonds)
Indentured to their masters.
(owned)

⇒ bad for publicity/rep. (papers).

③ Reorganisation of British Defence Issue

British Army/Navy
HORSE
DOOR.

Debates after Boer War on reorganising GB army/Navy. However seen as locking stable door after horse has bolted!

BUT reorganise Navy → 3 bases (Malta, Gibralta, Home Ports). built Dreadnoughts.

⇒ The conservatives, by doing so, angered the section of the population that wanted more money spent on the poor, e.g. health, education.

④ Wyndham's Irish Land Purchase Act 1903

Irish buy land in Ireland, loan from GB gvt, 68½ yrs payback... Home Rule!
⇒ not cons policy! Wyndham resigns.

학년이 높아질수록 공부는 단순히 배운 내용을 머리 속에 입력하는 것에 그치지 않는다. 각 개념들이 서로 어떻게 관련되는 지까지 파악할 수 있어야 한다. 한 가지 필기 방식으로는 모든 상호 관계들이 드러나지 않을 수 있지만, 다양한 각도에서 다가가면 더 많은 관계들이 분명해지고 머리 속에 더욱 명확히 정리된다.

나의 필기법은 평범하지만, 내가 스스로 시도해본 방법들 중 나에게 가장 효과적이라고 판단된 방법들이었다. 노트 필기에 있어서 가장 결정적인 부분은 바로 어떤 방식을 택하느냐가 아니라 어떤 이유에서, 어떤 목적으로 그 특정 방식을 택하느냐이다. 신중한 생각을 통해 자신의 필기 방법을 비평하고 이해한 후, 이 방식이 나에게 적합하다고 스스로 완전히 납득이 되었을 때에야 비로소 진정 도움이 되는 노트 필기를 할 수 있다고 생각한다.

iii, 살짝 공개하는 에스더의 에세이

에세이 더 멋있게 쓰기

한국에서도 수능을 비롯한 각종 시험에서 주관식이나 논술형 문제의 비중이 높아지고 있다. 비록 우리나라와 영국의 교육 제도는 여러 면에서 다르지만, 좋은 에세이를 쓰는 기본적인 원칙에는 큰 차이가 없으므로, 내가 쓴 역사 에세이 하나를 통해 내 나름대로의 방법을 소개해 볼까 한다.

여러 가지 면에서 많이 부족한 에세이이기 때문에 부끄럽지만, 독자 여러분이 조금이라도 참고할 수 있는 사항이 있을지 모른다는 생각에 감히 용기를 내어 공개한다.

13학년이 거의 끝나가는 시점에 다음과 같은 에세이 과제가 주어졌다.

How far do you agree that a study of Russian government in the period 1855 to 1956 suggests that Russia did little more than exchange Romanov Tsars for 'Red Tsars' from 1917(1855년부터 1956년 사이의 러시아 정부를 살펴보았을 때, 1917년에 러시아가 로마노프 황족을 '빨간 황족,' 즉 공산당으로 교체한 것 뿐이라는 의견에 얼마나 동의하는가)?

가장 먼저 할 것은 주어진 문제를 여러 번 반복하여 읽으면서 문제의 핵심을 정확히 파악하는 일이다. 혼자 여러 가지 질문을 던져보는 것도 좋은 방법이다.

---

1. 핵심은 무엇인가? 이 문제를 한 마디로 간단히 요약한다면?
⇨ "제정 러시아 정부와 공산당 정부가 비슷했는가, 달랐는가?"

2. 구체적으로 어떤 종류의 분석이 필요한가?
⇨ 비교 분석. 정부의 구조, 민중 통제 방법 등을 예로 들어가며 두 정권을 비교한다.

3. 빠뜨리지 않도록 주의해야 할 단어나 표현은 없는가?
⇨ 공산당을 'Red Tsars(빨간 황족)' 이라고 표현한 점. 로마노프 황족과 공산당의 유사성을 암시하는 것 같다.

그 외에도 이 에세이에 포함시켜야 할 주제와 그렇지 않은 주제, 이런 문제가 나온 학술적 배경 등에 관해 곰곰이 생각해 본다.

설사 문제를 한 번 읽고 나서 다 이해가 되었다고 생각되더라도 여러 차례 곱씹어 보아야 한다. 이 과정은 집을 지을 때의 기초 공사와도 같다. 이 단계에서 제대로 방향이 잡히지 않으면 두고두고 고생하기 십상이다.

에세이를 쓰기 전에 머리가 잘 돌아가게 하는 방법 중 하나가 브레인 스토밍(brainstorming)이다. 마인드맵(mind map)을 사용하여 형식에 큰 구애를 받지 않으면서 주어진 제목에 관하여 떠오르는 것을 다 적어 보는 것이다. 필요하다고 느껴지는 정보이건 아니건 간에 생각의 맥락을 따라가며 아는 것은 무엇이든 다 적어놓으면 내가 받은 제목에 관해 굵직굵직한 주제들이 떠오를 것이다. 이것은 에세이 구조를 짜는데 도움이 된다.

이렇게 자유롭게 아이디어를 모은 다음에는 스파이더 다이어그램 형식으로 체계를 잡아 보는 것이 좋다. 스파이더 다이어그램은 큰 주제와 작은 주제들의 종속 관계를 명확하게 보여준다. 그러므로 '줄기' 하나가 나중에는 '문단' 혹은 '섹션'을 이룰 수 있다. 따라서 스파이더 다이어그램을 잘 그려 놓으면 산문으로 써나가기는 식은 죽 먹기다.

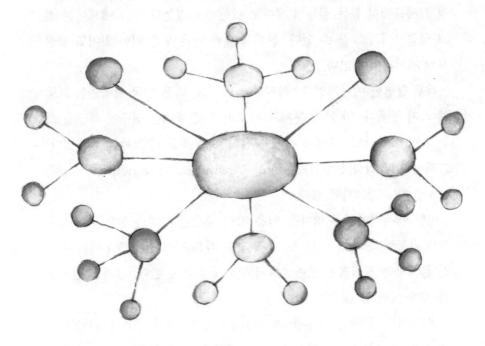

스파이더 다이어그램을 그리려면 마인드맵에서 자유롭게 떠올려본 아이디어들을 비슷한 종류끼리 모으고, 버릴 것은 버리고, 중요한 것과 덜 중요한 것을 구분해야 한다. 이 정도가 되면 에세이 전체를 통해 내가 주장하고 싶은 것이 무엇인지 분명해진다. 아직 가닥이 잡히지 않았다면 지금까지 준비한 것을 차근차근 읽으며 과연 어떤 방향으로 의견을 펼칠지 신중하게 생각해 보아야 한다.

이 문제의 경우 언뜻 보기에는 제정 러시아 정권과 공산 정권이 많이 다른 것 같았지만, 이렇게 정리하고 보니 두 정권의 비슷한 점이 생각보다 많은 것 같았다. 그것이 나의 주장의 핵심 논거가 될 것이었다.

그런데 아무리 조리있는 주장을 펼치고 좋은 근거들을 내세운다 해도 정작 제목에서 묻는 질문이 제대로 답해지지 않는다면 그 에세이는 결코 성공작이라고 볼 수 없다. 문제에 대한 답은 무슨 일이 있어도 확실하게 제시되어야 한다.

너무 당연한 이야기일까? 하지만 놀랍게도, 많은 영국 학생들이 그렇게 하지 못했다. 한 가지 문제가 나오면 그 문제에만 집중된 대답을 쓰는 것이 아니라 그 주제에 관해 자신이 아는 것을 다 쓰는데 급급했다. 그래서 영국 역사 선생님들은 항상 "Answer the question(문제에 답하세요)!" 하고 강조하곤 했다.

어떤 에세이에서든 별다른 이유 없이 장황한 사설을 늘어놓는 것은 절대 금물이다. 내가 아는 것 중 꼭 넣고 싶은 것이 있을 경우에는 주어진 문제와의 직접적인 관련성을 정확하게 밝혀야 한다. 그리고 결국은 '문제에 대한 답'을 써야 한다.

내가 예로 든 질문('1855년부터 1956년 사이의 러시아 정부를 살펴보았을 때, 1917년에 러시아가 로마노프 황족을 빨간 황족, 즉 공산당으로 교체한 것뿐이라는 의견에 *얼마나 동의하는가?*')에서는, '나는 그 의견에 이만큼 동의한다.' 라는 대답과 그 주장을 뒷받침하는 근거가 에세이 전반에 명백하게 나타나야 할 것이다.

에세이의 각 문단은 뚜렷한 목적을 가져야 한다. 또한 하나의 '개별' 문단일 뿐 아니라, 에세이 전체의 한 부분으로서 논리 전개의 흐름을 곁길로 빠지게 하거나 방해하면 안 된다. 그러므로 문단을 신중하게 배치해야 하고, 그 문단 안에서도 거기에 속한 소주제들을 효과적으로 배열해야 한다.

일반적으로, 한 주제에서 다음으로 넘어갈 때 어떤 공통적 요소가 있으면 매끄럽게 흘러갈 수 있다. 이 과정에서 도움이 될만한 것은 바로 카드를 사용하는 것이다. 나는 보통 A4 용지를 여덟 조각으로 나눈 크기의 카드를 사용했다. 에세이 전체를 계획할 때는 각 문단을 요약하여 카드에 적고, 이렇게 저렇게 배치해 보면서 그 흐름이 가장 자연스러울 때까지 계속 읽어보고 바꾸어 보았다. 또한 문단 하나를 계획할 때는 거기에 소제목과 그에 따른 주장과 핵심 근거들을 적어서 배치해 보았다.

1. TYPE OF REGIME (정권의 유형)

적어도 이론상으로는 달랐다.

제정 정권: absolute monarchy, divine right(절대 군주제, 신에게 부여 받은 정권)

대(對)

공산 정권: Dictatorship of the Proletariat(프롤레타리아 독재)

그러나

유사성: authoritarian, one-party dictatorship(전제적 일당 독재)

2. 반면 RULING CLASS(지배 계층)은 바뀌었다.

제정 정권: aristocrats(귀족)

대(對)

공산 정권: lower classes(하층 계급)

하지만

유사성: minority, free from public scrutiny(대중의 감시를 받지 않는 소수)

⇨ 알고 보니 MERELY EXCHANGED(단순히 교체된 것임)

⇨ '교체한 것 뿐이냐' 고 물은 질문과 연결

3. 또한 PARTY STRUCTURE(당의 구조)도 비슷했다.

단순히 겉으로 보기에는 이랬다.

제정 정권: Tsars had no restrictions on their powers(황제의 힘은 제한받지 않았다).

대(對)

공산 정권: Central Committee, Politburo, periodic elections(중앙위원회, 정치국, 주기적으로 열린 선거)

그래도

유사성: centralised, emphasis on one leader(중앙집권적, 한 지도자에게 큰 비중을 둠)

Tsars as 'Little father' and Stalin's near-deification(황제는 '작은 아빠' 처럼 그리고 스탈린은 거의 신격화 됨)

여러 번 수정하면서 구조를 잡은 후에는 이제 글을 써내려가는 일만 남는다. 에세이를 좀 더 세련되게 만드는 데는 여러 가지 방법이 있는데, 우선 흐름을 최대한 매끄럽게 하기 위해 다양한 접속어와 어구들을 익혀 놓는 것이 좋다. 문장을 시작하고 끝맺을 때 항상 앞뒤의 문단을 염두에 두고, 한 문단에서 다음 문단으로 넘어갈 때의 간격을 최대한 좁히는 것이다. 나는 위의 '카드' 부분에서 빨간 글씨로 된 연결어들을 사용해 전체적인 구성에 막힘이 없도록 했다. (빨간 글씨로 된 부분들이 없었다면 글의 흐름이 매끄럽게 이어질 수 없었을 것이다.)

또 다른 방법은 동의어-유사어 사전을 사용하는 것이다. 특성상 반드시 여러 차례 사용해야 할 전문 용어가 아니라면 똑같은 단어를 여러 번 반복하는 것은 되도록 피하는 것이 좋다. 대신 여러 가지 동의어들을 적절히 바꾸어가며 사용하면 주제에 대한 이해력이 더 높은 것처럼 느껴질 뿐 아니라 개념들을 솜씨 있게 다룬다는 인상을 준다. 한 예로, 다음 문단을 보자.

The October **Revolution** was illegitimate because it did not **involve many Russian people**: there was no **build-up** of **spontaneous** and **frequent revolts** by the **Russian people**. Later, the Bolsheviks tried to make it seem as though **many Russian people** had been **involved** in **frequent revolts** and called for a **spontaneous revolution**; but as a matter of fact, the number of **Russian people** who had been **involved** in the **Revolution** was not **many** and the **revolts** by the **Russian people** were not **frequent** or **spontaneous** and did not **build up**.

이 짧은 문단 속에서 다음 단어들은 두 번 이상 쓰였다.

Revolution	3 회	involve	3 회
many	3 회	Russian people	5 회
build-up	2 회	spontaneous	3 회
frequent	3 회	revolt	3 회

이렇게 중복된 단어들을 같은 뜻의 다른 단어로 바꿔 주면 전체적인 느낌이 확 달라진다. 어휘가 부족할 경우에는 동의어-유사어 사전을 참조하면 된다.

The October Revolution was illegitimate because it did not involve the **masses**: there was no **accumulation** of spontaneous and frequent revolts by the **laypeople of Russia.** Later, the Bolsheviks tried to make it seem as though the **majority of peasants and workers** had **taken part** in **numerous uprisings** and called for an **unsolicited upheaval**; but as a matter of fact, the number of **individuals** who had **participated** in the **event** was **very small** and the **riots in cities or countryside** were rare and did not build up.

좀 번거롭게 느껴질지 모르지만 이것은 특히 문과 계통의 에세이라면 큰 효과를 낼 수 있고, 자연스럽게 어휘력을 늘려가는 방법이 되기도 한다. 이렇게 폭넓은 단어 구사력을 보여준다면 더 수준 높은 에세이가 될 수 있다. 물론 선택한 동의어나 유사어가 정말 내가 뜻하고자 하는 바를 의미하는지 사전을 통해 꼭 확인해야 한다.

이런 식으로 본론을 알차고 세련되게 꾸미는 것도 중요하지만, 서론에서 읽는 이의 흥미와 관심을 끌어들이는 것도 빼먹을 수 없는 중요한 부분이다. 일단 결론이 정해지고 나면 어떻게 서론을 가장 흥미롭게 전개할지 구상할 수 있다.

이 에세이의 경우, 나는 '제정 러시아 정권과 볼셰비키 공산 정권은 실상 그렇게 다르지 않았다.' 라는 주장을 펼 것이다. 그래서 서론 시작 부분에서는 1917년 혁명으로 정권이 뒤바뀔 당시 러시아 민중의 커다란

'기대'에 관해 언급했다. 공산 정권이 막 들어섰을 때 'Land Decree(토지 포고령)', 'Decree on Worker's Control(노동자의 통제권에 관한 포고령)' 등을 허락하며 희망찬 새 출발을 한 듯이 보였던 점을 부각시켰다. 그러다가 서론 끝부분에 가서는 'However(그러나)'라는 접속사를 이용하여 그들의 기대가 얼마나 허황된 것이었는지 이야기함으로 본론으로 들어갈 준비를 했다.

반면 결론은 읽는 이의 머리에 두고두고 남을 강한 인상을 심어주어야 한다. 에세이를 쓰는 동안에도 결론에 들어갈 만한 멋진 문구, 기발한 발상, 무릎을 탁 치게 만들만한 아이디어를 찾아내려고 노력해야 한다. 본론에 모든 논점을 다 제시하지 말고, 가벼운 논점 한두 가지 정도는 결론을 위해 남겨놓는 것도 좋다. 결론에서 글의 요지를 간결하게 짚어주는 것도 좋지만, 요점 정리에 불과한 결론은 강한 인상을 남기기 힘들다.

이 에세이의 결론 부분을 위해 나는 두 가지 '깜짝(?) 아이디어'를 준비했다.

1. 어떤 통치자들은 다른 통치자들보다 더 융통성이 있었긴 하지만, 그것은 개인의 스타일 차이이지, 이데올로기의 차이 때문이 아니다. 그러니까, 공산주의라는 이데올로기 하나 때문에 더 융통성이 있거나 혹은 더 억압적이 된 것은 아니다.

2. 로마노프 황족 정권과 볼셰비키 공산 정권의 차이는 볼셰비키 정권이 대개 더 효과적으로 민중을 통제했고, 자신들의 이데올로기에 목숨을 바칠 각오를 했다는 것 뿐이었다.

마지막으로 신경을 써야 할 부분은 바로 교정이다. 철자법과 문법 교정 외에도 얼마나 요점을 정확하게 짚었는지, 필요한 내용은 다 들어갔는지, 흐름이 매끄러운지 등을 살펴보고, 필요 없는 부분은 과감히 빼면서 다듬는다. 시간이 허락하는 한 여러 번 다시 읽고 다듬는 것이 최선이다. 초고에서는 볼품없던 에세이도 서너 번 교정을 보고 나면 몰라보게 달라져 있는 것을 알 수 있다.

 물론 과목, 주어진 시간, 혹은 에세이의 유형에 따라 에세이를 쓰는 '과정' 이 짧아지기도 하고 늘어나기도 했다. 시험 시간에는 문제에 대해 잠시 생각한 다음 바로 뼈대를 세우고 글쓰기에 들어가야 했다.

 그런데 위에서 소개한 복잡한 과정을 거치는 것은 탄탄한 에세이를 쓰게 해줄 뿐만 아니라 좋은 공부 방법이었다. 물론 일차적으로는 에세이에서 높은 점수를 거둘 수 있었지만 더 중요한 것은, 그런 과정을 통하여 그 주제에 대한 지식을 완전히 자기 것으로 소화하게 된다는 것이었다.

 영국에서는 과학을 전공하더라도, 심지어는 과학 A 레벨에서조차도 글 쓰는 실력이 필수이다. 그렇다고 모든 사람이 전문 작가처럼 유려한 문장력을 갖출 수야 없겠지만, 자신의 연구 결과를 글로 정확하게 표현하고 주장하는 능력, 자신의 의견을 조리 있게 펼치고 타당한 근거를 제시하는 능력은 국제 경쟁력을 갖추는 데 절대 필수 요건이라고 생각한다.

 다음은 내가 영국에서 썼던 에세이와 코스워크 중 몇 개를 뽑은 것이다. 9학년 때 썼던 아주 서툰 영어 에세이도 있고, 13학년 때 쓴 역사 코스워크, 또한 여러 가지 과학 코스워크도 있다. 교정을 본다는 생각으로 읽어보아도 좋을 것이다.

9학년 때 쓴 나의 첫 영문학 에세이다. 3막 5장에서 줄리엣이 겪는 변화에 관해 쓴 에세이이다. 나름대로 최선을 다했지만 지금 보면 알아보지 못할 만한 문장도 꽤 된다. 단어들의 뉘앙스를 잘 알지 못해서 어색한 표현들이 많다. 다음은 그 중 일부분이다.

Juliet's changes

In act 3 scene 5, Juliet's emotion changes variously. After having the wedding-night, Romeo is now to leave, for he is exiled because of killing Tybalt. Juliet is depressed, sad, and dismal. When the nurse comes and warns them to "be wary", she feels even more regrettable and says how much she is going to miss him; " I must hear from thee everyday in the hour, for in a minute there are many days." She is concerned about whether she can ever meet him again, and Romeo reassures that he "doubts it not", and all these pathos will be changed to "sweet discourses" in the future. Then Juliet startles because she saw Romeo "as one dead in the bottom of a tomb", and Romeo also sees her so. — this foreshadows clearly that they are going to be "in the bottom of a tomb". Soon Romeo descends and Juliet murmurs to the "fortune, not to "keep him long" but "be fickle" and "send him back", with a pathetic and tragic voice. She, who has no wish but Romeo's returning, is gloomy and sad unquestionably, and yet her mother comes to her, ~~making Juliet suspect~~ and she's [?]. From then on, Juliet commences to speak using ambiguous words. For example, when her mother consoles her, Juliet says that she wants to "weep for such a feeling of loss", which her mother would accept as it is because of Tybalt's death — as a matter of fact, Juliet did not really signify so, but actually that the "feeling of loss" was because of Romeo's leaving. She goes on to say using dual-meaning words. Maybe it was the only way to manifest her sorrowful heart, which, as rust eats iron, was eaten by her grief, to her to some others without disclosing her secrets. Then, as a matter of course, Lady Capulet starts to imprecate evil upon "that villain Romeo", for he has killed Tybalt, Juliet's cousin, and Juliet responds as if she abhors Romeo and wants to kill him, but actually doesn't mean so. She asks "God" to "pardon him", and also says, "I do with all my hearts." — I can ~~see~~ how eagerly she ~~prayed~~. Her mother then tells her a scheme to kill Romeo, and Juliet replies, "Indeed I never shall be satisfied with Romeo, till I behold him - dead". It is indeed a double-meaning word. It could be construed as having two meanings. — Either she wants to kill Romeo, or if she does not "behold" him, ~~she~~ her heart will be "dead". Of course, Juliet meant the latter one. It does not only show how her heart is vacillating between Romeo and her household, but also shows she has chosen Romeo without any hesitation or wavering. Then her mother tells her "joyful tidings" — because she has been very grievous, Juliet is curious about it, and soon her curiosity becomes bewilderment — it was, to marry the County Paris. I cannot even imagine how she was frightened, shocked and upset.

cannot even imagine how she was frightened, shocked and upset. It must be a worst tiding she has ever heard. She says, embarrassedly, "Now by Saint Peter's Church, and Peter too, he shall not make me there a joyful bride", and excuses herself. She says that "it shall be Romeo ... rather than Paris." - I think she is quite clever that she can think of Romeo even when she is
...

dingly, probably didn't want to hurt him, but she had no choice - To her, there was nobody more precious than Romeo. She turns to mum for help but Mum supports her none - "I'll not speak a word." - because she is merely a wife of Capulet. She can't stop him. And also, she is angry about Juliet's response. As well After she's rejected by her mother, Juliet maybe felt much more despair. Now she's got no hope but one - She turns to the nurse for "comfort" and "counsel" — But the nurse's reply gives Juliet a worse emotion - "I think it best you married with the County." Well, I think it is not a little surprise but also nor an extraordinary one. Actually it must be a great shock to Juliet, but the nurse is merely a nurse and she cannot find any other way. But the nurse goes farther and I really cannot accept these : "Romeo is a dish-clout to him ... I think you are happy in this second match ... your first is dead." These shows how slightly and unseriously the nurse advises Juliet. If she were really in Juliet's shoes, she wouldn't speak that triflingly - but she did. Juliet's disappointment must be unimaginably great. Maybe more than that. She says, ironically, "Thou
...

빌(Bill)의 학업 발달 사항

빌(Bill)이라는 이름의 소년이 주인공으로 나오는 영국의 현대 소설을 공부할 때였다. 빌의 선생님으로서 학업 발달 사항을 써오라는 숙제가 있었다. 나는 전체적으로 '성적표'처럼 보이도록 디자인했다. 필체도 선생님처럼, 또 맨 끝에는 선생님 사인처럼 보이려고 몇 번을 연습한 후에야 정식으로 썼다.

Student's name : Bill Caward

Tutor's name : Mr. Oglethorpe

General behaviour

Attend to school regularly	3
Get on well with his / her teachers	2
Get on well with his / her friends	2
Work hard in class	3
Do the assignments on time	4
Keep the school rules fully	2

1 always 2 usually 3 sometimes 4 rarely 5 never

Please talk with him often, not only about academical things but also about his personal problems, such as his friends, etc. I am sure that you are doing that but I ask you again to make him more cheerful. I do worry about him because it is not easy for anyone to get on well in that kind of situation — he really does need your help, but I'm sure he'll soon do all right!

Yours sincerely, Oglethorpe.

The Rain

GCSE가 시작하고 나서 처음으로 써서 B를 받은 에세이이다. 밤새 써서 완성하고도 기력이 남아서 표지를 제목의 컨셉에 맞게 꾸몄다. 시제가 부정확하고 'quite(꽤)'와 'quiet(조용한)'을 구분하지 못할 정도였지만, 나에게는 엄청난 성취감을 불어 넣어준 에세이였다.

다음은 에세이의 표지와 내용중 일부이다.

The Rain

I didn't like rain. In fact, I have hated it since I was 5 years old.

"Come on, darling, let's drive somewhere! Look, it's raining!! How romantic!"

My mum, I've heard, liked rain. I don't remember her very much, except that she had a beautiful smile that even angels might envy. She used to tell me that I was the prettiest girl in the world. I remember her giving me that lovely smile as she looked at me. Yes, she was a very good mother and I can tell you that, for she has never made me unhappy, as far as I can remember. She wasn't that pretty but, according to my dad, people liked her so, partly because of that angelic smile, but mostly because she was such a nice person. Maybe she always smiled at people. At least in the photos she's always smiling. The eternal smile, which I can't see any more, no matter how I need one.

That day, my family, mum, dad, and I, went driving. I liked it because we were all happy in the car. They used to let me stay in the back seat alone so that I can play with my dolls I remember mum and dad talking about, laughing, singing, calling my name, and smiling at me – these are all mixed up somewhere deep in my mind like a foggy little garden. Even now I can sometimes, very dimly, hear them laughing, singing, or calling my name – a very happy *déjà vu*. But after that, I always recall the most tragic experience in my life: a huge sound, breaking and crashing, that is so big that I got scared that it might swallow me; then a total silence, a dreadful blank and dark; and my mum and dad, just sitting in their seats without movement, not listening to me crying. That is all I can remember. I wasn't hurt a lot but my parents were – and my mum was dead when the ambulance came....

비

나는 비를 좋아하지 않았다. 사실을 말하자면 다섯 살 때부터 아주 싫어했다.

"여보, 이리 와요! 드라이브 좀 가요! 봐요, 비가 와요! 얼마나 낭만적이에요!"

나는 우리 엄마가 비를 좋아했다고 들었다. 우리 엄마가 천사도 부러워할 만큼 매우 아름다운 미소를 지니고 있다는 것 외에는 엄마에 대한 기억이 별로 많지 않다. 엄마는 나를 보고 세상에서 제일 예쁜 소녀라고 말하곤 했다. 엄마가 나를 바라보면서 그 사랑스러운 미소를 짓던 일이 기억난다. 그렇다. 그녀는 아주 좋은 엄마였다. 내가 그렇게 말할 수 있는 이유는 기억하는 한 엄마가 나를 결코 불행하게 만들지 않았기 때문이다. 엄마는 그리 예쁘지 않았지만, 아빠에 따르면 사람들은 엄마를 매우 좋아했다. 천사의 미소를 가졌기 때문이기도 했지만, 그보다도 엄마가 아주 좋은 사람이었기 때문이었다. 아마도 사람에게 항상 미소를 지었으리라고 나는 생각한다. 적어도 사진들을 보면 엄마는 항상 미소 짓는 표정이다. 내가 아무리 필요로 할지라도 더 이상 볼 수 없는 영원한 미소 말이다.

그 날 엄마, 아빠 그리고 나, 이렇게 우리 가족 셋은 드라이브를 나갔다. 차를 타고 가면 우리 모두 행복했기 때문에 나는 드라이브를 매우 좋아했다. 엄마 아빠는 내가 인형 놀이를 할 수 있도록 나를 뒷좌석에 혼자 앉히곤 했다. 나는 엄마 아빠가 이야기를 나누고, 웃고, 노래하고 내 이름을 부르고 나를 보고 웃던 것을 기억한다. 이것들은 안개가 낀 작은 정원처럼 내 마음 속 어딘가에 깊숙이 모두 뒤섞여 있다. 지금도 나는 그들이 웃고, 노래하고 혹은 내 이름을 부르는 것을 이따금 매우 희미하게 들을 수 있다. 매우 행복한 *데자뷰* *(déjà vu)* 이다. 그러나 그 후, 나는 내 생애에서 가장 비극적인 경험을 항상 상기하게 된다. 아니, 아마도 그래야만 할 것이다. 부숴지고 깨어지는 굉음, 너무도 커서 나를 삼켜버리지나 않을까 나를 겁먹게 만든 소리 말이다. 그 후에는 완전한 침묵, 희미해지는 의식과 깜깜함. 울부짖는 내게 귀를 기울이지 않고 미동도 없이 좌석에 그저 앉아 있을 뿐인 나의 엄마와 아빠. 내가 기억할 수 있는 것은 모두 그것뿐이다. 나는 많이 다치지는 않았지만 부모님은 많이 다치셨다. 엠뷸런스가 도착했을 때 엄마는 이미 숨을 거둔 후였다....

347

Hidden Faces

11학년 수학 Cube placed on a surface에 관한 코스워크이다. 스무
장이 넘는 긴 코스워크이지만 체계적으로 하기 위해 정말 많이 고심했
다. 이것도 일부만 싣는다.

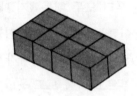

When 8 cubes are placed together on a surface as shown
above, it is impossible to see 28 faces of the cubes(the total
number of faces is 6x8=48). In this investigation I will
investigate the number of hidden faces in various shapes
consisting of cubes.

First of all, I will study the simplest form of the shapes. The
shapes below have something in common, other than what
they consist of:

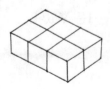

They are all cuboid shapes, which means all their 6 faces (of the overall cuboid shape) are tetragons: unlike these:

The shapes I will investigate firstly are the former group. As they are cuboid shaped, it will be easy to investigate logically. To do so, I would have to look closely into the cuboid shapes and the way it builds up.

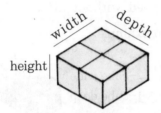

In a cuboid, there are 3 basic measurements:

WIDTH, DEPTH & HEIGHT

We can easily see the way the shapes build up by studying the faces of a single cube. There are 6 faces in a cube, and the three pairs are each related to width, depth, or height increase/decrease.

The blue faces are the pair related to the width of the shapes. When another cube/s is/are attached to either or both of these faces, the width of the overall shape would increase, and vice versa.

The red pair of faces on the right are related to the depth of the shapes. When another cube/s is/are attached to or detached from any of these faces, the <u>depth</u> of the overall shape would change.

This green pair concerns the height of the shapes. The <u>height</u> if the overall shape would be affected if another cube/s is/are attached to or detached from any of these faces....

Here, I have found an important point: the width and the depth of the shapes can be swapped without affecting the number of hidden faces. Here is an example:

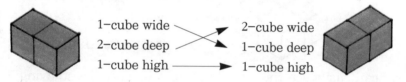

1-cube wide ⟶ 2-cube wide
2-cube deep ⟶ 1-cube deep
1-cube high ⟶ 1-cube high

The no. of hidden faces in BOTH shapes is 4....

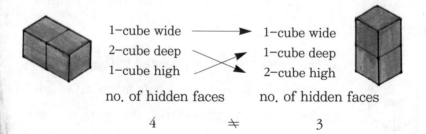

1-cube wide ⟶ 1-cube wide
2-cube deep ⟶ 1-cube deep
1-cube high ⟶ 2-cube high

no. of hidden faces   no. of hidden faces

4   ≠   3

...

영국과 세계 제1차대전 1914-1918

헤이그라는 총사령관이 'Butcher(살육자)' 였는가에 관한 코스워크였다. 결국 전투에서 승리하기는 했지만 영국군 측에서 너무도 많은 사상자가 났기 때문에 비판을 받은 사람이다. 이 코스워크는 자료를 분석하는 능력을 시험하는 것으로, 여러 종류의 자료를 주고 그에 관한 문제들에 답해야 했다. 여기서도 일부만 싣는다.

Was Field Marshal Haig 'the Butcher of the Somme'?

1. Read Sources A and B.

Are they useful/ biased/reliable?

How far is the description of the men in Source A supported by Source B?   [6]
*They are opposite. (complete disagree) *How does it support/ not?*

2. Study Source C.

How reliable is this account? Explain your answer. [8]

3. Study Sources D and E.

How they agree / disagree.
evaluate the source   *What was his tactics?*

How far do Sources D and E agree about the success of Haig's tactics? [8]

4. Study Source F.

What message do you think the cartoonist was trying to give? Refer to the cartoon and your knowledge of the period to help you explain your answer. [7]

5. Study Sources A, B and C.

evaluate (It's satirical) *evaluate sources. *historical knowledge.
message   *reliability. (private? public?)
what's going on? *prove!   purpose.
*reference.

Do Sources B and C prove Haig was telling lies in Source A? Explain your answer.   [8]
*conclusion.

6. Study Sources B, C and F. *conclusion *extra.

Do these Sources make it more or less likely that Haig was a 'butcher'?   [6]
*both side. *evaluate (merits / weaknesses.
+conclusion

7. Study the following interpretations of Haig.

- Haig was a butcher. The tactics he used at the Somme achieved nothing but the unnecessary slaughter of British soldiers

- Haig proved to be a successful general working in the best interests of his country and men. His tactics were unavoidable and brought victory closer.

Which interpretation is best supported by the evidence in these sources and your own knowledge of the period? Explain your answer.   [9]

8. Use the sources and your knowledge of the history of the Great War to explain why there has been so much disagreement over Douglas Haig.   [8] *Who was Haig? (background)
Scottish. military college rich.
Boer War (south America)

Modern World History Coursework
Britain And The First World War, 1914-1918
Was Field Marshal Haig 'the Butcher of the Somme?'

1. How far is the description of the men in Source A supported by Source B?

Source A shows a very confidential view on the Battle, written by Haig himself on the day before an attack on the Somme, which means it is a primary source. He says that the men are 'in splendid spirits,' and that some said they have 'never been so instructed and informed' about the operation. He goes on to say, 'the barbed wire has never been so well cut, nor the artillery preparation so thorough.' He concludes that everyone is 'full of confidence.'

However, this source is not very reliable. Because of he himself not being neutral, he had only written about how well his side had been prepared, and therefore had not written about the power of his enemy. Moreover, Haig had never visited the Front, so we cannot be sure how thorough the actual preparation had been made.

If source A were optimistic, source B would be the opposite. It is a primary source, written by a soldier who fought the Battle at Somme, in his letter to his family, shortly before his death on 23 August 1916. Here we see some 'indescribably' miserable sights as we read on. He frankly shows his anger that he believes people 'were murdered through the stupidity of those in authority.'

In my opinion, this source is both useful and reliable as it is eye-witness' account, unlike source A. Not only had the writer shown the situation of the soldiers at the 'front line,' but also had analysed this 'murder' quite reasonably - even though he was very furious - as caused by 'the stupidity of those in authority.'

I think that source B is rather opposite than supporting source A. First of all, source A says that the men are in 'splendid spirits'; whereas source B says that the men are 'lousy, ragged, unshaved and sleepless.' Source A also says that the men are 'so instructed and informed of ... the operation before them' and the preparation had been very 'thorough'; however, source B shows some 'indescribable' horror sights rather than victorious ones, with the writer himself very angry: 'it is horrible, but why should you people not know?' The most obvious difference is that they each show totally opposite view about those who are in charge of this battle. Source A says that 'the commanders are full of confidence'; in the contrary, source B says that 'the stupidity of those in authority' had 'murdered' British soldiers.

As we have seen above, I think that the two sources show totally different views about the Battle of the Somme, i.e. source A is not at all supported by source B.

Therefore, having studied both source A and B, I think that source A is partly supported by source B, but they do disagree in some ways.

2. How reliable is the account of source C?

Source C is a quote from an interview with a survivor of the Battle of the Somme, which means it is not a primary source but secondary. He had criticised 'the planners' for not having planned the battle properly and thus having resulted such great a number of deaths of the British soldiers. In particular, he had pointed out that the barbed wire was not prepared for the soldiers to attack through. 'Quite as many died on the enemy wire as on the ground,' he complained, 'there were no gaps in the wire... how did the planners imagine that Tommies [British soldiers] would get through the wire?'

I think that this source is useful as it tells us the situation at the front lines, but not very reliable. The survival in source C was interviewed after the battle. In my opinion, we cannot completely rely on this source. Even though it was spoken by the survival himself, it could have been quite long from the battle till this interview, which gives a possibility that he might have had forgotten some of the facts. How long after the battle this source has been made, we do not know. Therefore, even though we cannot be sure about whether shortly or long after the battle, at least we know that there had been a gap between the time of the battle and the time of this interview. During that gap of time, there could have been any events, which might have made the person want to change, totally or slightly, the fact about the battle; or he might have forgotten some of the things. There is no way to find out the truth, so, to be accurate, we would better not rely on this source so much.

The most obvious reason that this source could be biased is that the speaker might have wanted to show off. He has survived a Battle, and maybe he wanted to look 'big' by exaggerating the actual situation, so that people might think that he had survived a very difficult and dangerous battle.

But, this source could be reliable, because it is eyewitness' account. As he was there at the Battlefield, he knew what it was like to be there. So I think that most of the things he had to say might be true.

As source B, this source mainly disagrees with the optimistic view in source A. Especially, source A says that the men are 'so instructed and informed ... of the operation... The barbed wire has never been so well cut'; whereas source C says that 'there were no gaps in the wire at the time of the attack... it was so thick that daylight could barely be seen through it... how did the planners imagine that [British soldiers] would get through the wire?' Even though source C is not completely reliable, it is clear that at least it is more reliable than source A, as the source giver himself had experienced the actual battle, unlike Haig who had never been to the front line. So, in and to think with cool mind. In some ways source C could be accurate, but there are rather more possibilities that it is not. As I have mentioned before, he could have forgotten some facts because of the time passed, and also he might have changed some facts as he could think more about what he had to say and what he had not to say.

Having looked into source C, I do not think that this source is very reliable. It can be telling the truth, but, to be accurate, I think I would better not rely too much on this source, as it is not very clear.

3. How far do Sources D and E agree about the success of Haig's tactics?

Source D is an extract from a book called Field Marshal Haig, written by the historian Philip Warner in 1991, and therefore is a secondary source. It judges Haig as a 'successful general,' as he had achieved victory after all. He goes on to say that Haig's tactics were 'in line with the ideas of the time.' But Warner is not definite about this: he says that Haig would be a success 'if the criterion of a successful general is to win wars.'
This source is, in my opinion, quite reliable and useful, because it is written by a historian, who should have studied this subject deeply. Even though he concluded that Haig was a successful general, he also considered the other factor that the loss was 'appalling,' and that Haig might not be a success 'if the criterion of a successful general' is not just 'to win wars.'

Source E is Haig's own explanations for his tactics, and is a secondary source as it is written just after the war in 1919. He tries to defend his tactics that were used in the Battle of the Somme: 'Losses were bound to be heavy on both sides, for in this the price of victory is paid. There is no way of avoding this.' He goes on to say that he 'attacked whenever possible, because a defensive policy involves the loss of the initiative.'
This source is biased and unreliable, because Haig wrote it. If one relies on this source, he won't be able to judge Haig fairly. Haig tried his best here to make people believe that his tactics were 'unavoidable,' and that he was not the one to be blamed for the great loss of soldiers.

I think that source D and E both agree about the success of Haig's tactics, which were basically 'to wear down the enemy' by putting more and more troops into the battlefield. All the other generals were using almost the same tactics: first of all, bombard the enemy and the enemy trenches; then the infantry marches to take over the trenches. This kind of tactics involved great amount of loss of the troops, which is why they have been criticised for a long time.

. . .

화학

이 코스워크는 금속이 산과 반응하는 속도를 연구했다. 30쪽 남짓한 이 연구 과제에서 나는 두 가지 실험을 계획했다.

1. 강산과 약산을 사용했을 때 activation energy(활성화 에너지)에 차이가 있는가?

2. 산에 포함된 수소의 개수에 따라 반응 순서가 변하는가?

헤스의 cycle과 K_a 등을 활용하여 실험을 디자인, predict(예언), 수행 분석, 평가했다. 여기서도 내용 중 일부만 싣는다.

A2 Chemistry Investigation
The Rate of Reaction of Metals With Acid

I   Introduction

(a)   Aims of Study

This study focuses on the neutralisation reaction of various acids with a metal, magnesium. The aims of this study are to determine:

□ What effect the type of acid, i.e. strong (e.g. HCl, H_2SO_4) or weak (e.g. CH_3COOH, H_2CO_3), has on the activation energy of the reaction;

□ Whether the order of reaction is the same with monobasic (e.g. HCl, HNO_3) and dibasic (e.g. H_2SO_4, H_2CO_3) acids.

(b)   Background

An acid, such as sulphuric acid, is a substance which can provide proton, H^+, in a reaction. When sulphuric acid is in solution in water, it dissociates, that is, it donates its acidic protons to water, forming its conjugate base and the oxonium ion (a hydrated hydrogen ion in solvation sheath of a water molecule):

$$H_2SO_4(aq) + H_2O(l) \rightarrow HSO_4^-(aq) + H_3O^+(aq)$$

Or, showing sulphuric acid only:

$$H_2SO_4(aq) \rightarrow HSO_4^-(aq) + H^+(aq)$$

Sulphuric acid is an example of a **strong acid**: it donates its acidic protons almost completely to water. This means that the reaction shown above goes to completion, and the equilibrium constant (acid dissociation constant K_a) is very large:

. . .

III   Results

(a)   Individual Results

These are the results I obtained from the experiment (all measurements are in cm^3):

Time/ Minutes	PH3				PH4				PH5			
	Run 1	Run2	Run 3	Mean								
1	1.5	1.9	1.4	**1.6**	2.0	2.0	2.6	**2.2**	2.5	2.2	2.9	**2.53**
2	1.4	1.5	1.2	**1.37**	1.7	1.6	2.3	**1.87**	2.6	2.0	3.2	**2.6**
3	1.1	1.5	1.3	**1.3**	1.2	1.3	1.6	**1.33**	2.5	2.1	2.6	**2.4**
Mean	1.33	1.63	1.3	**1.42**	1.63	1.63	2.17	**1.81**	2.53	2.1	2.9	2.51

Time/ Minutes	PH6				PH7				PH8			
1	3.2	3.8	3.5	**3.5**	5.2	5.9	6.0	**5.7**	5.6	6.1	5.5	**5.73**
2	3.0	3.5	2.7	**3.07**	5.1	5.4	5.8	**5.43**	5.6	5.7	5.3	**5.53**
3	2.6	3.6	3.0	**3.07**	5.1	5.5	5.7	**5.43**	5.2	5.4	5.2	**5.27**
Mean	2.93	3.63	3.07	**3.21**	5.13	5.6	5.83	**5.52**	5.47	5.73	5.33	**5.51**

(Error: ± 0.05cm^3)

. . .

(b)   Analysis of Group Results with Statistical Tests

I started with drawing box plots for each pH.   In order to do that, I had to find out the minimum and maximum values of x, median, and lower and upper quartiles.   In this particular set of data, the median was $(11+1)/2$=the 6th smallest value, the lower quartile was $(11+2)/4$=the 3rd smallest value, and the upper quartile was $(11+1)*3/4$=the 9th smallest value, when the data were sorted in order.   They are worked out in the table below:

	PH 3	PH 4	PH 5	PH 6	PH7	PH8
Minimum x	0.2	0.4	1.3	1.7	3.0	2.1
L. Quartile	0.7	1.0	2.5	2.1	3.7	2.9
Median	1.3	1.4	2.5	3.5	4.4	4.3
U. Quartile	1.6	2.1	3.1	4.3	5.7	5.7
Maximum x	1.8	2.3	4.8	5.9	6.1	6.2

(Unit: cm^3)

. . .

생물

내 생물 코스워크의 제목은 '감자에 함유된 효소 카탈라제가 과산화
수소를 분해하는 속도는 pH에 따라 어떻게 변하는가?' 였다.

이 코스워크는 36쪽에 달했다. 내가 디자인한 실험을 통해 데이터를
얻은 후에는 통계 테스트를 통해 나의 자료가 얼마나 신빙성이 있는 지
도 확인했다. 케임브리지 첫 인터뷰에서 토의했던 주제이기도 하다.

GCE Advanced Biology Coursework

CONTENTS

outliers or the data is evenly spread throughout.   This suggests that the median average may be more appropriate for this set of data, because mean average may be affected unfairly by the extreme outliers and/or cannot summarise the data adequately as the data is spread over a very wide range.

Overall, the same pattern as in the previous graph can be seen: the rate increases up to a point (the optimum pH), then starts to decrease, possibly forming a line of symmetry about the optimum (although this cannot be seen from our data with a small range of pH).

This time, I worked out the standard deviation for each pH.   The formula for standard deviation is as follows:

$$\sigma = \frac{\Sigma x^2 - (x - x)^2}{n^*} \quad \text{or,} \quad \sigma = \frac{\Sigma x^2 - (\Sigma x)^2/n}{n^*}$$

Because the data I have obtained is a small sample, I used $(n - 1)$ instead of n^* to work out the standard deviation.   For example, to work out the standard deviation for pH 3:

$$\Sigma x^2 = 1.3^2 + 0.7^2 + 0.4^2 + 1.3^2 + 1.6^2 + 1.8^2 + 1.2^2 + 1.3^2 + 1.7^2 + 1.5^2 + 0.2^2$$
$$= 18.14$$

$$(\Sigma x)^2/n = (1.3 + 0.7 + 0.4 + 1.3 + 1.6 + 1.8 + 1.2 + 1.3 + 1.7 + 1.5 + 0.2)^2/11$$
$$= 15.36 \text{ to 2 d.p.}$$

$$\sigma = \frac{(18.14 - 15.36)}{11\text{-}1}$$
$$= 0.53 \text{ to 2 d.p.}$$

PH	3	4	5	6	7	8
σ	0.53	0.61	0.84	1.25	1.10	1.35

(Unit: $cm^{3)}$

The next graph (Graph 3) shows the mean of data with error bars to show the measure of spread.   The smaller the error bar, the more consistent the data.   As we can see from the graph, the size of the error bars (from $x - \sigma$ to $x + \sigma$) gets generally bigger with the pH.   This means that the results for higher pHs are more variable and inconsistent, making them less reliable.   Even in lower pHs, the error bars are considerably big, suggesting that the whole data may be inconsistent or not entirely reliable.

It was evident again that **the median would be the best average for our data**, as the data was too wide spread and the mean average was affected by extreme outliers:

PH	3	4	5	6	7	8
Average	1.3	1.4	2.5	3.5	4.4	4.3

(Error: $\pm 0.05 \text{cm}^3$)

However, using the standard error of the mean (SEM), or standard error (SE), I could also work out the confidence limit for the 'true' mean:

$SE = \sigma / n$

PH	3	4	5	6	7	8
SE (to 3d.p.)	0.159	0.184	0.255	0.377	0.332	0.407

(Unit: cm^3)

I then worked out the 95% confidence limit (p = 0.05 level), which indicated that there is only 5% probability that a value lies outside the limit set by this level:

95% confidence limit = x $\pm$ 1.96SE

PH	3	4	5	6	7	8
p = 0.05 level	0.868-1.491	1.109-1.831	2.250-3.250	2.611-4.089	3.929-5.231	3.342-4.938

(Unit: cm^3)

Therefore I am 95% confident that for each pH, the 'true' mean volume of $O_{2(aq)}$ would be in the range shown in the above table.

Here is a summary of the analysis so far.

- The data is spread over a big range with many extreme outliers, therefore the mean average would not represent the data adequately.
- The median seems to be the most suitable average as it is not affected by extreme outliers.
- The median curve shows that the $O_{2(g)}$ produced, and therefore the rate of reaction, increased with the pH, up to its apparent optimum pH (7.5 approx.).
- After the optimum pH, the curve began to show signs of decline even though the

. . .

Although the complete curve cannot be drawn with the set of data that I have, the graphs clearly show that the rate is increasing towards a point: the optimum pH. This is exactly as I had predicted in my prediction: "the rate...would increase as the pH *approaches the optimum*." Therefore bell-shaped, symmetrical curves about the optimum pH were drawn in the graphs. However, the declining part of the curves (pH 8 onwards) need to be tested to support this firmly, and the range of pH that the enzyme catalase works at is wider than I had expected:

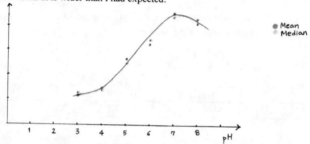

Apart from the fact that a part of the prediction was wrong due to misinformation, these conclusions can be supported by the scientific knowledge that I have gathered earlier. This relates back to the scientific knowledge used when making the predictions. Looking back on the collision theory, for a collision to be successful, the kinetic energy of the colliding particles must reach the **activation energy, E_A**, so that the old bonds are broken and the reaction starts.[14]   From the Arrhenius' equation, we can see that the rate of reaction (k) would be greater if the activation energy (E_A) was lower, i.e.they are inversely proportional to each other:

$$\ln k = \text{constant} - \frac{E_A}{RT}$$

where k = **rate constant of the reaction,**
 R = gas constant, $8.31 \text{JK}^{-1}\text{mol}^{-1}$
 E_A = **activation energy in Jmol^{-1}**
 T = temperature in kelvins

The enzyme catalase is a catalyst, "a substance which alters the rate of a chemical

[13] Soper. Biological Science 1, p.176.
[14] Vokins, Michael (ed.). 2000. Nuffield Advanced Chemistry – Students' Book. Pearson Education Ltd. Essex, England, p.257.

. . .

more and more catalase molecules are denatured due to the disintegration of hydrogen bonds that hold the molecule in its precise shape.

The range of pH I have used was only up to pH 8, which is quite close to the optimum, and the declining part of the curve could not be produced with the data from the experiment. However, my conclusion that the **rate of decomposition of hydrogen peroxide, catalysed by the enzyme catalase, increases as the pH approaches the optimum pH, 7.5 approximately, and decreases as the pH gets further away from the optimum**, is quite firmly supported by the scientific knowledge and the evidence gathered from the experiment.

V   Evaluation

(a)   Limitations and Improvements

When carrying out the experiment, I followed closely the methodology that I had developed, taking necessary cautions. However, on some occasions there were unexpected errors produced:

- During the experiment, the rubber bung that sealed the flask and connected it to the tubing sometimes became loose and some of the oxygen gas produced leaked from the reaction system. On such occasions I ignored the result from that run and tried again.
- The control on the magnetic stirrer was changed during the experiment. I was able to put it back to its initial position immediately (as I had recorded it before I started the experiment), however, it may have been a source of error.

The apparatus I used were carefully planned to minimise sources of error. For example, I used $10cm^3$ graduated pipette to measure out buffer solution. However, when measuring out H_2O_2 solution, I used a less accurate piece of apparatus: a measuring cylinder. I do not think that this would have contributed to a significant error, because other apparatus were suitable.

My method was also intended to reduce any errors, however, there were some inevitable limitations that may have produced errors. Here are some examples:

- The potato chips may not have been exactly the same size, because I had to rely partly on estimation even with a ruler.
- I started the stop clock when the first bubble reached the top of the burette. However, I relied on my estimation here as well, and the time the bubble reached the top and the time I started the stop clock may not be exactly the same all the time.

. . .

에필로그

드디어 과거가 현재를 막 따라잡을 참이다.

솔직히 말하면 이 책이 우물 안 개구리의 공허하고 주제넘은 자랑이 될까 부끄럽고 걱정된다. 이제 겨우 대학에, 그것도 어렵게 재도전해서 들어간 것인데……. 내가 아직도 우물 안 개구리임을 부인할 방도는 없다. 내가 선택한 이 길에 나보다 뛰어난 사람들이 너무나 많다는 것을 케임브리지에서 두고두고 뼈저리게 느낄 것이다.

하지만 자신의 턱없이 높은 꿈을 향해 겁도 없이 손을 뻗치고 애쓰는 모습을 보면서 "저런 아이도 할 수 있구나." 하는 용기를 얻는 누군가가 있다면 그것이 내가 분에 넘치는 책을 쓰게 된 것에 대한 변명 아닌 변명이 될 수 있겠다.

한 권도 아닌 두 권의 책을 쓴다는 것은 참으로 여행 중의 여행이었다. 책을 쓰기 시작한 지 한 달 만에 폐렴에 걸렸었고, 케임브리지 대학에서의 두 번째 인터뷰 후에는 스트레스가 너무 커서 한동안 글을 쓸 수가 없었다. 얼마 전에도 책이 끝나려고 해서 그런지 한바탕 크게 앓았다. 그러는 동안 책의 모양은 아주 몰라보게 탈바꿈하기를 서너 차례 거듭했고, 내 글 솜씨에도 많은 도움이 되었다.

영원히 끝날 것 같지 않던 긴 여정의 종착점에 다다른 지금, 왠지 시원함보다는 허전함이 앞선다. 내가 태어나고 자란 나라에서 지난 날들을 회고하며 보낸 일년은 나에게 한줄기의 신선한 바람과 같은 축복이었다. 한국은 더 이상 내 가슴 속 깊숙이 고이 간직하고 있어야 하는 그런 나라가 아니다. 이제 한국은 내가 살아 숨쉬는 한, 매 순간 느끼는 존재로 다가섰다. 그렇기에 이 책을 위해 나의 열정을 쏟아부은 지난 한 해는 잃어버린 보물을 찾을 수 있었던 소중한 시간이었다.

엄마는 자주 이렇게 말하곤 했다.

"너희는 누가 뭐래도 한국인이야. 영국에서 10년을 살든, 20년을 살든, 한국말을 영어보다 더 잘해야 해. 우리나라를 자랑스럽게 여기고, 또 한국인으로서 떳떳하게 살아야 해."

지구 반대편에서도 여전히 한국은 '우리나라'여야만 했다. 마음이 아프고 흔들릴 때 나를 붙잡아 준 것이 바로 한국인의 타고난 의지력이 아니었을까. 한 번 한다면 뿌리까지 뽑아야 직성이 풀리는 우리나라의 끈기, 그리고 월드컵 당시 온 국민이 보여주었던 폭발적인 힘. 이런 자랑스러운 민족성을 나도 물려받았기에 끝까지 물러서지 않고 낯선 이 국땅에서 견뎌낼 수 있었다고 믿는다.

4년 반 동안의 유학 생활은 'make or break' 내가 만들어지느냐 부서지느냐를 결정한 기간이었다. 영국이라는 나라가 던져준 시련과 쓰디쓴 경험들을 이겨냄으로써 손에스더라는 아이는 정말 몰라보게 바뀌었다. 그러나 가장 중요한 것은 내가 어디에 있느냐, 나에게 제공된 것이 무엇이냐가 아니다. 그것은 바로, 마음만 먹으면 내가 있는 곳이 어디든지 간에 바로 거기에서 이만한, 아니 이보다 더 큰 변화를 일궈낼 수 있다는 믿음이다.

내 앞길에는 어쩌면 화사한 장밋빛으로 보이는 날보다는 우울한 블루 데이가 더 많을지 모른다. 아예 잿빛인 날들도 있을 것이다. 그러나 힘든 일이 앞에 놓였을지라도 불평하고 걱정하지 않겠다. 포기하고 싶을 때야말로 가장 많은 성장을 이룰 수 있는 절호의 기회라는 것을 이제는 깨달아 알고 있기 때문에, 설사 어려운 상황에 놓일지라도 결코 물러서는 사람이 되지 않겠다. 오히려 그것을 이겨내고 발판삼아 더 높이 도약할 것이다. 내가 있는 곳에서 얻을 수 있는 최대한을 흡수하여, 부끄럽지 않은 한국인이 될 것이다.

다시 이 나라를 떠나면서 나의 삶은 이제 새로운 장으로 접어든다. 잠시 숨을 돌리는 이 때, 감사해야 할 일이 너무 많은 것을 느낀다. 또 다시 향수병이 도져서 한국이 그립다고, 엄마가 보고 싶다고 눈물을 찔끔거리며 집에 전화할 게 뻔하지만 주저앉지는 않을 것이다.

열아홉 인생을 살며 깨우친 것이 하나 있다면, 꿈은 사람을 변화시킨다는 것이다. 말도 안 되는 영어로 "두-엔-페네리!" 하고 외쳤던 철없던 소녀가 세계를 향해 두려움 없이 날개를 활짝 펼치게 된 것은 모두 꿈, 그리고 그 꿈을 향한 열망 때문이었다.

두 번째 깨달음이 있다면, 꿈은 이루어진다는 사실이다. '뜻이 있는 곳에 길이 있다.' 왜냐하면 진정한 뜻이 있는 곳에는 노력도 있기 때문이다. 절대 이루어질 수 없을 듯한 꿈, 난관으로 겹겹이 둘러싸인 꿈도 이루어진다. 그저 지금 주어진 것에 묵묵히 최선을 다해나가면, 그리고 내 꿈에서 눈을 떼지 않으면, 쓰러지고 넘어져도 결국 꿈은 반드시 이루어지게 되어 있다.

케임브리지 대학에 가는 것으로 하나의 꿈을 이루었지만, 이제 내 앞에 기다리고 있는 것은 더 큰 꿈이다. 우리나라를 과학 강국으로 만드는 데 내 힘을 보태는 것, 나아가 인류에게 도움이 되는 사람이 되는 것이라면 너무 거창할지 모르지만, '턱없이 높은 목표를 갖자' 는 나의 좌우명은 더 큰 꿈도 허락할 것이다.

꿈꾸는 데는 한계가 없다. 턱없이 큰 꿈을 품고 지금 주어진 기회가 무엇이든 있는 힘껏 붙들자. 그리고 날아오르자. To infinity, and beyond – 무한, 그리고 그 너머를 향해.

2004년 9월 28일 중추절
케임브리지로 떠나기 전날 밤에.

감사의 말

…복 중에 최고의 복은 '人福'이다. …인복이란 무엇인가? 바로 귀인(貴人)을 만나는 것이다.
…나에게 좋은 영향을 주는 사람, 또는 나에게 기회를 제공해 주는 사람,
또는 나에게 복을 주는 사람, …위기와 위험을 막아주는 사람…
－윤은기, '귀인'

열아홉의 내가 만나온 아름다운 사람들, 그리고 내 앞에 펼쳐질 인생의 굽이굽이에서 만날 모든 귀중하고 고마운 나의 귀인들께 이 책을 바치고 싶다.

그 중 특별히 이 책이 나오기까지 도움을 주신 분들에게 이 자리를 빌려 감사의 말을 전하고 싶다. 먼저 일러스트를 위한 사진을 제공해 준 Stella와 바쁜 일정속에서 영어 교정을 봐준 김윤선 씨, 그리고 무엇보다도 "THE amazing." 일러스트 희연이! 빠듯한 스케줄에도 불구하고 한 컷 한 컷 정성이 묻어나는 그림을 그려주었다. 또한 자기 개인 시간과 노력을 할애하여 미흡한 부분을 지적해 주고 아이디어를 제공할 뿐만 아니라, 난관에 부딪힐 때마다 내 한숨과 푸념을 들어준 세 명의 바쁜 오빠들 －"정말 너무 고마워요!"

Last, but not least,
자정 녘의 내 피아노 소리를 알고 기다려 준 손윤호 님.
나의 발에 실린 무게가 아무리 무거워도 버거워하지 않을 원소희 님.
쌈지 주머니 속의 작은 알사탕들을 아낌없이 꺼내주신 이숙희 님.
내 작은 눈동자를 한 치의 오차도 없이 해독할 수 있는 손미리암 님.
그리고 지금까지 너무도 기이한 방법으로 내 생애를 인도해 주셨고 앞으로도 내가 상상하지 못하는 길로 나를 이끌어 주실 하나님께 감사드립니다.
*"아프도록 사랑하면 아픔은 없고 더 큰 사랑만 있다."*는
테레사 수녀의 역설처럼 진정 사랑하고 싶습니다.
부디 나의 책을 받아주세요.
이 글을 읽어 주신 독자들께도 감사드립니다.

한국의 꼴찌소녀 케임브리지입성기

초판 1쇄 발행 | 2004년 10월 26일
초판11쇄 발행 | 2007년 3월 20일

지은이 | 손에스더
펴낸이 | 박대용
펴낸곳 | 도서출판 징검다리

주소 | 413-834 경기도 파주시 교하읍 산남리 292-8
전화 | 031)957-3890, 3891 팩스 | 031)957-3889
이메일 | zinggumdari@hanmail.net

출판등록 | 제10-1574호
등록일자 | 1998년 4월 3일